居于
幽暗之地

汗漫 著

江苏凤凰文艺出版社

图书在版编目（CIP）数据

居于幽暗之地/汪漫著.—南京：江苏凤凰文艺出版社，
2019.6
ISBN 978-7-5594-1726-8

Ⅰ.①居… Ⅱ.①汪… Ⅲ.①随笔－作品集－中国－当代
Ⅳ.①I267.1

中国版本图书馆CIP数据核字(2018)第279822号

居于幽暗之地

汪漫 著

责任编辑	梁雪波　王宏波
装帧设计	观止堂_ 未氓
责任印制	刘　巍
出版发行	江苏凤凰文艺出版社
	南京市中央路165号，邮编：210009
网　　址	http://www.jswenyi.com
印　　刷	苏州越洋印刷有限公司
开　　本	880×1230毫米　1/32
印　　张	10.75
字　　数	211千字
版　　次	2019年6月第1版　2019年6月第1次印刷
书　　号	ISBN 978-7-5594-1726-8
定　　价	48.00元

江苏凤凰文艺版图书凡印刷、装订错误可随时向承印厂调换

他们要开花,开花是灿烂的,
可我们要成熟,
这叫作居于幽暗而自己努力。

——里尔克

目 录

I 居于幽暗之地

003 居于幽暗之地

006 无限的裂变

008 威尼斯的水声有益于未来

012 支付孤独这一种现金

014 反对一团幻觉的污浊的云

019 探究阴影里某种不变的东西

022 在群峰下安放身心

025 静默和明亮

II 越过边界的人

029 越过边界的人

031 像河流创造一个自己的源头

035 在渡口迎接美与感伤

037 必须把它放在一个地方

040 在路上成为一个人

043 桥都坚固,隧道都光明

047 了解河流的人,灵魂深邃

050 在所有的地铁车站遇到庞德

053 书桌的边缘是悬崖

056 在晚年进入清晨的明澈

Ⅲ 在他乡建立一个故乡

063 在他乡建立一个故乡

066 在这个漫游的世纪里

068 我选择紫色

073 瘂了的琴弦,要回到板胡

077 第四次找你呀,我的泪水流出来

082 保持发愁的能力

Ⅳ 我醒来又降新雪

087 我醒来又降新雪

092 让马粪进入诗歌

094 在旷野,隐士鸫为歌而唱

099 成熟得恰到好处的人

102 诗对于一个农夫的作用

Ⅴ 教会我爱人类的秘密

107 教会我爱人类的秘密

110 如果我不认识你

113 人的未来就是爱

118 来自远方的姑娘

121 一个受苦的女子与周围的景致

123 胭脂用尽,指尖泛出好看的颜色

127 以爱与死亡为压舱石

129 如何写好一个墓地

Ⅵ 海量的自我

135 海量的自我

138 解说疾病的人们

141 去巴黎找找比安松医生

143 在我不在的地方才好

145 在嵊州想起一个丑角

151 火柴恰如一代名优

154 四海无人,或细菌的志向

Ⅶ 隐秘的汉人

161 隐秘的汉人

165 匈牙利的烛火

171 像番石榴,活着为了飘香

177 从沉重的大地上轻巧而突然地跃起

182 晨曦由我们体内流向天空

Ⅷ 额头的雨滴

191 额头的雨滴

194 像近在咫尺的大海

196 在枯萎中克服诗意

199 让心脏秘密地撞响身体

202 两个海伦

204 用笔尖加热泥土和青草

206 一朵重要的云

209 在比喻中获得安全感

212 在两桶水之间长大

213 虚构一个夜晚

215 被周围的力量所代写

Ⅸ 杂念背后的声音

219 杂念背后的声音

223 明月直入

225　醉花阴里春声碎

228　游泳池与江湖

230　忽独与余兮目成

233　万里归心独上来

235　莲与怜

237　醉眼看秋鹤

239　剑与箫

241　生涯在镜中

243　小情歌

245　集句或提灯

248　常熟的一副对联

X　野草生长，灯火下楼台

253　野草生长，灯火下楼台

258　闯入根须，催动青草成长

261　南方书写者

265　门晒热了，我们轻轻靠着

267　当代的雨

271　一群马

XI　让一支笔绝处逢生

279　让一支笔绝处逢生

287　一枝清高的荷叶

291　湘西的教育

296　异日茫茫禹域,谁是乐郊

XII　在汉语中,就是在人间

303　在汉语中,就是在人间

306　一个国度与十丈藕船

309　到南方去,成为另一个

312　越界与混血

315　用一支笔作为还乡的栈桥

317　散怀抱

321　一张繁荣自由的书桌

324　羞耻与失败

327　蛇蜕皮与岩石般生活

329　等待准确的词出现在某个位置上

I　居于幽暗之地

居于幽暗之地

"像树木似的成熟,不勉强挤它的汁液,满怀信心地立在春日暴风雨中,也不担心后边没有夏天的到来。"这是里尔克《给青年诗人的信》中的一句话,引导一个年轻诗人爱自己的寂寞,"无忧无虑,寂静而广大"。

春日的寂寞值得热爱,因为夏天总会到来,充满汁液的枝条终将绽放鲜花、献出果实。青春期的寂寞亦如此,不必担心没有盛年的到来。但对于一个老人、一棵果实落地的树木来说,盛年不再,尘埃落定,他或者它将成为寂寞本身——记忆像年轮、唱片,在身体内暗自旋转,回放出春日暴风雨声。

"关注内心,关注渺小",是里尔克给这个诗人所写的一系列信札的主旨。在对内心与渺小的关注中,去拥抱寂寞,去爱。市侩、暴徒、投机者们在交易、狂欢,反衬出这寂寞和爱的高贵。

在里尔克《马尔特手记》这部自传体长篇小说中,也出现了大段大段《给青年诗人的信》中的句子。我明白,里尔克其实是在给自己写信,解决个人危机,厘清现实疑难。

"主呵,是时候了。夏日曾经很盛大。/把你的阴影落在日晷上,/让秋风吹过田野。//让最后的果实长得丰满;/再给它们两天南方的气候,/迫使它们成熟,/把最后的甘甜酿入浓酒。//谁这时没有房屋,就不必建筑,/谁这时孤独,就永远孤独,/就醒着,读着,写着长信,/在林荫道上来回/不安地游荡,当着落叶纷飞。"

《秋日》这首短诗,从主、果实再到孤独,三段,奠定了里尔克的大师位置。当代,房地产开发商们拒绝承认世界上存在这样一个鼓励读书、写信、徘徊而不主张建房购屋的孤独者。

里尔克写这一首诗的时候,只有二十来岁。伟大的诗人一张嘴就是秋声,"凉风动万里"(杜甫)。

从少年到中年,照片中里尔克的大眼睛都是泪汪汪的。只有充满无限爱意和寂寞的人,才会拥有这样一双让人心疼、心动的眼睛。

在《马尔特手记》中,马尔特或者说里尔克,走过巴黎塞纳河边一排排店铺。橱窗里满满当当,主人坐在店铺里埋头看书。就假设自己也能买下这样的店铺,与一只狗坐上二十年,而不是在落叶纷飞的巴黎街头徘徊,那会是怎样一种生活?一年四季,马尔特或者说里尔克总是习惯于打开租屋的窗子,即便寒夜,也能随时抬头与星星自由交流。

里尔克热爱果园,并在一枚有力的果实上看到自己的肖像:"他们要开花,开花是灿烂的,/可我们要成熟,/这叫作居于幽暗而自己努力。"于幽暗中生成酒意和诗篇,把最后的甘甜压进自身。最终,里尔克为花朵所伤,得了败血症,长眠瑞士——五十一岁,仍属盛夏。

我,一个远离果园的人,被周围显著的事物、人物、风物所吸引。好在我还能够热爱水果店,从水果的不同价格,猜测它们来源地的差异。同一价格的水果,就来自同一个果园、同一棵果树吗?有相同的树坑和立场?我怀疑。我皱纹重重,像一枚有些干瘪的水果,无人问津。我在这些水果面前很羞愧。

一九三八年,英国诗人奥登作为战地记者来到正在抗日的中国,写下组诗《战时》,其中有一个著名的句子:"今夜在中国,让我追念一个人。/他经过十年的沉默,工作而等待,/直到在缪佐显现出全部的魄力,/一举而让一切都有了个交代。"他所追念的,正是经历十年幽暗和沉默的里尔克,在缪佐,彻底完成了顶峰般的《杜伊诺哀歌》。中国就是里尔克,这是奥登的发现和期望。历经八年抗战、八年的"工作而等待",一个古老国度,"一举而让一切都有了个交代"。

《给青年诗人的信》和《秋日》的翻译者,都是冯至。一九四三年,他初次读到卞之琳翻译的《战时》,对奥登把中国与里尔克融汇于一首诗,震惊而又振奋,写下一篇短文《工作而等待》。文中所言,依然打动了多年以后的我:"人需要什么,就会感到什么是亲切的。里尔克的世界使我感到亲切,正因为苦难的中国需要那种精神。如果我们不对于中国断念,就寄望于不顾时代的艰虞、在幽暗处努力的人们。"

"居于幽暗而自己努力","工作而等待",对于一枚果实、一个国度,对于一个人、一个诗人,都是一种阴历节气般的命运、规律、道。

今天,在中国,在纸墨间,让我追念一个人、一群人。

无限的裂变

曼德尔施塔姆说:"抒情诗人本质上是雌雄同体的,有能力以内心对话的名义,进行无限的裂变。"

说这句话时,他想到了果树?梨树、桃树、苹果树……这些抒情的树、才子气十足的树,雌雄同体,花朵累累果实大,处于无限裂变之中。松柏一类树不结果,是思辨、言志的树,像英雄和圣贤,供我们敬而远之。

"我贫穷如大自然,/简朴如天空,而我的自由如幽灵,/如午夜群鸟的鸣声。"曼德尔施塔姆有惊人的记忆力,像午夜群鸟不需要手稿,对鸣叫声具有惊人的记忆力。整个俄罗斯只有一个诗人用声音工作——他,就是一棵群鸟栖息的俄罗斯樱桃树?被砍伐,就是他的命运。

曼德尔施塔姆流放于沃罗涅日期间,阿赫玛托娃曾经来探视、低语:"在流放诗人的房间里,/恐惧与缪斯轮流值守,/夜在进行,/它不知何为黎明。"曼德尔施塔姆则为茨维塔耶娃而写:"没有人会走出加农炮的射程之外/除非他手中拿着一首诗。"在恐惧中持守诗的尊严,就是持守人的尊严。

恐惧与缪斯也雌雄同体,使曼德尔施塔姆无限裂变出伟大的诗句——

"夜晚我在院子里冲洗,/尖锐的星辰在上空闪耀,/星光像斧头上的盐——/水缸已经接满,边沿结冰。/一粒星,盐一样,溶化在桶里,/刺骨的水显得更黑,/死亡更清晰,不幸更苦涩,/而大地愈真实,愈来愈可怕。"

大多数人在加农炮的射程里颤栗、沉默、消失,而诗人,尚有缪斯的怀抱在庇护。

一代代杰出的思考者、命运承担者,成为曼德尔施塔姆所比喻的投掷漂流瓶的人。他捡瓶,复又投出自己的瓶子,期望被新一代所捡拾、阅读——诗人的墨水瓶就是漂流瓶,向后世、远方投掷而出,"不应该怀疑这样一个人的存在"。

"对一个诗人是真理的东西,对所有诗人都是真理。组建什么样的流派毫无意义。发明自己的诗学毫无意义。"所有的诗人都是同一祖国、同一时代里的人,被同一个夜晚的星辰照耀和安抚——所有的星辰都属于光明派,与黑暗为敌。

曼德尔施塔姆的句子,像星光和盐,闪耀在水缸、墨水瓶、漂流瓶里,克服空间和时间,进入后人的眼睛和内心……

威尼斯的水声有益于未来

"诗歌的写作是意识、思维和对世界感受的巨大加速器。体验到这种加速,就像落进对麻醉剂和烈酒的依赖一样。一个处于对语言依赖状态的人,就是诗人。"

布罗茨基在一九八七年度的诺贝尔文学奖颁奖典礼上,如是说。

正是俄语、英语这两种他热爱的语言,支撑着流亡生活。反之,英语、俄语也依赖布罗茨基,得以更新。像一匹黑马与一个骑手,在相互依赖、支撑中获得了无穷的青草和长路。

布罗茨基始终认为"诗歌有益于未来,更不用说现在"。这或许是因为,诗歌沉淀了语言中良善、美好的部分,像一匹黑马的黑,是夜色中沉淀下来的良善、美好的那一部分。

一九九六年,布罗茨基去世,葬于水城威尼斯,依赖水声这样一种独到的语言而长眠。

《小于一》《悲伤与理智》相继在中国出版之后,布罗茨基一九八九年冬天完成的长篇散文《水印——魂系威尼斯》,也来到我面前,构建起一座纸上水城。生前,他多次利用寒假从纽约来这座城市游走,像是在提前考察墓地,进行适应性训练,以便死后与这些流水声、鸟鸣、花草香能够和谐相处,而不至于相互排斥。

我在这部书中也像在他前两部书中那样,用铅笔画了一道道波浪线,以便铭记那些美好的句子——

"到了一定年龄,我们的眼睛扫过少女,会没有任何功利目的,也不带有任何征服她们的欲望。"站在墓地前的少女,即使再美,布罗茨基的眼睛也没有任何功利目的了。他不会起身。他继续睡在威尼斯的水声里。

"整个城市,尤其在夜晚,就像一个庞大的管弦乐队,天空里是星星的假声。"布罗茨基的墓碑像是一个乐谱架,夜风一边看着他的名字和履历,一边演奏小夜曲?

"天堂和假期的共同之处,就是你不得不为它们掏钱,而这枚硬币就是你以前的生活。我与这座城市的罗曼史在很久之前就开始了:早在我开发出挣钱的本事之前,在我能负担起我的激情前很久,就已经开始了。"我没有去过威尼斯,我在攒钱,以便能"负担起我的激情"。当然,我也可以刷信用卡,用未来的债务为现实的激情买单。

"在抽象的季节,生命似乎比在任何其他时间更真实。甚至在亚得里亚海也是如此。因为冬天里,一切都更严酷、更荒凉了。"冬天拥有抽象的真实,鸟巢在树枝之间暴露得很充分,像女人们终于裸露出的心。布罗茨基每次来威尼斯都选择冬天。甚至在纽约死去,也是在一个冬夜里,他长期担心的心脏病危险,终于结束——诗人希尼记得他们见面时,布罗茨基总是把手伸进衣服内安抚心脏。那姿势,很像是握着一把隐秘的手枪?他在保护心口处的俄语?"严酷与荒凉"是人生本相,被春、夏、秋三个季节重重的树叶和花朵所掩饰。冬天里的人,终于有勇气正视周遭的景象。许多诗人死于心脏病,布罗茨基的导师奥登也是如此。

"旅馆房间里的镜子天然没有生气,在看了这么多次以后,它变得更加晦暗。"它的晦暗,是因为收藏了无数陌生客人的面孔。只有晦暗,才难掩饰那些面孔之间的冲突、质疑、嘲讽、格格不入。

"这个地方是为蜜月准备的,同样也应该试着为离婚做准备——无论是正在进行中的,还是已经完成了的。再找不到比这里更适合迷狂与激情消散的背景了。"一座水城适合鱼水之欢,也适合相忘于江湖。我看过的几部以威尼斯为背景的电影,都是以恋人之间的分手和永别为结局。被景色美化的迷狂与激情,无法进入世俗生活。

"我很怀疑民主的原则在自然中是否可行,因为在自然中,没有任何东西享有多数。甚至水也不可能。"所以,在自然中没有专制的夜莺,也没有独裁的郁金香。

"早晨,日光用它的酥胸撞击你的玻璃窗,把你眼睛像个贝壳一样撬开。"显然,布罗茨基喜欢没有做过丰胸术的早晨。当然,他更喜欢黑马一般的夜晚,让异国与故乡消失了界限,俄语和英语混同于风声。

"交叉路口的黄色箭头标志没有多大帮助,因为它们像道路一样也是弯曲的。在你停下来问方向,本地人流畅的摇头摆尾的手势,让你能轻易地认出一条鱼来。"我在这本书中也认出一条鱼——布罗茨基也成为威尼斯人了。在他"流畅的摇头摆尾"的笔势中,威尼斯让一个中国阅读者忘却归路……

曾经看到一张布罗茨基在威尼斯的照片:他弯腰与一只小狗打招呼,小狗被一条绳子牵在一个女士手中,而女士正侧过身去看着河流,河流上波光闪烁。我不知道这女士与布罗茨基之间的关系。

希尼写过一篇文章回忆布罗茨基:"他有一种近乎凶猛的智识的敏捷。谈话迅疾垂直上升,不可能减速,语言以出人意料的方式走得更远、更快。他眼睛像刺猬一样焦虑,像鹰一样敏锐。"刺猬和鹰,需要水声和波光来安抚,缓解紧张和不安。

我喜欢希尼和布罗茨基一九九一年在伦敦重逢时的照片:两人搂着肩膀对镜头憨笑,像刚走出幼儿园的两个顽童,充满了彼此间的依赖和对未来的信赖——他们都在用诗歌,向未来源源不断输送利益。

威尼斯的水声向远处的大海和心灵,输送鸟影和灯火。

庞德的墓地也在威尼斯,与布罗茨基墓地之间的关系怎么样,我不知道。

支付孤独这一种现金

立陶宛诗人托马斯·温茨洛瓦在一九七七年流亡美国,于加州大学伯克利分校任教三年。米沃什也恰好生活在这座大学,类似的命运使他们亲近。台湾诗人杨牧,此时正在该校读书并与他们有过交集。

作为"布罗茨基圈"人物之一,温茨洛瓦受到布罗茨基的赞赏:"一首诗若想在时间中旅行,就必须具有独特的音调和洞察。温茨洛瓦的诗就完全符合这些要求。他诗歌的抒情性是一个基本特征。而一首诗的伦理焦点正在于抒情性,而非任何叙述因素。因为一首诗的抒情性因素,就是诗人营造的乌托邦。"

同一时期,杨牧的导师,伯克利分校比较文学系的陈世骧教授,正在写作《中国文学的抒情传统》,把《诗经》作为中国文学"温柔在诵,最附深衷"(刘勰)这一传统的源头。陈教授与布罗茨基等人是否就"抒情"这一话题有过讨论,我不知道。但古今中外、世事人心,大致相似——唯有抒发情感,方能"散怀抱"(蔡邕)。代表人类去表达喜、怒、哀、乐、悲、恐、惊,是诗人的责任。

流亡中的温茨洛瓦,通过语言的抒情性,构建故乡、一个不断在梦中抵达的乌托邦——波罗的海冬天的景色。他的一本诗集就命名为《冬日对话》。

"在夏天,我常在黎明前醒来,/我感到(没有畏惧)/新一代继承词典、云、废墟、盐/和面包的时刻,正在接近。/而我将被授予的一切不过是自由。"温茨洛瓦《对岸》一首诗的结尾,充满对语言和时间的信心——正是诗歌,使他能够在讲台和书桌的边缘,看到激流那边的对岸。而衰老、死亡,对于一个诗人,意味着解放和转化的到来。

现在,温茨洛瓦是"布罗茨基圈"最后一位健在者了。

再孤然独行的人,逃避集体主义、集结令、集权、集会的人,也不得不参加自己的遗体告别仪式——躺着,成为圆心。无关痛痒的人们像秒针,围绕死者走一圈,节奏混乱杂沓——一个涣散无力的钟表,摆脱了时间的束缚而得以自由。从米沃什,到布罗茨基、温茨洛瓦,到你我他,一概如此。无非是这"钟表"大小不同而已,涣散的早晚不同而已。

"布罗茨基比他前辈也许享有更多的内心自由:为获得这样伟大的自由尺度,人们必须支付现金,也就是孤独。"温茨洛瓦在《三个俄罗斯诗人》一文中如此感慨。

任何一个写作者都是如此——悄悄积攒自己的"现金"吧。

不少人可能是在用一种叫做"寂寞"的假币来支付。

反对一团幻觉的污浊的云

波兰诗人亚当·扎加耶夫斯基在《捍卫热情》一书中写道:"我并不完全反对一种自由的、明智的、优美的诗歌,一种力图联结起远与近、低与高、凡俗与神圣的诗歌,一种力图记录灵魂的运动、情人的争吵、城市街景,同时还能注意到历史的脚步、暴君的谎言的诗歌。我只是恼怒于那种小诗歌,精神贫瘠,无智慧,一种谄媚的诗歌,卑躬屈膝地迎合这个时代的精神刺激,那种懒惰的职业官僚似的东西,在一团幻觉的污浊的云里迅速掠过地面。"好像是在针对当下中国诗坛发言,针对"一团幻觉的污浊的云",充满恼怒和无奈。

这个喜欢中国古典诗歌的波兰诗人,提出了他理想中的诗歌、诗人的尺度:

"自由的、明智的、优美的"——抒情;

"联结起远与近、低与高、凡俗与神圣"——辩证;

"记录灵魂的运动、情人的争吵、城市街景"、"注意历史的脚步、暴君的谎言"——见证。

这三点,似乎也与"诗缘情""诗言志""一语天然万古新,豪华落尽见真淳""兴、观、群、怨"等等中国诗学观点,暗通、契合。

当然，对好诗歌、好诗人的最准确的辨认者、衡量者，是时间。比如，陶渊明，在六百年后的北宋，才开始得到苏轼以来历代书生的敬意和回应。杜甫，死后经过元稹、白居易、韩愈们的推举，才渐渐确立其诗圣的地位，并随时间的推移而日益显现出动人的力量，正如鲁迅所说："杜甫似乎不是古人，就好像今天还活在我们堆里似的。"

扎加耶夫斯基写过一首《中国诗》，向一个古老国度里的前贤们致意："我读一首写于千年前的中国诗。/作者述说着整夜落在他乌篷船上的雨，/和最后安顿在心里的和平。/只是巧合吗？十一月再次来临，暮霭沉沉。/只是偶然吗？/诗人们向伟大的时刻进发/为了奖赏与成功，/而秋天周而复始/从骄傲的树上撕去叶子，/假如还有什么留下，/唯有雨在诗歌中轻柔的低语，/既不快乐也不感伤。/唯有纯粹，无人看见，/在傍晚，当光和阴影/暂时忘却了我们/而忙于神秘地移动。"

扎加耶夫斯基来中国访问，被问及《中国诗》中所读的那首中国诗，是谁的？蒋捷的《虞美人》吗？——"少年听雨歌楼上，红烛昏罗帐。壮年听雨客舟中，江阔云低断雁叫西风。而今听雨僧庐下，鬓已星星也。悲欢离合总无情，一任阶前，点滴到天明。"扎加耶夫斯基回答："记不清了。"的确，在古代，中国诗人几乎都是在舟上、马上、驴上、歌楼上、茅舍里，接受雨水的教育和启示，得到"最后安顿在他心里的和平"，以及"雨在诗歌中轻柔的低语"，而不再计较"还有什么留下"，虽然"这里也有绝望，但慰藉的到来势不可挡"(苏珊·桑塔格)。

显然,扎加耶夫斯基的神秘主义诗风和内心对时代的超越,与那一首中国诗没有太大关系,但与整夜打在那一个中国乌篷船上的雨有关。他的诗作合于自己的诗学观点:抒情、辩证、见证,形成一种微妙的平衡感,始终持守人性的美与力量,而不必"为了奖赏与成功"。

我也喜爱他的《休斯顿,下午六点》:

"欧洲已经睡了,在一条由边界线织成的粗糙花格子织物下/在古老的仇恨下:法国舒服地依着德国,波斯尼亚躺在塞尔维亚的手臂。/我是孤独的,因为欧洲睡了。/我的爱睡在巴黎郊外一间高高的房子里。/诗歌召唤着我们来到更高处生活,/但低处的一切同样富于雄辩。"

任何一个诗人,都是在"高处的召唤"和"低处的雄辩"之间凝神、辨认,像一只海鸟,在高处的山岩间筑巢,而又在低处的涛声里寻觅鱼虾。所以,他孤独,用格子稿纸作为睡毯,假装盖着一个爱人,在休斯顿,在上海……

对于同民族、同命运的前辈诗人米沃什,扎加耶夫斯基怀着敬爱,写了一篇《我不能写下关于米沃什的回忆录》——米沃什往往能够藏起"欢欣的伟大时刻","在孤独中壮大",像港湾里停泊的锈迹斑斑的旧船,"曾经与飓风搏斗,勉强幸存于巨浪的冲击","我并不十分懂他。我必须重回他的诗、随笔"。敬爱一个作家,最好的方式就是重回他的言说——去认识他幸免于难的、港湾之外的大海。

一九八三年,扎加耶夫斯基在巴黎初识米沃什,之后,多次在加利福尼亚、纽约、休斯顿等地的朗诵会、课堂上相遇并交谈。米沃什流亡异国期间,坚持用波兰语写作,尽管他曾经是一个精通法语、英语等多国语言的外交官。他说:"当我们变换语言时,我们肯定会变成另一个人。"扎加耶夫斯基也认为:"如果你用波兰语写作,你就不得不接受波兰历史赋予你的复杂遗产。"米沃什用波兰语这样一种长期"被征服的语言"写作,来继承这一份复杂的遗产。他在西方世界的影响力,是一九七三年之后通过美国诗人的翻译逐渐形成的。一九八〇年,获得诺贝尔文学奖。

晚年,米沃什终于结束长达几十年的流亡,回波兰定居。扎加耶夫斯基像邻居一样,多次去他寓所看望,共饮畅叙。"在餐厅,他说话声音很大,因为听力不好,这使他的朋友有一些难为情——说话的隐私性少了。他的笑声不可抗拒。"二〇〇四年,米沃什去世。

扎加耶夫斯基认为,米沃什是狂喜的人,爱大笑,"仿佛需要从其职业性的庄重里,暂时抽身休息片刻"。他其实是在以狂喜抵抗沉痛。我看到过米沃什、布罗茨基、希尼三个人的合影,像三个顽童搂肩欢笑。三个我喜欢的诗人。他们有暖意和爱意,语言里才充满了天真的光辉——直视恶与伪,肯定自由、生命和美。

正如扎加耶夫斯基所言,米沃什不是教条主义者,"从来没有同意自己的意见",其诗歌"狂喜的语调混合着清醒的反思","它不是'自然的'诗歌，不是'沉思历史'的诗歌，也不是'自传性的抒情'——它是这一切！"

伟大的诗人和诗歌，必然在冲破、嘲讽分类学——伟大的事物一言难尽，如天风吹海，反对一团幻觉的污浊的云。

探究阴影里某种不变的东西

"没有一个人是他自以为的那个人。"昆德拉在文论集《小说的艺术》中这样写道。昆德拉以为自己是一个什么样的人呢?

昆德拉在这本书中对"小说家"作出定义,从中可以看出他对自己的期许:"存在的探究者"。以虚构出的种种人物这些"实验性自我",探究被科学、社会学所遗忘、忽视甚至遮蔽的存在——他,是这样一种小说家吗?

或许,正因为一个人并不是他自以为的那个人,痛苦、悲伤、欢悦、绝望、冲突、虚荣、羞耻等等元素构成的人性,才幽暗深广;文学、美学、哲学、心理学,才有了边界和空间——一个只有物理学、生物学、地理学、计算机学、政治经济学的世界,多么乏味、无趣和可怕。

诗,小说,就是写作者、阅读者试图辨认自我的一面镜子——当然,那镜子,完全可能是一面变形的哈哈镜、试衣镜、膨胀、美化了一个虚假的自我。在精神病院,一个疯子爬上树,掉下来,就宣布自己是一枚熟透了的果子。这样的自以为是和存在感,很美好,像诗人行为。这比一个人爬上主席台掉下来,就宣布自己是一个大人物,美好了许多。

波兰小说家贡布罗维奇曾经判断:不同时代,一个人的自我的重量,与地球人口的规模增长成反比,越来越轻——贡布罗维奇的自我,相当于二十亿分之一的重量。由此启发了昆德拉小说中"轻"和"媚俗"这两个主题的生成——

轻:上帝走了,我们不是大自然的主人(大自然渐渐撤离地球),也不是时间的主人(把握不了历史),"谁是主人?地球在没有任何主人的情况下在虚空中前进,这就是不能承受的生命之轻。"

媚俗:讨好,不计一切,"而且要讨最大多数人好的一种态度","用美丽、动人的语言表达固有观念的愚蠢"。

今天,轻得虚无、媚俗得欢快的人,在没有主人的地球上继续膨胀着规模。

对越来越轻、越来越媚俗的自我进行审视,不断探寻存在于"那后边的某个地方"、"阴影里的某种不变的东西"——诗,"一种炫目的现象",这就是昆德拉所理解的作家们的工作。昆德拉认为卡夫卡就是这样一个诗人式的作家。

尼采也应该是一个诗人式的思想家、作家。他说:"无法成为一个诗人,就等于无法成为一个人,因为他只能接受别人对自己的描述,一种绝对的无个性。"所以尼采也写诗,写绝望的诗,来维护自我描述的权力。

尼采五岁时,父亲死于脑软化症。数月后,两岁的弟弟又夭折。"在我早年的生涯里,我已经见过许多悲痛和苦难,所以全然不像孩子那样天真烂漫、无忧无虑。"被家中信教的女人们(母亲、妹妹、祖母和两个姑姑)团团围住,从而生成一种脆弱、敏感、与周遭世界格格不入的气质——一种诗人的气质?有个性,但悲伤。

在这广大的人间,诗人,"阴影里某种不变的东西"的探究者,毕竟寥寥无几。

如果无法成为诗人,就去进入一首诗,接受他人的描述和表达吧。

在群峰下安放身心

歌德《浪游人夜歌》有多个译本——

"群峰一片/沉寂,/树梢微风/敛迹。/林中栖鸟/缄默,/稍待你也/安息。"(钱春绮)

"一切峰顶的上空/静寂,/一切的树梢中/你几乎觉察不到/一些声气;/鸟儿们静默在林里,/且等候,你也快要/去休息。"(冯至)

"微风收木末,/群动息山头。/鸟眠静不噪,/我亦欲归休。"(钱锺书)

钱锺书用字最少,甚至把群峰之上那个即将休憩的"你"改成"我"——无论你我,都是群峰之上转瞬即逝的孤独者。后来,钱锺书干脆把歌德的这首诗浓缩为八个字:"诸峰之巅,群动皆息。"将"你""我"完全忽略,这完全是即将入睡者的低语,懒得再说太多的话。

我猜测,正是歌德这首诗影响了美国桂冠诗人W·S·默温,导致了《又一个梦》的生成:"我踏上山中落叶缤纷的小路/我渐渐看不清了,然后我完全消失/群峰之上正是夏天"。

两位诗人表达的都是晚境、绝境。写这些诗时,一概年少。伟大的诗人一出生就是老人,一出生就站在"一切的峰顶""群峰之上"。之后,在山中消失、安息,像夏末秋初的落叶那样自然而然。

我喜欢默温晚年的一幅照片:满头白发,衣服整洁,安静地坐在植物中间微笑——愿意坐在植物园而非动物园门口照相的男人,都有着女性身上普遍存在的柔情。

后来读了关于默温的一部传记,才知道其生活的确与植物有关。这个纽约的英俊小孩,庞德的学生,多年习练诗歌,在七十年代获得普利策奖而一举成名——站在了群峰之上。但他知道夏天之后落叶缤纷,就摆脱大堆女性崇拜者的纠缠,与妻子隐居夏威夷海边一座休眠的火山顶上,劳作不息,修复废弃的田园,收养了几十种濒危植物,像收养了几十个断臂的孩子——

"我的词语是我永远不会成为的那件衣服/就像一个独臂的孩子卷起的衣袖"。

在上海,每次看见独臂孩子卷起的衣袖,我就想起这个美国诗人。他从那"卷起的衣袖"上,看见词语的存在和意义——无用而又必须,沉默而又温存——默温。

喜欢这个在野外、在群峰下安放身心的诗人——其诗屡屡出现鼹鼠、大雁、苍鹭、夜晚、月亮、山谷、河流、天狼星、风、岁月……对这些自然物象和旧词汇的热衷,证明他念旧,念诵旧物旧人——中国的苏东坡、白居易也进入过他的诗。他似乎没有写过纽约。

在旧词汇中注入个人经验,就像是捏着一柄锈了的铁锹,蹲在水边用沙石打磨整个下午,直到它能映出一个农夫的脸、一弯新月的轮廓。再起身,去挖掘土豆或者莲藕。

默温在名诗《挖掘者》中，假设有一个、两个、八个、十一个扛着铁锹的人，次第来到路上，"而我要藏起来/想看这里的一切/这只手正好挡在/我的眼前/而我愿试着把它放下来/在他们透过它发现我之前"——

在默温假设出的野外这样一个广阔舞台，十一个扛铁锹的人，像十一个演员不断出现、登台，进入一个隐身者、一个观众的视野。他们不断扩张规模，造成对"我"的压力。必须放下、摆脱一只手的遮蔽，"我"才能主动出现在他们当中，登上舞台，加入挖掘者的行列——

对这首诗解读众多。我愿意认为，这个挖掘者群体，由默温所敬爱的那些写作者构成，苏东坡、白居易、庞德、歌德，以及写出《挖掘》一诗的爱尔兰沼泽地里的希尼——

这些从群峰之上走下来的人，阵容浩大，无穷尽。

静默和明亮

诗人罗伯特·洛厄尔于一九七七年去世,毕肖普很难过。本来嘱托这个比自己年轻六岁的诗人,将来能在她墓碑上题词:"这里躺着全世界最孤独的人。"

连能够在墓碑上题词的人都没有了,一个最孤独的人,如何长眠?

一九七八年,为纪念洛厄尔,她写下《北海芬》。北海芬,美国一个滨海小镇,毕肖普常常在这里度过夏天。洛厄尔住在附近另一个村庄,常来北海芬看望她。

"你离开北海芬,沉锚于它的礁石,/漂浮在神秘的蓝色上……现在你——你已/永远离开。你不能再次打乱或重新安排/你的诗篇(鸟雀们却可以重谱它们的歌)。/词语不会再变。悲伤的朋友,你不能再改。"

毕肖普认为诗歌需具备三种品质:准确、天然和神秘。洛厄尔和她自己的诗,都已经进入准确、天然和神秘的大气之中了,无须再修改。

洛厄尔的杰作《渔网》无须再修改——

"任何明净的东西使我们惊讶得目眩,/你静默的远航和明亮的捕捞。/海豚放开了,去捉一闪而过的鱼……/说得太少,后来又太多。/诗人们青春死去,韵律护住了他们的躯体。/原型的嗓子唱走了调,老演员念不出朋友的作品,/只大声念着他自己,直到礼堂死寂。/这一行必须终结。而我的心高扬,/我知道我欢快地过了一生,/把一张上了焦油的渔网织了又拆。/等鱼吃完了,网就会挂在墙上,像块字迹模糊的铜牌,钉在无未来的未来之上。"

这是一首谈论诗艺的诗——织网,捕鱼,诗人就是渔夫,"织了又拆",反复修改。

爱尔兰诗人希尼也喜欢洛厄尔。在一九七九年召开的美国现代语文学会的年会上,谈到《渔网》:"它一开始像音叉那样甜美,结束时则只听见一下下猛烈的撞击声,像有人在毫不客气地猛撞门上的铁环。注意洛厄尔对于诗艺所给予他职责的内在信任。"在希尼以及洛厄尔看来,对诗艺的追求,就是在谴责丑与恶,诗人的社会责任正体现于此。

洛厄尔在六十岁时去世,还算年轻,避免了在晚年像老演员那样唱走了调的尴尬。在中国,晚年里走调了的诗人,很多很多。

一九七九年,毕肖普也去世了,六十八岁,不算年轻,没有走调,像她终生热爱的海涛不会走调一样。"静默的远航和明亮的捕捞",在后世诗人中间延续——这一行不会终结。这一行诗、写诗这一行当,不会终结。音叉和门环发出的动人或惊人的声音,不会终结。

II　越过边界的人

越过边界的人

普鲁斯特在《驳圣伯夫》一书中说:"美好的书,是用某种类似外语的语言写成的。"必须用全新的表达,来更新阅读者的内心和视野。

一个美好的作家永远是国境线、边界以外过来的人,有异域风情,语调和面容都那么陌生。当下,大量文字像街头巷尾的闲谈和地痞。

当一个陌生的、有异域风情的人路过,我们突然安静下来,看他走近又走远——

诗人保罗·艾吕雅走过来了,边走边回味一次亲吻:"芳香而美味/你越过身体的边界/没有迷路/你已跨过了时间/这就是你,崭新的女人/向无限展露你自己"。一个女人因越过身体的边界而崭新。我想起童年时代一同越过围墙去摘桃子的那个女孩。不知她在哪里,向谁展露她的"芳香和美味"。当然,现在,她应该像我一样老了。

所有诗人都是超现实主义者,所有爱情都是超现实主义——去超越现实的乏味、冷漠、世故、庸常、疲顿、狡黠、算计、陷阱、语焉不详、滥调陈词……通过想象力,让现实充满情人般的心跳、体温、呼吸、缠绵、哀伤——所有诗人和爱情都属于现实主义,有力量把现实改造得面目一新,像异国、异域、异端。否则,这诗和爱情都软弱无效。

"乏味、冷漠、世故、庸常、疲顿、狡黠、算计、陷阱、语焉不详、滥调陈词"的价值,就在于为语言、为诗,提供了充满难度的围墙和边界——在限制和阻碍中,去生成表达的力量。

"一首诗是一个秘密,被从未相遇的人们分享。诗人耗费大多数时间在黑暗中搔首,迷惑不解。他们偏爱的旅行是前往厨房,看看冰箱里是否有烤火腿和冰啤酒。"诗人查尔斯·西密克如是说。搔一搔首,这手势,就是脑海上方一只海鸟在飞动,就是高原上的一只雪豹在奔跑?搔首,就是一次小规模的越界,"五个人"的一次小规模越界。

在国破城春的唐朝,杜甫"白头搔更短"。但他没有冰箱、烤火腿、冰啤酒,只能在大地上游荡,找不到卧室和厨房,死在船上而非床上。

王尔德说:"伦敦以前没有雾,直到惠斯勒画出来后才有了雾。"中国以前也没有秋天,直到杜甫写出《秋兴八首》才有了秋天,才有了万里悲秋中的客居感、病痛感——

艺术是现实的自画像,现实是艺术的私生子。伟大的越界者们,向我传授了越界的秘密。

只有越过时间、地理、语言边界的人,才能光复童年、回到故乡——在内心,在纸上。

像河流创造一个自己的源头

古波斯诗人鲁米的诗,倾心于对爱情、自然和智慧的表达。

《看看爱情》:"看看爱情/坠入爱河的人/如何被它纠缠。/看看你的心和口/一个既聋又哑/另一个夸夸其谈。/看看冬天和春天/显而易见/在春分相交。/你我也必定相连,朋友/因为天地也为你我而相连。/就像甘蔗/甜蜜却沉默/不要掺杂痛苦的言语。/我的心上人/从我的心中成长/这样的合一,无与伦比。"

"看看"一词,让我想起埃克絮佩里的童话小说《小王子》中的一个关键词"驯养"。所谓"驯养",就是我为我爱的事物耗费时光所建立起的情感联系。就像《小王子》中的狐狸对头发金黄的小王子所说的那样:"要是你驯养了我,事情就变得很美妙了,金黄色的麦子会让我想起你,我会喜欢风吹麦浪的声音……"

通过诗人的"看看","一棵甘蔗"得以渐渐成长、无与伦比——这目光催熟万物,像夏日正午的光。爱情、情人就是在被看看、被驯养之中,加深糖分和沉默。一首分行的爱情诗,像分成许多节的长长短短的"甘蔗集"、诗集,无与伦比。

在古波斯的溪水与星光之间,鲁米用一生来沉思和言说:

"有一种幸福与身体无关,/有一种生命活在芬芳之中。/不要担心失去动物的活力。/走在爱的路上,并且要求得到补给。/更多地去爱星光的反映/而非潺潺的溪水。"显然,他倾向于星光。这星光并非抽象于空中,而是反映于溪水,掬手可得——他想把身体性的溪水与精神性的星光,融为一体,互动映发。这是难题,考验自古至今每一个人、诗人,考验每一条夜晚的溪流。

西方诗歌的源头肇始于古巴比伦、古希腊,途经古希伯来、古罗马、古波斯,沿着意大利的但丁、法国的维庸、葡萄牙的卡蒙斯、英国的莎士比亚等等早期诗人的墨水,分流而下。

鲁米比这些诗人更早,生于一二〇七年,卒于一二七三年。此时,中国的元代刚刚开启,唐宋诗歌的黄金时代已经过去,汉家文人因异族统治而大都移情于戏曲和文人画,关汉卿、白朴、郑光祖、马致远们,在急鼓繁弦中叙事、抒情、宛转言志。

鲁米全名是莫拉维·贾拉鲁丁·鲁米——"莫拉维"是追随者对鲁米出于爱戴而加上的尊称,意思是"我们的主人啊";"贾拉鲁丁"是其本名;"鲁米"则是贾拉鲁丁长期生活的东罗马地区的称呼。一个杰出的诗人,有能力、有责任代表一个地区甚至一个国度,发声。中国传统文化中也习惯以祖籍来代指著名者,如,柳宗元也叫"柳河东"——尽管他出生于长安而非"河东"所在的山西运城。

血液的力量,源头的力量,决定了一个人的生命、道路和世界。

显然,鲁米以及早于他的荷马、萨福、品达、维吉尔、贺拉斯、海亚姆、内扎米等等诗人,是西方诗歌的源头性诗人——溪水潺潺。

他们为诗歌写作确定了一系列母题,像星光,去拯救黯淡中的心灵:"爱""美""时间""故乡"——在人性苏醒得更早的中国,亦复如是,从《诗经》《古诗十九首》开始,中国古典诗人们在东方探索汉语之美、灵魂之美。

现代汉诗在二十世纪之初以来萌生、抽枝、长叶、开花、结实,所依赖的泥土和泉水,是中国古典诗歌和西方现代诗歌。尤其是古典诗歌,影响着每一个中国现代诗人的世界观和情怀——不管嘴巴上承认这一传统的影响与否,其血液一定在默认、连通。"英译汉","古译今",从纵横两个方向,带来了现代汉语诗歌的话语方式和力量。

在今天,一个中国人读读李白、杜甫、鲁米,孤单感就会得到缓解。"暮从碧山下,山月随人归。回顾所来径,苍苍横翠微。"念诵李白这些诗句,一回头,就似乎也能看到一个时代翠微般的苍苍剪影。在月光下,古今中外的诗人联袂而归。我们的忧患、眷恋、感叹,千年来基本未变——名词在剧变,形容词一直没有变。实际上,从李白长短参差、放任不羁的诗行里,已经可以感受到现代性。我丝毫不觉得他是遥远古人,就像我丝毫不觉得鲁米是一个异国前贤。

唐代书法家孙过庭《书谱》中的一个观点,对文学遗产的承续与探索,同样有启示意义:"质以代兴,妍因俗易。古不乖时,今不同弊。"即,古人的质朴、今人的妍丽,随代际与风俗的流变而更易,习古而不能背离时代,探索而不能陷入时弊。如何处理"古""今"

"质""妍"间的关系,正确理解传统与先锋的内涵,河流为我们树立了典范——所有传统都曾经先锋,所有先锋都渴望进入传统、生发未来,自源头至大海,一路融汇、更新、宽阔,始终没有断裂、枯竭……

"每个作家事实上都创造了自己的先驱者。"(博尔赫斯)像每条河流都创造了一个自己的源头?

"好的传统中包含着现代性。"(程抱一)——好源头中包含入海口和大海。

诗人通过各自的作品,来复活、追认"自己的先驱者",就像纪伯伦、泰戈尔以自己的作品致敬鲁米一样。后世诗人与古代前贤、异域诗人的差异,仅仅在于衣衫鞋履的样式、质地,以及由此带来的皮肤感受的变化——

今天,皮肤病、脚气一类小疾,与白血病、心肌梗塞一类大难,多了。这或许是因为我们看见碧绿山川的机会少了。月亮常常被大楼遮掩。路,也是假山旁边一条水泥单行道,高速度通往市场、官场、商场、情场、名利场。

但我们不能推卸"创造自己的先驱者"这一责任——去创造鲁米、李白、杜甫吧,去创造叶芝、希尼、特朗斯特罗姆吧,去创造一个自己的源头吧。

尽管这创造的难度,在不断加大。

在渡口迎接美与感伤

捷克小城布拉格涌现出那么多优秀的写作者：卡夫卡、昆德拉、塞弗尔特、赫拉巴尔……一定有什么秘密。

"布拉格"的原意为"渡口"，应该联系着"远方""流亡""等待""告别"等等概念，就是联系着感伤和美——文学，产生于对美的幻想、对丧失的预感与伤痛之中。

小说家赫拉巴尔，像《过于喧嚣的孤独》中的打包工汉嘉，在布拉格，在这个隐秘的渡口，自言自语："我读书的时候实际上不是读，而是把美丽的词句含在嘴里，嚅糖果似的嚅着，品烈酒似的一小口一小口呷着，直到那词句像酒精一样溶解在我身体里，不仅渗透到我的大脑和心灵，而且在我血管中奔腾，冲击到每根血管的末梢。"

一个生活在时代垃圾堆中的人，因语言的美与力，而感知自身的存在——从头脑、心灵到血管。赫拉巴尔少年嚅糖果，中年喝烈酒——一本书，要有少年的甜蜜、中年的壮烈。

我喜欢赫拉巴尔的一系列书，如长篇小说《河畔小城》《一缕秀发》《温柔的野蛮人》《新生活》《婚宴》等等。它们完全具有糖厂、酒厂的品质——"啤酒"，是捷克生活和赫拉巴尔作品的关键词，许多情节都发生在各个啤酒馆或者进出啤酒馆的路上。赫拉巴尔曾经开玩笑:"人在东欧,没法儿清醒地活着。"

这些小说完全可以作为长篇散文来读。在赫拉巴尔眼中,散文与小说两种文体的界限大概没那么清晰。比如,长篇小说《新生活》,就是以他妻子为视角来叙述,审视两人的情感生活及其所处的时代,丝毫没有掩饰和美化自我的心机与城府,也就拥有了朴实动人的力量。

赫拉巴尔八十三岁时坠楼而亡。死因不明。有"失脚说",也有"孤独致死"说。匈牙利作家艾斯特哈兹·彼得参加了他的葬礼后回忆:"葬礼现场有一支很差的乐队,演奏着很差的音乐,我觉得他们好像是从赫拉巴尔的书里跳出来似的。"

我喜欢这个捷克老头以及卡夫卡、昆德拉、塞弗尔特。所以我喜欢布拉格。布拉格充满了赫拉巴尔式的幽默、荒诞、戏谑与悖论?

我没有去过布拉格。早晚要去一次。就像早晚要去渡口,迎接从远方归来或拒绝归来的一个女子。

必须把它放在一个地方

墨西哥小说家胡安·鲁尔福也是摄影家。

与笔尖相比,镜头更容易暴露内心——眼睛关注到的一切,无不源于观察者的情感:走廊上睡午觉的女孩,巨大灌木丛中的骑手,眺望远山的一个戴破草帽的男人背影,夕阳下骑驴而去的两个依旧戴草帽的人,旷野里起舞的女子,像孤儿一样被遗弃的街道,独行的长袍牧师……

"任何事情,我都必须把它放在一个地方,以便赋予它生命,让我跟随它。这样我就被领上了一条我不知道的路。与我写的东西有关的景物是我童年的大地。那是我记得的景物。一心想回忆那些岁月,这就逼使我写作。……对我来说,城市并不说明什么,尽管我在一个城市里生活了四十年。跟那些知识分子在一起,纯粹是一种徒劳的、无益的、不深入的争论。"鲁尔福手捏相机,离开了知识和知识分子们,在大地上游荡、低语。

他的话,让我想起美国小说家、油漆厂厂主舍伍德·安德森。他对初学写作的福克纳有这样的教导:"你必须有一个地方作为起点。是什么地方关系不大,只要你能记住它并且不为这个地方害羞就行了。你是一个乡下小伙子,你所知道的一切,就是开始你事业的密西西比州的那一小块地方。不过这也可以了。它也是美国。"福克纳明白了,就学着用《喧哗与骚动》《我弥留之际》等等小说,建立起属于自己的那一小块地方——约克纳帕塔法县。

安德森的另一个学生是海明威,与福克纳关系不和。他说:"我不想拿大海与他的那个县交换。我觉得一个县挤得慌。"福克纳会觉得大海上的渔夫和鱼挤得慌吗?找到属于自己的大海、县,赋予它生命、跟随它,都能成为一个伟大的书写者。

非常尊敬鲁尔福的加西亚·马尔克斯说:"面对压迫、掠夺和歧视,我们的回答是生活下去。任何洪水、猛兽、瘟疫、饥馑、动乱,甚至数百年的战争,都不能削弱生命战胜死亡的优势。"他和鲁尔福代表拉丁美洲,在八十年代给中国带来了文学上的魔幻现实主义。明清时代,拉丁美洲给中国带来了土豆、红薯、玉米——魔幻现实主义风格的土豆、红薯、玉米……源源不断涌出泥土,给我们带来"生命战胜死亡的优势"。

鲁尔福需要"一个地方",像福克纳需要约克纳帕塔法县、海明威需要大海、马尔克斯需要小镇马孔多、沈从文需要湘西、莫言需要山东高密。鲁尔福后来写出以自己故乡为背景的小说《佩德罗·帕拉莫》,一部开魔幻现实主义之先河的小说,时间循环,空间交叠,死者和生者一同呼吸、生活。"雷德利亚神父很多年以后将会回忆起那个夜晚的情景……"书中的这句话,启发了马尔克斯《百年孤独》的著名开篇?

鲁尔福的故乡苦难深重而又骄阳似火。"白昼在时断时续地旋转着,几乎可以听见生了锈的地轴转动的声音,还可以感到倾倒出黑暗的大地在震动。"这魔幻现实主义的、葡萄一样酸楚的大地,为作家的灵魂提供了一个容器、一种形式,像东方的佛龛和石窟,对佛教徒所具备的功能一样。

移居上海二十年,我的当下生活依旧以故乡中原为参照物、为尺度,反观自我,纠正内心。我写上海、写世界,本质上依旧是在写中原、写童年。与那些在弄堂里生长、苏州河里游泳、红房子里喝罗宋汤、复兴公园里谈恋爱的上海本土作家相比,有根本的不同——皮鞋深处的泥土不同,生发出的脚、腿、身躯、心脏、呼吸、面容……这些枝叶果实也就必然不同。我写我的上海,他们写他们的上海,一个上海,无数种表达。

"恪守诗人的训诫,包括研究艺术、经历坎坷及保持蛙皮的湿润。"诗人罗伯特·勃莱在《寻找美国的诗神》一文中,写下这样一句著名的话。所谓"蛙皮的湿润",即诗人应具备的对于周遭处境的敏感性与反应力,像蛙皮之于沼泽、池塘、雨季。我的皮肤目前还能保持湿润,但"研究艺术""经历坎坷"这两个方面比较欠缺。就这样吧。

鲁尔福关于童年大地的话,让我对自己的写作稍稍心安理得。生活是什么状态,文字就是什么面貌。生活凡俗、内心平淡,适合写碎片般的平常文字,或许也能散发出碎玻璃一样的光辉——在夜晚,不能像金子照亮女人耳垂,但能照亮一只蟋蟀的前途,更美好。

就这样吧。只能这样吧。

在路上成为一个人

"这条路也许不通向任何地方/但有人从那边过来。"

北欧当代诗人拉斯·努列,名字陌生,这两行诗让我记住了他。一首诗就是一条幽寂之路,没有目的地。但诗人总期待有脚步声从这首诗尽头渐渐传来。甚至会有一个招呼传来:"喂,谁写的这一条好路呀……"

卡瓦菲斯也写了一条好路《伊萨卡》:"当你踏上伊萨卡之旅,/但愿你道路漫长,/充满奇迹,充满发现。"希腊神话中的奥德修斯结束特洛伊之战后,踏上还乡路。在塞壬妖魅的歌声里,耳朵封蜡,自缚于桅杆。十年后终于返回伊萨卡,妻和子一拥而上喜极而泣。路,就是乡愁,就是爱——爱谁,谁就是故乡伊萨卡,谁就是通往故乡的路。丧失了爱的能力,一个人就迷路、无方向。在路上,完成一个人、一个诗人的形象,所以"不要过于匆促,最好多延长几年",充分享受路上的清晨和孤独。

"能够沿着走惯的路/一路走回家去/能够有一个人亲你/擦洗你,还有精致的谎话/在等你,能够这样活着/可有多好,随时随地/手能够折下鲜花/嘴唇能够碰到嘴唇/没有风暴也没有革命/灌溉大地的是人民捐献的酒/能够这样活着/可有多好,要多好就有多好!"中国诗人多多在一九七三年写下这首《能够》。那一年,他二十二岁,天下大乱。在那一年能够写下这样的诗,是奇迹,是爱与信仰带来的奇迹。或许正是风暴与革命,使一个年轻人提前拥有了中年人沧桑、不安的嗓音,与"人民捐献的酒",一同灌溉这多灾多难多变幻的大地。

"一个人要走多少路,才能成为一个人?"美国左撇子歌手鲍勃·迪伦的疑问。奥德修斯的故事是一个答案:要走十年以上的路,才能成为有爱的人,嘴唇碰到嘴唇。走到二〇一六年,迪伦成为获得诺贝尔文学奖的人,但他和他的爱,都老了。

更早一些的莎士比亚也热爱步行:"稳步向前,在小径上,/快乐地抓住旋转的栅门,/怀着轻松愉快的心,/在一英里以内淡忘悲痛。"当下,以汽车、高铁、飞机代步的人,需要越过五百公里左右的距离,才能让喜悦一点一点重回心头。

比莎士比亚更早的李白,一个更早上路的人,速度异常迅疾:"峨眉山月半轮秋,影入平羌江水流。夜发清溪向三峡,思君不见下渝州。"四句诗,就穿越了峨眉、平羌、清溪、三峡、渝州五地,半轮山月和一腔思念贯穿其间。"你跑了那么远的路,只是为了摆脱怀旧的重负。"卡尔维诺说罢,大地上就出现了无数的渡口、码头、车站、客栈、旅行社、移民局、机场、空姐……

在上海,在路上,我每天都会看到背书包的人、边吃边走的人、骑自行车带孩子的人、手牵姑娘散步的人、背着旅行包左顾右盼的人、买青菜的人、手推轮椅的人、轮椅上的人、蒙面哭泣的人、低头疾行的人、手捧鲜花的人、街心花园里抱着树木发呆的人、撞车之后吵架的人、救护车上抬下来的人、售楼处前排队的人、公交车站眺望的人……

一路看见过去的自己、现在的自己、未来的自己、可能的自己。一个汹涌的我，一群矛盾、冲突、迷茫、焦灼、波动、哀伤的我们。一路的回忆录、地方志、种族史，不断转折、裂变、汇合，被十字路口的红绿灯打上逗号、顿号、冒号。垂头丧气的路灯有着哀悼者的姿态，哀悼那不断逝去的车流、人面、背影和白昼。它们的泪水在暮色中忍无可忍，以15W或100W的功率、感染力，从发电厂这一内心里源源不断涌现……

在路上渐渐成为一个老人。临终者利用病床这一交通工具赶路——再错误的路线，也能通往一个正确的墓地，像再错误的爱也能找到一个正确的情敌。一个死者在泥土中赶路，回到亲人、情人的梦境——以墓地上的野花作为火把。

"出门即旅人，秋日暮迟迟。"日本一个无名诗人的俳句让我感动：在秋暮里去买酒、遛狗，就是一次短暂旅行——让日常生活出现一次中断和转机。带着一身暮色、三个酒瓶、两只狗走进家门的这一个人，与半小时前出门的那一个人，是两个人。

当一首诗完成、在句子的余意中结束旅行，放下笔，直起身，诗人面对镜中的脸和灯火，会感到陌生——这镜中人多像一幅遗照、一个婴儿的满月照。

桥都坚固，隧道都光明

我反复在铁路上出行与归来。

车厢内的景象——对着镜子修饰面容的女人，吃茶鸡蛋、泡面、火腿肠的老人，在走廊上相互戏耍追逐的孩子，戴着硕大戒指读《故事会》的男人，对着车窗外的原野发呆的少年，兜售水果、盒饭、礼品的列车员，旁若无人地拥抱在一起的情侣，谈论生意的伙伴，鼾声起伏的沉睡者……

所有的火车车厢都相似，像所有人的命运没有不同——大地下，亡灵们组成的卧铺车厢，在永恒长夜里寂然穿行。我喜欢乘坐这种缓慢的火车，一天、两天地奔驰。卧着或者坐着，就可以透过电视一样的窗子，把握景色流动的节奏与大局，又能被种种出乎意料的细节所吸引——

旷野里的一个人，地平线上的一棵树。不知道这棵树缓解了那个人的孤独，还是加剧了他的孤独。反之，不知道这一个人缓解了那棵树的惆怅，还是加剧了它的惆怅。火车拐弯，留下一棵树、一个人继续辨认各自的处境。

河流对岸山岩上的万千佛龛，如同万千窗口——万千石佛如同永远不愿毕业的同窗，念诵一本边缘处有些破旧的阳光和月色。

我,火车窗口内的一个俗人,向对岸的学子们遥遥致意。

无数建筑公司在改变中国地貌,塔吊远远伸出手臂像列宁在革命风暴中伸出手臂去鼓动群众,工地像弹坑累累的战场。塔吊或者说列宁的手臂,在正午阳光下投出一道道长长的阴影。在火车上想到"列宁""革命"的人,必然经历过风暴,必然老了……

我就这样在火车上老了。火车渐渐把一个人送进晚年般的异乡。我至今没有写出一首关于火车的好诗。我读过那么多过目难忘的火车诗。

比如,土耳其诗人塔朗吉的《火车》:"去什么地方呢?这么晚了,/美丽的火车,孤独的火车?/凄苦是你汽笛的声音,/令人记起了很多事情。/为什么我不该挥舞手巾呢?/乘客多少都跟我有亲。/去吧,但愿你一路平安,/桥都坚固,隧道都光明。"余光中先生的译笔,让一个土耳其诗人、一列夜火车出现在汉语里,是热烈的祈祷词。

比如,南京诗人代薇的《深夜,听见一列火车经过》:"深夜/听见一列火车/由远而近/一节黑夜的抽屉被拉出来/它关上的时候/就像多年后我回头看了你一眼。"一列听觉里的火车,在想象中成为"一节黑夜的抽屉"(装满了情书、账单、照片?),拉开而后关上,让"我"想到了、看见了多年前的"你"。这列中国火车,像那列土耳其火车一样动人。

葡萄牙诗人佩索阿也写过火车:"我下了火车/对那个我遇到的人说再见。/我感到眼睛满是泪水/每次道别都是一次死亡。/

所有那些人性的事物打动我,因为我是人。/所有这些,在我心里,都是死亡和世界的悲伤。/所有这些,因为会死,才活在我的心里。/而我的心略大于整个宇宙。"佩索阿化用七十余个笔名写不同风格的诗,他或者说他们,与"那些人性的事物"反复相遇和道别——写作,就是体验一次次的爱、一次次的死。

"世上可有任何事物/比雨中静止的火车更忧伤?"聂鲁达去世前写下的《疑问集》中的问句——雨中静止的火车,比群山,比床榻上静止的一个老人的身体,更忧伤?

秘鲁诗人瓦叶霍说:"离开!留下来!分别!这几个词语概括了整个社会。"这三个词,概括了一切火车和火车站。

"母亲替我翻起外衣领子,不是因为下雪,是为了让雪开始下。"瓦叶霍写下这句子时一定想起了火车站。需要一场雪和分别,作为母亲出现在儿子身边的背景。我当然也曾经和母亲一同出行。但我们都不会做出为对方翻衣领的动作。我们不是秘鲁人。中国人的亲情表达,动作性不强。中国的泪水只有黑夜知道。

君子豹变——像豹子,从幼年的丑陋,嬗变为中年的壮美,在晚年最终完成一个君子的形象。缓慢的变,是伟大的变。君子大约不喜欢高铁、飞机,不喜欢看川剧中缤纷的变脸。

缓慢、内敛、沉着,汉人秉性像一列用煤块组成心脏的绿皮火车。

我假装自己是一头豹子,在清晨的卧铺车厢里醒来,巡视窗外的山河与花朵。

我也许能写出像火车一样缓慢、内敛、沉着的长诗——墨水瓶,这一个喷吐浓烟的火车头,从书桌一角驶来,协助我反复越界与还乡,反复哀愁与热爱……

了解河流的人,灵魂深邃

"我了解河流:/我了解像世界一样古老的河流,/比人类血管中流动的血液更古老的河流。/我的灵魂变得像河流一般深邃。/晨曦中我在幼发拉底河沐浴。/在刚果河畔我盖了一间茅舍,/河水潺潺催我入眠。/我眺望尼罗河,在河畔建造了金字塔。/当林肯去新奥尔良时,/我听到密西西比河的歌声,/我瞧见它那浑浊的胸膛/在夕阳下闪耀金光。/我了解河流:/古老的黝黑的河流。/我的灵魂变得像河流一般深邃。"

美国诗人兰斯顿·休斯的《黑人谈河流》。以河流为背景的黑人历史与灵魂的赞美诗。

我也曾经为穿越中原的黄河写下诗篇,但没有休斯写得那样好——我对黄河了解不够,我的灵魂还很肤浅。

云南诗人于坚也写下了一首《河流》:"在我故乡的高山中有许多河流/它们在很深的峡谷中流过/它们很少看见天空/在那些河面上/没有高扬的巨帆/也没有船歌引来大群的江鸥/要翻过千山万岭/你才听得见那河的声音/要乘着大树扎成的木筏/你才敢在那波涛上航行/有些地带永远没有人会知道/那里的自由只属于鹰/河水在雨季是粗暴的/高原的大风把巨石推下山谷/泥巴把河

流染红/真像是大山流出来的血液/只有在宁静中/人才看见高原鼓起的血管/住在河两岸的人/也许永远都不会见面/但你走到我故乡的任何一个地方/都会听见人们谈论这些河/就像谈到他们的神。"

他写的是云南的怒江,一条愤怒的河流,一个愤怒的神。

面对河流,尤其是故乡祖国的河流,任何诗人都不会无动于衷——他的墨水瓶就是某一河流的分支机构。河流展开了一个诗人的命运空间,也代表时光的单向度流逝。没有历史感的人,中年以后无法延续笔墨。像没有河流感的人,就会枯竭、龟裂,布满皱纹的身体像被流水废弃的河床。始终把书桌边缘看成河岸,一个人的笔尖才会起飞,到对岸去、到激流中去。

于坚叙述中国南方一条河流的粗粝、雄性之美,并寄托了一个高原之子的情感。当写到结尾三句,他应该想到了休斯。伟大的前贤们组成一条河流,让后人来到岸边感叹、汲取。

二〇一六年冬,我去美国探亲,所住旅馆就在一艘艘轮船驰过的哈德逊河边。通往纽约金融中心现金流的这条河流,休斯很了解。在那些刺青着鸟巢、锚、美人鱼的水手们当中,已经没有休斯了。做过报童、餐厅服务生、门仆、夜总会厨子、水手、西班牙内战战地记者、工人运动参与者,然后成为诗人——这样的经历,决定了休斯诗歌品质的广阔、深沉与尊严。

休斯谈过的幼发拉底河、刚果河、尼罗河、密西西比河,因为《黑人谈河流》这首名诗的照临,而深邃动人。二战时期,访问中国,但沉默着回去了。他把长江、黄浦江、苏州河,留给中国诗人来谈论。我平庸,或许只适合谈谈水壶和游泳池?但古老中国的爱和悲愁,与非洲、美洲的忧伤,同样辽阔和深远。

每条大河都集深渊、鱼、垃圾、入海口于一身。黑人休斯,集饥饿者、矿工、女乞丐、棉花、烟草于一身,才成为一个公平无边的黑皮肤夜晚,敦促大地反复修正明天的晨曦。

在哈德逊河边眺望对岸纽约的天际线,我想了很多。远方,河口处的小岛上,自由女神雕像,法国人在一八七六年捐献给美国建国一百周年的礼品,微弱地闪光。这一雕像的原型是雕塑家的母亲。一个法国女子,成为美国的象征。像一首美国诗,同样能够打动一个汉人的心。

目前的美国乃至整个世界,大概还没有得到诗歌和休斯的肯定。

我的墨水瓶其实就是黄河边的一个水罐,装满了深夜的河水。当我捏起一支笔,黄河上应该出现一支木桨,激发出满河的红鲤鱼、凤、马嘶……

在所有的地铁车站遇到庞德

"人群中这些面孔幽灵一般显现,湿漉漉的黑色枝条上的许多花瓣。"

庞德的《地铁车站》,使我每一次进出地铁都想到了他。二〇一六年冬,在纽约晃荡数天,各个地铁车站的出口都陈旧、幽暗、狭长,确实像湿漉漉的枝条——我,一张中国脸,能是什么样的花瓣?

诗人庞德曾经在纽约长期生活,一九〇八年移居英国。《地铁车站》,写的是巴黎协和广场的印象。一首"意象派"代表作,代表了世界上所有的地铁车站。

《地铁车站》的汉语译本很多,我喜欢上述杜运燮先生的译本。

中国的地铁车站也是从西方"翻译"过来的,都很新,车站像商场,进出者像汹涌的商品,恐惧于折旧和保质期。

而庞德热爱唐代中国、热爱唐诗,尝试像一个中国古人那样写作,建立"意象派"。他被认为是欧美现代主义文学的助产士——简洁、精准、象形的汉语,成为一个西方文学流派的隐秘助产士?

他提出如下诗学原则——

"直接处理无论主观还是客观的事物。"去揭示,而不是掩饰和修饰,让笔像手术刀那样触及病灶,像镢头那样深刻地挖掘果实。

"绝对不用任何无助于呈现意义的词汇。"简约、准确、节制。

"用乐句的内在节奏而不是节拍器的节奏。"以诗人的心跳统领诗篇。

庞德的原则似乎都是常识,但并没有完全体现到当下中国诗界的写作中。无效的写作比比皆是,无效的诗人欢天喜地。

《地铁车站》中的意象并置手法,来自中国诗人的启发——"星垂平野阔,月涌大江流"(杜甫),"鸟去鸟来山色里,人歌人哭水声中"(杜牧),"大漠孤烟直,长河落日圆"(王维),"梅子金黄杏子肥,麦花雪白菜花稀"(范成大),"燕子来时新社,梨花落后清明"(晏殊),"一丸皓月天心小,万里沧江镜面平"(朱同),"雪里山茶取次红,白头孀妇哭春风"(袁宏道)……

把中国的长衫翻译为西装,裹紧欧美的沉醉和惆怅——意就是象。我爱意象派,中年后的人生却加剧趋于抽象——一个丧失了具体的故乡和旧事前欢的人,只能与虚无交友或者结仇。

其实,庞德后来又从"意象派"里抽身而出,像蝉从壳里脱身而出,在写作中加入日常的、世俗的、及物的因素,用散文化的人间烟火气,加热降温的晚年。

"第一行,是上帝给的。"庞德的话。那么,第二行是母亲给的,第三行是爱人给的,第四行是死神给的。谁能接受四行这样的给予并说出,谁就臻于伟大。

在纽约街头、地铁口边,往往有许多圆形溜冰场,像结冰的池塘和湖泊。溜冰者像低温的燕子、喜鹊,向隐蔽的春天发出呼吁。

史蒂文斯如果站在我旁边,会低声嘀咕:"像一群乌鸫嘛——穿冰鞋,是乌鸫生活的新方式?"

我穿旅游鞋、牛仔裤,以游客姿态观察周遭陌生的景象,等待诗的给予,从第一行,到第二行、第三行……冰场四周,当然没有荷叶、蒹葭、宫墙柳。

一个不懂英语的人,如同幽灵,与周遭异样的世界格格不入。我只能像西湖、太湖、鄱阳湖里冬眠的青蛙,一声不吭。但脑海没有结冰,且大于太平洋——有一条隐秘的航线,能够在瞬间帮助我抵达祖国和唐朝。

"做一朵蜡梅吧,在中国的驿站和湖水边。"这低语一闪即逝,稍微有些不太流畅——是庞德的汉语吗?急忙四顾,没有看见庞德的脸。周围,湿漉漉的大街上的许多花瓣……

书桌的边缘是悬崖

"我是说孩子们在狂奔,也不知道自己往哪里跑。我得从什么地方出来,把他们捉住。我整天就干这样的事。我只想当一个麦田里的守望者。我知道这有一点异想天开,可我真正喜欢干的就是这个。"

美国作家塞林格《麦田里的守望者》,写了十六岁的中学生霍尔顿逃学后回到纽约游荡三天的经历:泡酒吧,约妓女,打架,与女友冲突、分手,看电影,溜冰,偷偷跑回家与心爱的妹妹菲比诀别,而菲比拖着装满行李的箱子要随他出走,让霍尔顿放弃了去西部游荡的初衷。"愤怒与焦虑",是这部书的主题,其实也是任何一个人的青春期主题。但霍尔顿内心温柔的部分,在上述独白里显露无遗。

在无数人孜孜营谋、营建、蝇营狗苟的纽约和世界上,做一个麦田悬崖边的守望者,让菲比们不要失足、坠落,就是霍尔顿"异想天开"的理想——我猜测他的未来。成为一个塞林格那样的作家?一个精神病院里的沉思者?更可能是街头醉汉,或者被正义感裹挟的杀手……

对包括自身在内的这个世界无法肯定,但"愤怒与焦虑"深处,依然是一颗爱着并渴望被爱的心。

二〇一六年末,我在这部小说中写到的纽约中央公园,走了一个下午。十一月了,湖水里的鸭子缓缓游弋。霍尔顿曾担心这些鸭子如何度过最寒冷的冬日。公园巨大的草地上,新一代孩子、新一代狗在飞奔。霍尔顿的妹妹菲比,应该已经苍老,无法在这些孩子当中欢笑了。正是一代又一代孩子的存在,让霍尔顿和我们对这个世界报以信心和温存——

麦田里的守望者,也在被孩子们的天真与纯洁所守望。

塞林格已经不会出现在纽约了。二〇一〇年去世。一九一九年出生于纽约一个做火腿进口生意的犹太富商家庭,十五岁被父亲送进宾夕法尼亚州的军事学校,获得毕生唯一一张文凭。一九三七年被送到波兰学做火腿。不久,回国读书,进了三所学院都未毕业。写作,向杂志投稿。一九五一年,《麦田里的守望者》出版,获得赞美与诅咒。为躲避喧嚣,他躲到新罕布什尔州的一个小镇上隐居。结婚、离婚。复又结婚、离婚。

中央公园的长椅上坐满竖起衣领的中老年人,充满被叙述、被追忆的虚幻气质。中国作家木心曾经坐在这里,拍了一张照片,礼帽、拐杖、姿态都很优雅。所有人都相似,像美国后现代派诗人约翰·阿什伯利的诗句:"所有日记都相似,清晰而寒冷,带有继续寒冷的前景。"

一个作家中年以后的文字都相似,"清晰而寒冷,带有继续寒冷的前景",不论日记、书信、诗、留言条、散文、医嘱或遗嘱……唯有暖意和爱意能推迟寒冷的前景。

树叶落尽后,纽约和上海的大街一样,有着女子卸妆后的颓败感。

我已经不再愤怒和焦虑,但充满了虚无和不安。书房里的木桌边缘,也像麦田里的悬崖。在悬崖边,我守望什么并且向谁呼喊?

在晚年进入清晨的明澈

波兰诗人米沃什赞誉朋友辛波斯卡：她的诗隐藏了一个"节制的自我"。的确，诗歌中的辛波斯卡，总是在日常事务中沉思、叙述，充满歉意和感激。正是自我的节制而非沉溺，使她区别于狄金森、普拉斯等等同时代其他女诗人。

她谦卑，强调自己对于世界的无知，"在诗歌语言中，每一个词语都被权衡，绝无寻常或正常之物。没有一块石头或一朵石头之上的云是寻常的。没有一个白昼和白昼之后的夜晚是寻常的。总之，没有一个存在，没有任何人的存在是寻常的。"

她打量这个世界的眼神与言说，充满惊喜和敬重。生活中平淡无奇的细节，也能给她带来欢欣、爱、沉思，进入语言。例如，《墓志铭》："这里躺着一个老派的女人，仿佛/一个逗号。几首诗的作者。大地/接受她，让她安息，尽管生前/她不属于任何文学的圈子。/除了一首小诗、牛蒡、猫头鹰，/她的坟墓没有其他的装饰。/过路人，请拿出随身携带的计算机，/测算一下希姆博尔斯卡的命运。"

她不属于任何文学圈子，所以她广大，心远地自偏。一九九六年获得诺贝尔文学奖。二〇一二年去世，八十八岁——用高寿和力作，表达对生命的肯定、对尘世的信心。

成名后，一个诗人必然要回答后辈、记者提出的"如何写诗"一类问题。辛波斯卡的以下答案充满趣味和智慧——

"让我们脱下翅膀，试着靠步行写诗，可以吗？"诗人必须穿越而不是飞越世俗生活，去摩擦、冲突，像钻木取火，让一支笔升温、涌现火焰。

"你需要一支新钢笔。你用的这一支犯了不少错误。它一定是来自外国的。"那就只能把自己打磨成一支新钢笔，用热血、汗液作为墨水，写出的文字才携带着属于个人的情感和力量。

"如果你要成为一个鞋匠，仅仅对人的双脚具有热情是不够的，还得了解你使用的皮质、工具、正确的样式等等。艺术创作也是如此。"写作与制鞋都是一种技艺，大师也是从匠人开始炼成的。清代朱履贞谈书法，"学书未有不从规矩而入，亦未有不从规矩而出，及乎书道既成，则画沙、印泥，从心所欲，无往不通。所谓因荃得鱼，得鱼忘荃。"似乎也暗通于辛波斯卡之观点。得鱼忘荃，依然有"荃"隐隐存在。荃，就是技术、基本功、修炼。倘若说"得鱼而无荃"，那是靠不住的鬼话。

"也许你会从散文中学到爱。"我理解，"散文中的爱"具体、及物，有明确的指向和依归。诗歌中的爱，从"散文中的爱"出发，趋于抽象、无名。叶芝的《当你老了》，让每个人都可以代入其中，成为抒情对象"毛特·冈系列"中的新成员。爱吧，每个白昼和夜晚都那么不同寻常、不同凡响。

……

与辛波斯卡对政治问题保持距离不同,诗人米沃什曾经是波兰政府的外交官,就必然与政治发生关联。出走美国数十年,在晚年回到祖国,二〇〇四年去世,九十三岁。"我们和鲜花把影子投在地上。/那些没有影子的事物没有活下去的力量。"米沃什和鲜花站在一起,迎接光。他用不断更新、蜕皮的一生和语言,作为诗歌中的光线,持续反对一个时代的黑暗和虚无。虽历经沧桑,他像辛波斯卡一样保持了达观和暖意。

米沃什不喜欢近视、口吃的英国诗人拉金,因为他沮丧、绝望。"这么多我以为忘掉的事/重回心间,带着陌生的痛苦/——像信件到达,而收信人多年前/就已经离开这座房屋。"拉金的短诗《为什么昨夜我梦见了你》,不知道米沃什读过没有,的确很沮丧、很绝望。拉金大约在早晨醒来后写下这首诗。或许还站在水龙头下进行一次淋浴,以便缓解"昨夜"和"你"带来的痛感,像夏日雨水冲刷一只裂纹斑驳的旧信箱。

拉金似乎不写散文,所以没有从这一文体中学到爱、得到爱。

米沃什写散文,有回忆录《米沃什词典》、随笔集《被禁锢的头脑》《诗的见证》等等。他喜欢小林一茶,把其俳句作为座右铭:"我们走在地狱的屋顶,/凝望鲜花。"我喜欢他,一个永远也不沮丧、不绝望的人。

"迟至九十岁那年,/一扇门才在体内打开,/我进入清晨的明澈。/往昔的生活,伴随着忧伤,/渐次离去,犹如船只。"这是米沃什《晚熟》一诗的开头,似乎在呼应着他中年时期的《礼物》一诗:"如此幸福的一天。/浓雾一早就散了,我在花园里干活。/蜂鸟停在忍冬花上,/这世上没有一样东西我想占有。/没有谁值得我羡慕。/任何曾经遭受的不幸,我都已忘记。/想到故我今我同为一人并不难为情。/我没有痛苦。/直起身来,看见船帆和大海。"

二〇〇八年,我写出散文《直起身来,看见船帆和大海》,那是上海生活和米沃什同时赐予我的一份礼物。我没有私人花园,周围就没有蜂鸟。从我公寓到大海,需要自十六铺码头乘船沿黄浦江而下,越过屏风一般的崇明岛,才能看见海鸥和邮轮渐次离去。我与米沃什的距离很大。

辛波斯卡和米沃什,都在晚年获得了波兰清晨的明澈,直到身体与影子合二为一,加入大地。

扎加耶夫斯基是我敬爱的第三个波兰诗人。流亡法国、美国多年以后,也在晚年回到波兰。他目前仍然活在这个世界上。真好。

III　在他乡建立一个故乡

在他乡建立一个故乡

"所有的故乡都从异乡演变而来,故乡是祖先流浪的最后一站!涧溪赴海料无还!可是月魄在天终不死,如果我们能在异乡创造价值,则形灭神存,功不唐捐,故乡有一天也会分享的吧。"美籍华人作家王鼎钧先生散文中的一段话。

王鼎钧想念故乡山东临沂兰陵,自然会想起兰陵美酒。他应该喜欢王翰的《凉州词》:"兰陵美酒夜光杯,欲饮琵琶马上催。醉卧沙场君莫笑,古来征战几人回。"以及李白的《客中行》:"兰陵美酒郁金香,玉碗盛来琥珀光。但使主人能醉客,不知何处是他乡。"

"古来征战几人回。"即便是和平年代,又有几人能够回到故乡,回到故人、故事、故物所构成的原版家乡?大地山河剧变,物非人亦非——你、我、他,也都只能把各自的身体,变成一小块故乡——这"流浪的最后一站",皱纹苍茫的一站。

"不知何处是故乡。"王鼎钧,国民党老兵,一九四九年去台湾,一九七八年移居纽约。在纸上建立故乡,遂成为文章大家。一个丧失故乡的人,有可能成为文章大家,不论这丧失是清醒的主动选择,还是懵懂中的被动促成。乡愁,成为一个作家的助产士和摇篮,自古如此。异乡感越强烈,作家愈杰出。

古希腊诗人荷马的史诗《奥德赛》，中国先秦时期的诗歌总集《诗经》，不约而同建立起了"还乡"这一文学母题。前者，一部长诗，记叙伊萨卡国王奥德修斯如何用十年时光，克服塞壬的歌声等等考验、诱惑，终于回到故乡。后者，三百余首诗中约五十余首涉及还乡，如"昔我往矣，杨柳依依。今我来思，雨雪霏霏"等等，重抒情，轻叙事。

史诗、叙事诗，大抵上都是第三人称，以他者的眼光静观人事，保持一种距离感。抒情诗，第一人称，"我"直接或者隐蔽地呈现于诗中，情感强度就异乎寻常了。

《诗经》之后，《古诗十九首》中的乡愁同样深重："涉江采芙蓉，兰泽多芳草。采之欲遗谁，所思在远道。还顾望旧乡，长路漫浩浩。同心而离居，忧伤以终老。"

动乱中的时代，就是永别、离别的时代，就是生发离愁别绪和诗人的时代。

李白，其父亲名为"李客"，李白就只能是"客子"了。一个没有故乡的浪游者在吟诵："生者为过客，死者为归人。天地一逆旅，同悲万古尘。"当代科学家们的实验室内，掬起一捧万古尘埃放在显微镜下，能分析出多少悲哀的成分？能还原出几许生者的乡愁？李白只能把家安放在马上，"挥手自兹去，萧萧班马鸣"——马鸣就是乡音，马的鬃毛就是家门前的萋萋芳草。

杜甫只能把中原故乡安放在船上、在梦中——"便下襄阳向洛阳"。

刘皂的《旅次朔方》:"客舍并州已十霜,归心日夜忆咸阳。无端更渡桑干水,却望并州是故乡。"对"故乡"的定义,他不断妥协、后撤,让并州代替咸阳成为眼下的故乡。一个诗人的乡愁,就是这样在迁徙中超越出生地,渐渐放大、覆盖其身后的万事万物——让墨水瓶成为并州,笔杆流动,也能成为诗人横渡的桑干水,白纸展开为霜降雪落的朔方。

古人言四大得意:"久旱逢甘雨,他乡遇故知;洞房花烛夜,金榜题名时。"当代人解构得意为失意:久旱逢甘雨,两滴;他乡遇故知,情敌;洞房花烛夜,隔壁;金榜题名时,重名。得意与失意之间,他乡与故乡之间,冲突越大,文字张力就越强。必须肯定他乡像故乡一样,对于"我"之所以成为"我",具有同样重要的意义与价值。如同黑夜之于白昼,炙热之于雨水,对于五谷万木的生长,具有同样重要的意义与价值。

在纸上,在异乡,王鼎钧寻找到的故知应该很多。他引用的诗句"月魄在天终不死,涧溪赴海料无还",出自明清交替之际失神、失节的书生钱谦益:"小别悲同永诀看,当年闻语泪先潸;国门一出成今日,泉路相思到此山。月魄在天终不死,涧流赴海料无还;六丁摄取空遗墨,剔遍荒苔夕照间。"

钱谦益丧魂落魄,就无家可归。其墓地位于常熟虞山,立有"东涧老人之墓"的石碑。大约二十米之外,就是柳如是的墓碑,刻着"河东君之墓"。两人都把流水作为故乡和化身了?而河水比涧水还是壮阔几分。

在这个漫游的世纪里

小说家孙甘露模仿法国思想家本雅明,写过一句话:"上海是我存放信件的地方。"上海是其出生地,他却把这座钢筋冒充树枝、玻璃戏仿树叶、现金流假装叶绿素的城市,仅仅当作邮件地址而已——上海已经不在上海,迁居于他记忆中的上海也显得恍惚。但他尚有一个悬挂在弄堂墙上的小信箱,像具体的小路标,依稀指出童年的方位。

我自中原移居上海,信件已经只能存放在新浪邮箱、雅虎邮箱里,虚拟,可疑。每月收到的种种账单,算不算信件?即便视为信件,也只能算是劝降书而非情书——向昂贵的现实屈身臣服吧。

在当下,在中年、晚年,你我他,谁又不是时间与空间里双重的漂泊者?但杰出的写作也恰恰由此生成——在写作中整合内心的破碎、风物的殊异,加固一个水土流失中的记忆高原。对于写作者乃至任何人而言,旧情前欢只能暗藏于日益衰朽的躯体和不断更新的表达——让汉语成为治愈"时空丧失症"的中成药。不被言说的事物与事件,没有存在。

爱尔兰诗人、意识流小说大师乔伊斯说:"缺席是在场的最高形式。"这句话,能够安慰在故乡和童年消失了的人们吗?乔伊斯又说:"艺术家以与自我直接关涉的方式呈示意象。"这是乔伊斯关于抒情诗的一个定义。既要"与自我直接关涉",又要保持"缺席"的形式感、距离感,对抒情者的能力是一种考验。

"我们都在越过边界,所有人都是移民。从美国农村到纽约市,是一种远比从孟买迁往纽约的更极端的移民行为。在这个漫游的世纪里,流亡者、难民、移民在他们的铺盖里装着很多故乡。"作家萨尔曼·拉什迪在一篇关于君特·格拉斯的文章中如是说。他本人也是移民、逃亡者,因"渎神之作"《撒旦诗篇》而被追杀多年。

所有人都像拉什迪、格拉斯、乔伊斯,在缺席中重建在场感。我们都是越界者、漫游者、走失者。童年记忆里的景观已经涣散,家门前的大树用鸟巢凝视归人:"他也老了,陌生了,用一个华而不实的笔名来掩饰乳名了。"

一个人就是他所爱着、眷恋着、在记忆中试图复原的那些事物。而爱与眷恋,往往在丧失后才开始发酵、生成。瑞典诗人特朗斯特罗姆,把自己的一生比作彗星:"那是一段几分钟长、五十八年宽的时间。"在他眼中,童年是彗星最亮的一部分,掠过夜空。在我故乡中原,彗星被称为"扫帚星"——一把大扫帚在清除天空里的尘埃和厄运。特朗斯特罗姆不知道扫帚,我也渐渐进入晚年,童年的亮度在暮色里惊心动魄。

没有了信箱和童年的人,需要写作——总要与几个不知名的收信者、"无限的少数人"(希梅内斯),来分享一生的秘密和忧欢,否则,这内心的重负,如何才能解脱?

我选择紫色

南阳籍台湾诗人周梦蝶，诗作数量不多，只有《孤独国》《还魂草》等诗集。《周梦蝶世纪诗选》是一本选集，辗转在手，如获至宝。繁体，竖排，纸色古旧，与周先生穿长衫的瘦弱形象吻合。

同一首诗，繁体与简体的视觉效果差别很大：繁体句子像繁枝密叶、森森夏木；简体句子，像枝寒叶尽的冬树。低温的老年，宜读繁体驱寒。炎热的少年宜读简体，降温。我处中年，淡暑新秋，在繁简两种字体之间徘徊——看周梦蝶在两种字体里，一阵寒，一阵热。

读周梦蝶诗作的过程中，我也在看香港制作的系列纪录片《他们在岛屿写作》。每一集纪录一位台湾作家的生活，包含余光中、林海音、洛夫、周梦蝶等等。最感动我的还是南阳乡亲周梦蝶。一口蒸腾着中原土腥气的乡音，几十年未变，狷介、固执如其性情。

上世纪二十年代，南阳山区一个农家遗腹子周起述，来到动乱中的人间。十一岁读私塾，初中毕业考入开封师范学校。为躲避战乱，学校迁入南阳山区，周起述未毕业即作为国民党青年军战士，南撤，经上海，越海而去，改名周梦蝶。母亲、妻、两子，在故乡相继死去。同一时期，被迫或自愿随国民党军队去台湾的南阳籍青年学生很多,包括诗人痖弦。他们大陆亲属遭受的政治冲击,可想而知。在台湾,周梦蝶退伍后,做茶馆雇员、守墓人谋生。之后在武昌街"明星咖啡馆"门口摆书摊,每天挣够三十台币就可维持最低水准的生活,足以思考、读书、写作、坐禅。他把街头而非寺庙作为禅修之地,多么难。"忧喜心忘便是禅"(白居易),心忘忧喜,多么难。

与圆融、宽和,当过演员、电台台长,晚年定居加拿大的同乡人痖弦相比,周梦蝶羞涩、孤单,与他人相处往往寡言。与女子聊天就比较愉快,会用诗意的话缓慢赞美女子的衣着、风致。喜欢参加婚礼,有鲜艳女子可看、可赞美,但也仅仅是小心翼翼地看,小心翼翼地赞美而已,不逾规矩。一个独居者、参禅者,在婚礼和女子们的美好中,缓解思想和肉体的孤寒。纪录片《他们在岛屿写作》中,一女子回忆自己二十三岁时与六十四岁的周梦蝶约会的场景:她提前一小时到达约定的车站,周先生已提前两小时盘坐细雨中,像蒲团上的僧、荷叶上的蜻蜓……

周梦蝶一生只说中原土话——用一口土话才能维系与故土的联系?与他人对话,周梦蝶总捏着笔、纸,辅助说明他人难以听懂的语意。选择难懂的土语,就是选择一条难懂的路——一条寂静、孤僻的小路,有三两蝴蝶从小路那一端的荒草间飞来,从庄子时代飞来。蝴蝶这一意象,在周梦蝶的诗中、笔名中持续出现——蝴蝶和笔,让他有勇气把这异乡的生活坚持下来。他的诗,有情有禅有陷溺有超越,语调枯瘦,似乎暗通于南宋姜白石、现代废名。

周梦蝶视比自己小几岁的余光中为师，向其请教现代诗的定义。余光中回答："美与力。"周梦蝶诗中的美与力，余光中懂。他认为，周梦蝶是一个"大伤心人"，"他写诗像炼石补天，补心中的遗憾"。炼石补天的人，多么伤心，就多么有力、美。

在这一纪录片中，周梦蝶用乡音朗诵："我选择紫色/我选择早睡早起早出早归/我选择冷粥，破砚，晴窗：忙人之所闲而闲人之所忙。/我选择读其书诵其诗，而不必识其人。/我选择不妨有佳篇而无佳句。/我选择好风如水，有不速之客一人来。/……/我选择春江水暖，竹外桃花三两枝/我选择渐行渐远，渐与夕阳山外山为一，而未曾偏离足下一毫末。/我选择电话亭：多少是非恩怨，虽经于耳，不入于心。/……我选择持箸挥毫捉刀与亲友言别时互握而外，都使用左手。/我选择元宵有雪，中秋无月；情人百年三万六千日，只六千日好合。/我选择寂静。铿然！如一毫秋蚊之睫之坠落，万方皆惊。/我选择不选择。"

这一首诗题为《我选择》，仿波兰诗人辛波斯卡《种种可能》。我试试用大陆普通话亦即台湾人所言的国语来朗诵，效果大打折扣。像他那样，我用故乡土话念一遍，内心就仿佛喝过冷粥，仿佛晴窗下的破砚，隐隐痛。宋朝时期的官话、中原土话，适宜断交、诀别、传令，语调沉痛而决绝，似乎有一把板胡、一只梆子、一面鼓，在嘶哑、急促、隐忍地伴奏。台北某茶馆内，周梦蝶坐在曾经与恋人相会时所坐的老位置上，怀念，吟诵："……若欲相见，只须于悄无人处呼名，乃至/只须于心头一跳一热，微微/微微微微一热一跳一热。"然后,他哭了。像孩子一样哭了。我坐在上海公寓的客厅里,看着电视中的这一场景,两眼泪水,也像一个客人面对这无主的世界。

周梦蝶喜欢紫色。他说,紫,忧伤、不引人注目。在给余光中七十寿辰写的献诗《坚持之必要》结尾,再次写到蝴蝶、紫蝴蝶:"川端桥上的风/仍三十年前一般的吹着/角黍香依旧/水香依旧/青云衣兮白霓/援北斗兮酌桂浆/举长矢兮射天狼/……/隔岸一影紫蝴蝶/犹逆风贴水而飞/低低的/低低低低的。"他在生活和语言中,坚持蝴蝶的紫色和低微,就像他敬爱余光中一身云衣的青朗和高迈。这首诗写了三十天。周梦蝶每天带着干粮、纸、笔,到茶楼里坐下来,写,在余光中生日前终于写完,高兴得很,像孩子。

还有一首诗,周梦蝶想了、写了四十年,就是《好雪,片片不落别处》,十行,在老得捏不紧笔之前,终于写出来,像孩子一样高兴得很。如果没有诗,周梦蝶或许早就消失于人间。他也是一场好雪,落于素纸——一个诗人,在纸上,就是在故乡。除了一张素纸,也没有别处可落了。

诗,本质上是诗人的自度曲——在"水调歌头""浣溪沙""踏莎行""满江红"之外,脱离既定范式,度万物于胸次而自成一曲,让后人演奏、倾听——"朱弦一拂遗音在,却是当年寂寞心"(元好问)。周梦蝶且古且新,在西方现代诗歌与中国古典话语传统的融汇间,自成一格,寂寞中一拂朱弦,遗音破空越海,让我在内陆倾听复心痛。

《他们在岛屿写作》片尾,是这样一个场景:周梦蝶裸体进入澡堂池水中洗澡,周围热气浮动如大雾;动作缓慢艰难,瘦骨嶙峋,如一支漏洞百出的晚秋荷叶——"秋阴不散霜飞晚,留得枯荷听雨声"(李商隐)。一生的雨,南阳的雨、上海的雨、台北的雨,打在一个游子身上,让我平平仄仄平仄仄地听。在澡堂,他是否想起童年裸体进入的中原荷塘?是否看到一只蝴蝶脱梦而飞,栩栩然、紫色,越海而去复归来?

一只蝴蝶,比一头南阳盛产的黄牛脆弱、急促千万倍。但它美,因脆弱、急促而美——诗,就是将种种的脆弱、急促,挽留于纸墨间。在远离大陆的孤岛上,他梦着、写着蝴蝶,尤其是紫蝴蝶,那种不张扬的、美到极致的颜色,是乡愁的颜色。

二〇一四年五月,九十四岁的周梦蝶因肺炎去世,化为蝴蝶,浴火而飞。

这一天,我恰恰自上海回南阳参加同学会。周遭湖光山色,在周梦蝶的梦里应该屡屡出现过吧。我替一个游子、一只蝴蝶,回到故园。

痖了的琴弦,要回到板胡

"啊,我们抬着棺木,/啊,一个灰蝴蝶引路。/啊,你死了的外乡人,/啊,你的葬村已近。/啊,你想歇歇该多好,/啊,从摇篮忙到今朝!/啊,没有墓碑。/啊,种一向日葵。/啊,今夜原野上只有你一人,/啊,不要怕,太阳落了还有星辰。/啊,我们的妻子在远远叫喊,/啊,我们回去了!我们回去了!"

南阳籍台湾诗人痖弦一九六六年写的这首诗《葬曲》,像提前写给二○一四年去世的同乡诗人周梦蝶——"一个灰蝴蝶引路",周梦蝶喜欢的紫蝴蝶,在送葬的路上,突变成了灰蝴蝶?

痖弦喜欢在诗中用"啊""呀"一类感叹词。

"啊啊,君不见秋天的树叶纷纷落下/我虽浪子也该找找我的家。"《我的灵魂》。

"谁在远方哭泣呀/为什么那么伤心呀/骑上金马看看去/那是昔日/谁在远方哭泣呀/为什么那么伤心呀/骑上灰马看看去/那是明日。"《歌》。

"二嬷嬷压根儿也没见过陀思妥耶夫斯基。春天她只叫着一句话:盐呀,盐呀,给我一把盐呀!天使们就在榆树上歌唱。那年豌豆差不多完全没有开花。"《盐》。

"整整的一生是多么的、多么的长啊/纵有某种诅咒久久停在/竖笛和低音箫们那里/而从朝至暮念着他、惦着他是多么的美丽。"《给桥》。

"今年春天是多么寂寞呀/断柱上多了一些青苔/这是现代。"《罗马》。

……

作为痖弦、周梦蝶的同乡后辈,读这些诗,我像面对着一台南阳地方戏的小舞台——油灯、马灯、电灯、镭射灯这些灯具次第更新换代,灯火下的才子老吏、闺秀怨妇,持续在吟诵、纠缠、痛陈,声声急,板胡、三弦、锣鼓、唢呐、梆子在追问、质疑、渲染,"啊""呀"声不绝,把旧悲新欢推向高潮。人散后,一钩新月高悬于盆地上空,像舞台上那一盏灯,照耀这尘世里广大无名的哀愁。

痖弦诗歌中的音乐性、节奏感,显然来自南阳盆地里的民间谣曲与地方戏,来自二嬷嬷们的哭诉与祈求。当一个亲人拍腿或者抚胸,发出"我的天呀""我的妈啊"的惊叹,那一定是遇到了巨大的劫难或惊喜。

痖弦以"痖了的琴弦"为笔名,那琴弦、那具已经苍老的身体,因离开一把巨大板胡——南阳——而痖寂。他必须时时还乡,把自己、把这一根琴弦,归还给那把板胡,才能在紧锣密鼓里重新发声,获得响亮的水袖和月光。

一九三二年出生,一九四九年随国民党部队南下,渡海,痖弦或者王庆麟,在八十年代初次回到大陆,母亲已去世。他把家门前一块捶布石背回加拿大寓所,天天在这块石头上,复原母亲的捣衣声、叹息声、哭泣声。母亲临死前让邻居传话给痖弦:"他早晚会回来的,给他说,娘想他呀……"

又一声"呀"。

痖弦的诗歌必然充满了"啊"和"呀"。

在加拿大寓所,痖弦收藏了众多南阳器物:戏锣、货锣、童锣、更锣、手炉、水烟袋、算盘、猪食槽、鸡碗、钱庄的升斗、插秧时保护指甲的铜片、马灯、汽灯、油灯……

一盏古典的南阳油灯,大致上由灯台、灯碗各自独立的两部分组成。"小老鼠,上灯台,偷油吃,下不来。"这是南阳人都会唱的童谣,可见灯台之嶙峋高危。把灯碗放到灯台上,灯光照耀的范围就阔大了,可供孩子读书,妇人纺线、织布、绣花,狗蹲在墙角斜看屋梁悬吊的笋筐里盛放的咸肉……

灯台分量较重,可以避免倾倒。灯碗内装满油和灯草,很轻巧,单独拎起来,去黑沉沉的院落里关门或开门,吱呀一声,就送走一个客人、迎来一个相好。

痖弦甚至把一只夜壶带回加拿大。尿垢深厚。他花了半天功夫才借助于洗涤液、肥皂水清洗干净,而不至于被海关拒绝其越出国境线。不登大雅之堂的夜壶,装满煤油或菜籽油,再插入阳具般有力的棉绳作为灯芯,就能登上舞台冒充油灯,散发出壮烈的光芒,去支持一场悲剧或喜剧。

需要一些器物作为证据,来加固一个人对往事来路的记忆。

需要"啊"和"呀",来回响亲爱者的喜、怒、哀、乐、悲、恐、惊。

写作,就是在纸上还乡,让一支笔像琴弦回到板胡上——痖弦嘹亮,紧拉慢唱。

最喜欢他的《红玉米》:"宣统那年的风吹着/吹着那串红玉米/它就在屋檐下挂着/好像整个北方/整个北方的忧郁/都挂在那儿/犹似一些逃学的下午/雪使私塾先生的戒尺冷了/表姊的驴儿就拴在桑树下面/犹似唢呐吹起/道士们喃喃着/祖父的亡灵到京城去还没有回来/犹似叫哥哥的葫芦儿藏在棉袍里/一点点凄凉,一点点温暖/以及铜环滚过岗子/遥见外婆家的荞麦田/便哭了/就是那种红玉米/挂着,久久地/在屋檐下/宣统那年的风吹着/……"

这首诗没有了"啊"和"呀",痖弦把它们吞进自己的心肠?"整个北方的忧郁",更深重了。

宣统那年的风已经不再吹,南阳盆地的红玉米继续在红。

第四次找你呀，我的泪水流出来

某年，初冬，应邀回到故乡伏牛山腹地的一个小镇，参加文学笔会。

朝南的土墙下，一排穿破棉袄、旧毛衣的人在晒太阳——这是南阳盆地里常见的景象。基本上都是老人，半闭眼睛，昏昏欲睡，像长眠之前的适应性练习。年轻人大都去远远近近的城市里谋生，或者在公路边建设新居做生意。只有当异乡人穿过这颓废的小镇，老人们才兴奋起来，圆睁双眼，观察、思考。我听到他们的议论："这胖子像南阳城里的人""闲人啊""生意人？收药材？""也不骑个摩托，背那么大的包，不嫌累哩慌"……

这些晒太阳的人，像大汽油桶改造成的烤炉中挤在一起的红薯，被太阳烤着，变得又焦又熟，散发香气。也像一个个粗陶坛子，内心的苦辣酸甜如同发酵中的粮食，即将酝酿完毕——只差几个晴天，再晒一晒太阳，他们就可以让死神喝得醉醺醺地卧床不起，春天，也就来了。

在镇上认识几个手艺人。他们裹着蓝布围裙，戴着断了腿贴着胶布的老花眼镜，一颗花白甚至全白的头颅俯在一件银器、铜器、玉器、木器、竹器、石器、铁器，用雕刀、剪刀、锥子等工具细细琢磨。一个下午或一个夜晚流逝了,他们不知不觉。一个写字的人站在面前,他们也不知不觉。盆地外的世界喧嚣骚动,越来越少的手艺人在民间赓续一脉静气。

一个写字的人、诗人,应该就是这样的手艺人。细心用笔尖和白纸,擦拭、打磨蒙尘的汉字——这些银器、铜器、玉器、木器、竹器、石器、铁器,褐迹斑斑,应当在诗人手下恢复最初的光辉:让社论中的"鼓舞",还原成一群击鼓跳舞、溅沙扬尘的汉人;让情人对话中的"明白",裸露出月光和雪;让官员讲话中的"团结",成为一团乱麻结成的绳子,牵动一头南阳黄牛、一座伏牛山……

诗人与手艺人拥有同一使命:在玉、木头、竹子、石头、铁、白纸中,发现新世界,与现实对抗或者对称。我和这些手艺人是隐秘同道——当我俯身、戴着老花眼镜在纸上写字,窗外树枝,就像是人来人往的小街。

小镇上的诗友请我去家里做客,送我一件可以挂钥匙的小饰品:微型棺材。枣木质地,"棺盖"可开合。"棺"中有"官","材"中有"才","两手都要抓、都要硬嘛兄弟"。朋友解释,我呵呵呵呵。在他家喝酒,醉了,唱河南梆子。隔壁堆放柴火、牛草的侧房,的确摆有一个大棺材,触目惊心。那是朋友八十岁祖母的未来床榻,多年前用伏牛山里上等的松木制成。朋友为它一年刷一遍漆,祖母监督、唠叨:"人吃地一辈子,地吃人一口——这棺材,一口吞下去,也得消化个十年八年呵呵……"她经常爬到这棺材里躺一躺,像吊一吊土地的胃口。一个老人面对死亡的从容坦然,是怎样形成的?

在南阳,途经棺材铺、花圈店、寿衣店、墓地,我都匆匆而过、不敢直视。我还不算太老,还有那么多的遗憾和失败没有完成。

笔会,笔的聚会。尽管都不带笔了,捏手机或捧电脑。我们谈散文、小说、诗歌,喝土茶。笑声、掌声、哈欠声,屋檐上风铃的叮当声……

散文家周同宾站起来,清清嗓子:"唱个歌,给大家提神。"一首与棺材有关的南阳民谣:"第一次找你你不在,你娘说你上山去砍柴;第二次找你你又不在,你爹说你去河边挖野菜;第三次找你你还不在,你哥让狗把我撵出来;第四次找你呀,我的泪水流出来——你躺进了棺材……"朋友们沉默了。震撼。这就是诗,一首口语化的诗,脱口而出,那爱与死亡汇成的力量就已足够。一个人在写作上有无大成就,其秘密,就在于爱得是否深,丧失得是否多,死亡面对得是否直接、猝不及防。

布罗茨基赞美弗罗斯特和哈代等诗人时说:"在最难预料的时候和地方,发出最漂亮的一击。"这一首南阳民谣,做到了"漂亮的一击"。一个匿名者的诗篇,让我汗颜。

"口语"或者说"叙述""赋",是高难度的抒情——必须用平易的表述直指人心。李白"口语诗"就不少,尤其酒后,好诗脱口而出。李清照的《南歌子》,写于南渡后的某个秋天:"翠贴莲蓬小,金销藕叶稀。旧时天气旧时衣,只有情怀不似旧家时。"贴翠销金的华丽旧衣与女子的枯寂身心,一句书面语与一句口语,充满敌意和张力,成就一首好词。"其辞脱口而出,无矫揉装束之态。以其所见者真，所知者深也。"（王国维《人间词话》）有"口"无"心"的写作，没有生命力——口诵心惟。

从胡适开始探索的汉语新诗，本质上就是口语诗，是梁启超《诗界革命》中所言的对古汉语诗歌"说与写相分离"这一旧制的反动和更新，让诗人从"文人"转变为"人"，以寻常、自由的语调表达当下情感，对世界和自我进行再辨认、新发现。与南阳东汉时期出现的诗人张衡等前辈相比，汉语新诗的表达难度加大——那必须是神启一样的语言，天然去雕饰。实际上，完全摆脱隐喻、互文、意象等等手段的口语写作，不存在——隐喻、互文、意象，构成了我们的日常生活。一个"床"字隐喻一棵树、一种夜生活。一具棺材，竟然暗含一个官员和才子。

张衡善于隐喻、互文、意象的创造。这个全能的才子，既能设计制造出感应大地波动的地动仪、观察星空的浑天仪，也能作画、作文、作诗——《四愁诗》："我所思兮在太山，欲往从之梁父艰。美人赠我金错刀，何以报之英琼瑶。路远莫致倚逍遥，何为怀忧心烦劳。我所思兮在桂林，欲往从之湘水深。……我所思兮在汉阳，欲往从之陇阪长。……我所思兮在雁门，欲往从之雪雰雰。……"这首诗标志着中国古典七言诗这一诗体的成熟——

"思"，"失"，"诗"，这三个字眼，与汉人命运持续纠缠五千年。

张衡《四愁诗》中愁意重重的抒情主人公，思慕的对象大约是一个女子、友人，更可能是明君——中国传统知识分子的隐秘的言志方式，肇始于屈原的"香草与美人"。唐代诗人朱庆馀，在科举考试前作诗《近试上张籍水部》:"洞房昨夜停红烛,待晓堂前拜舅姑。妆罢低声问夫婿,画眉深浅入时无?"以一首闺意诗投石问路。

周同宾所唱民谣中的四次"找你",与张衡诗中四番"我所思兮",结构酷似——层层铺垫,重重一击。不知道张衡是否听过这首家乡民谣。我喜欢这民谣的素朴与天真。放弃虚妄而隐晦的"志"、"士子之心",实实在在为一个女子而心痛,像地动仪,为大地上的一道裂痕而心痛;像浑天仪,为天空里一颗星辰的浮现,而颤栗、惊喜。

揣着一个微型棺材,耳边回响一首南阳民谣,回上海,我明白:把真实的疼痛和眷恋,放进棺材、放进方形的汉字,一个人的灵魂才会破土而出、破纸而出,像故乡祖坟上腥烈的青草,年复一年无穷尽。

保持发愁的能力

香港诗人黄灿然的《杜甫》:

"他多么渺小,相对于他的诗歌;/他的生平捉襟见肘,像他的生活,/只给我们留下一个褴褛的形象,/叫无忧者发愁,叫痛苦者坚强。//上天要他高尚,所以让他平凡;/他的日子像白米,每粒都是艰难。/汉语的灵魂要寻找适当的载体,/这个流亡者正是它安稳的家。//历史跟他相比,只是一段插曲;/战争若知道他,定会停止干戈。/痛苦,也要在他身上寻找深度。//上天赋予他不起眼的躯壳,/装着山川,风物,丧乱和爱,/让他一个人活出一个时代。"

我的河南乡亲、诗圣杜甫,以感时忧国的形象传世,"一个人活出一个时代"。与陶渊明、王维等等山水隐逸诗人、"很像中国诗人"的诗人不同,杜甫因他的批判现实主义色彩,而更像西方现代诗人——独立,介入,直叙。杜甫是知识分子,陶渊明、王维是文人。

黄灿然以这首诗向杜甫致敬,就是向家国情怀、批判现实主义精神致敬。在歌舞升平的当下时代,诗人们能否像杜甫那样"装着山川,风物,丧乱和爱",是一个问题;"汉语的灵魂"能否在当代找到"适当的载体",是一个问题。

"我只是历史中流浪了许久的那滴泪/老找不到一副脸来安

置。"台湾当代诗人洛夫的诗句。他,就是一滴流浪许久的眼泪,来自杜甫的脸、眼睛、内心?像流星,找不到一团云影来安置。花,找不到一根枝条来安置。句子,找不到一首诗来安置。亡灵,找不到一炷香、一个名字来安置。

《新婚别》《无家别》《垂老别》,杜甫的"三别",在洛夫、余光中、郑愁予、周梦蝶、痖弦等等台湾现代诗人中,回响着。从安史之乱,到台海之痛,一概是别、别、别。正是诗歌,化解又加剧了汉人的乡愁。

郑愁予的名字来自辛弃疾的诗:"山深闻鹧鸪,江晚正愁余。"发愁的辛弃疾,骑在马上,在长江边眺望沦陷的中原。鹧鸪声声,惊心动魄。

"有那么一群人,敏感的人,利用乐器,利用火,聚而成社。主持这个社的人,以女性为主,这女性是最早的巫。当巫对天呼求时,就是诗的开始。"郑愁予认为诗的起源,是声响与光。因此,诗歌的音乐性(声响)和品质(光),像乐器和火焰,可以激荡人心、抑制暗淡。

我与郑愁予见过两面,在四川江油李白纪念馆,在上海爱神花园。他老了,怀抱鲜花,依旧愁容满面。夫人坐在轮椅上,被人推着。我没有走过去与他交谈,也无话可谈。我们发愁的事情如果相似,就去读读他的诗。我们发愁的事情如果不似,就去读读他的诗。

自古而今,诗,汉语的灵魂,持续寻找着适当的载体,以便在那些巫、诗人、流亡者身上安家、活下去。在异乡,在漂泊中,有声响与光来慰藉,一个人会稍稍好过一些吧。那鹧鸪,就是一个诗人的前世和来生。

"我没有愁苦到足以成为诗人。但我清醒到足以成为一个废人。"罗马尼亚作家、思想家齐奥朗,这一观点像是在向中国的杜甫、辛弃疾们致敬。齐奥朗的话,让我清醒——我所经验的一切都显得浅薄、轻逸、无力,不足以支撑一个人成为诗人,我在把白纸变成废纸。但废纸的意义在于,它可以怜悯、接纳一个渐渐被时光废弃的人,缓解他的孤单和感伤。

齐奥朗生于罗马尼亚乡村,哲学系毕业,隐居巴黎六十年,住旅馆、阁楼,少社交,拒采访,视沉思为劳作,以语言为伴侣——他自觉选择了愁苦的一途,而非欢乐的沙龙、游轮、高速公路。

当下中国写作者的阵容里,充满喜悦而又混沌的成功人士、投机者:住别墅、酒店,上电视、晚报,研讨会、高峰论坛,像喜气洋洋的新郎,让语言成为伴郎?犬儒主义、虚无主义弥漫。以杜甫、辛弃疾为参照,保持对人类命运"发愁"的能力和"坚强"的品质,避免一种作废的、无效的写作和言说,是当代诗人、知识分子们面对的一个命题。

"明日隔山岳,世事两茫茫。"杜甫《赠卫八处士》中的句子。又是一个让人忧愁的句子。我去过河南巩县,杜甫墓山岳一般浑厚巨大。

任何人的墓,都可以看成大小不一的山岳。山外山内,异乡故乡,世事两茫茫。

IV 我醒来又降新雪

我醒来又降新雪

一九八五年,刚刚开始写作,我就读到了敦煌文艺出版社出版的一套"世界百年经典诗歌丛书"——《从两个世界爱一个女人:勃莱诗选》《秋天奏鸣曲:格奥尔格·特拉克尔诗集》《时间与水:战后冰岛诗选》《玫瑰祭坛:埃迪特·索德格朗诗歌全选》《纸上幻境:迈克尔·布洛克诗选》。从此,喜欢勃莱的诗。

后来,渐渐明白,这喜欢是有理由的:勃莱像中国古典诗人那样写作,像乡村隐居者那样写作,风格清新、宁静、广阔——玉米地窜过的野雉,树林里闪烁的晚雪,湖面上传来的鸟鸣……

我拥有童年乡村经验,跟随外公、外婆在旷野里生息,背着书包去庄稼地环抱着的小学校读书,钟声回荡。风声似乎说出了阴历控制的一切:炊烟、鸟群、池塘上的反光,庄稼起伏如同虎皮蠕动,出嫁与出殡的队列色彩不同……这一段生活,决定了我的性情和走向:敏感,寡言,多思,用勃莱笔下蚂蚁的方式,在纸上寻找一条生路与归途:"冬天的蚂蚁颤抖的翅膀/等待瘦弱的冬天结束。/我用缓慢的、笨拙的方式爱你,/几乎不说话,仅有只言片语。"

勃莱喜欢中国诗,尤其喜欢陶渊明。"在古代中国,各层次的知觉能够静悄悄地混合起来。它们不像冬天的湖水那样分成一层又一层,而是都流在一起了。我以为古代中国诗仍是人类曾写过的最伟大的诗。"于是,他和朋友们一起创造了"深度意象派",向中国古典诗歌的"圆融之境"致敬。

《在多雨的九月》:"在我们之前,男男女女都能做到这一点:/我会去见你,你也能来看我,一年一次;/我们将是两粒脱壳的谷子,不是为了播种;/我们蛰伏在房间里,门关闭,灯熄灭了;/我陪你一同抽泣,没有羞耻,顾不得尊严。"一对情人拥抱着哭泣,使九月多雨。脱去的衣服像稻壳,等着他们灼热的身体重新穿上,就像在田野里重新生长一次。

情人离去,冬天来临:"四点左右,几片雪花。/我把残茶泼到雪地上,/感到清新的寒冷中的一丝愉快。/入夜时分,风刮起来,/南窗上的窗纱缓缓飘动。/……/我醒来又降新雪。/我是一个人,但另有一个人/和我一起喝咖啡,一起眺望雪夜。"《冬日独居》的首尾两节。

我猜测,勃莱写《冬日独居》,大概想到了白居易的《邯郸冬至夜思家》:"邯郸驿里逢冬至,抱膝灯前影伴身。想得家中夜深坐,还应说着远行人。"以及王维的《冬晚对雪忆胡居士家》:"寒更传晓箭,清镜对衰颜。隔牖风惊竹,开门雪满山。"

当然,勃莱喝咖啡不喝茶。他没尝过中国的米酒与黄酒吧?但中美两国的雪夜保持一致,又黑又白。当然,他不思忆自己居舍以外的功名、离乱和途人。或许读过《世说新语》?东晋名士殷浩,因一句话而名动古今:"我与我周旋久,宁作我。"勃莱与勃莱周旋久,宁作勃莱——"放弃所有的野心是多么美妙!/突然,我清楚地看见/一朵刚刚飘落在马鬃上的雪花!"

在明尼苏达州的一个农场里读书、写作、打猎、骑马、观察马鬃上的雪花……这完全就是陶渊明式的生活。他的诗就是一个美国人的《桃花源记》。

我曾经在一个深夜,开车去上海浦东机场送母亲回故乡南阳,途中想起勃莱的《开车送父母回家》:"开车送父母回家,穿行在风雪中/在山崖边他们衰弱的身躯有些犹豫。/我朝着山谷高喊/只有雪在回应。/他们低声说话/说到提水,说到吃橘子/说到孙子的照片昨晚忘记带了。/他们打开自己的屋门,然后消失。/橡树在林子里倒下,/隔着数英里的寂静,谁听见了?/他们坐得那么近,好像被雪挤压在一起。"

我不可能开车送父母一同回家了。父亲在一九九七年冬天去世。我周围,是南方中国的暖意和灯火,没有森林和风雪。母亲比我提前二十三年老了,坐在汽车后座上,什么也没有说。她不知道勃莱。她慢慢推着行李车消失在候机厅深处。机场上腾空而起的某架飞机里,她与陌生人一起进入云端。在云端,她或许能与父亲的亡灵更近一些,甚至在进入故乡上空时,与父亲的另一种形态擦肩而过?

读勃莱这首诗,我只有感动,似乎没有发现什么技巧。清代张船山说:"天籁自鸣天趣足,好诗无非近人情。"诗人就是天光下的有情人。诗歌的责任就是抒情。抒情就是爱,对万物人间的爱,从两个世界、无数世界去爱。在九十年代中国诗坛,我成为意象写作的代表性诗人之一。但我没有勃莱写得那样好,原因大约在于爱的深度和力度都不够,天空下的生活的广阔度不够。

二〇一六年十一月,纽约去华盛顿的高速公路上空,云朵绚烂,像各种肤色的游荡者。时而下一场阵雨。就读于美国哥伦比亚大学的儿子在开车。我和他母亲也像勃莱的父母一样坐在后座上。这个十五岁就一个人拖着行李箱来到美国小镇读高中的孩子,长大成人,开始掌握大局和方向,像一个刚刚独立的小国家,像一个句子从周围的句子中独立出来,成为一行自在、自治的诗句。我微微有些失落。又想到勃莱的《开车送父母回家》。沿途是旷野、小镇、木屋、加油站。霜降中闪烁光辉的河流、树林,大约散发出小动物们喜欢的气味。勃莱定居于明尼苏达州的一个农场,房子周围应该也是这样的景象。

勃莱目前依然活在这个世界上,八十一岁了,想到这一点,我感到幸福。

这个美国老头认为,所有诗歌都是旅行,"最好的诗歌是长途旅行。我喜欢那些想去另一个世界旅行的诗,那个世界可能会是一处有如蜜蜂翅膀一样被忽略的地方"。当然,他诗歌中也屡屡写到旅行,火车、汽车、马屡屡出现。"正是微雪的时候。/黑暗的铁轨自黑暗里涌出。/我注目蒙着轻尘的车窗。/在蒙大拿的米苏拉,我愉快醒来。"他总是能够在雪意中醒来。他大约知道中国的一个出自《庄子》的成语:澡雪精神。

按照勃莱的观点,这次美国之行是我的一首长诗、我最好的诗？有些欣慰,也有些感伤。

"在林中最后一次散步直到黎明/我必须回到那没有陷阱的田野/回到那顺从的大地。"跟随勃莱,在没有陷阱的田野和顺从的大地上散步,就能获得安定的内心和晚年。如果沿途遇到一面湖泊,我和他会停下来,在这一面最清澈的镜子里辨认各自的衰容。

让马粪进入诗歌

美国诗人詹姆斯·赖特《在明尼苏达州的松树岛,躺在威廉·达菲农场的吊床上》:

"头顶之上,我看见那只青铜色蝴蝶,/休憩在黑色的树干,/似绿荫中的叶子拂动。/沿着空屋后狭深的山谷,/牛铃一声一声走进下午的深处。/我的右边,/两棵松树间的一片阳光下,/去年落下的马粪/燃烧成金色的石块。/我斜躺着,暮色渐暗着降临。/一只老鹰飞过上空,寻找归巢。/我虚掷了我的一生。"

标题很长,赖特在模仿中国古代诗人的做法?

白居易有一首诗,题为《自河南经乱,关内阻饥,兄弟离散,各在一处。因望月有感,聊书所怀,寄上浮梁大兄、於潜七兄、乌江十五兄,兼示符离及下邽弟妹》。古人诗题漫长,有其不得已之处:诗律、结构无法承载过多的背景交代、人物关系描述,只能求助于标题。二十世纪之初新诗的出现,就是为了解决这一问题——让诗能够承载驳杂的日常生活、驳杂的词。

赖特神往于中国古典诗人的生存状态和表达方式,尝试以有力的意象和明澈的口语传达诗意,像王维们那样。一九八〇年去世,五十三岁,他虚掷一生了吗?那只老鹰,可能就是赖特躺在吊床上抬手掷进天空的一句诗——

一个诗人消失了,其句子与美国农场的景色依旧活了下来,就没有虚掷一生。

与中国古典田园诗不同,马粪可以进入现代诗,而且,闪闪发光——"让敞亮发生,使存在物发光和鸣响。"海德格尔在《诗·语言·思》一书中这样写道。不能对马粪的存在视若无睹。风吹动一团旧马粪发出的声音,也应该记录下来,否则,一个农场就丧失了完整和真实。

闻一多的诗《口供》中被传诵的名句,是"鸦背驮着夕阳,黄昏里织满了蝙蝠的翅膀",古典、唯美、抒情。但结尾一句往往被忽视了——那一句,真正暴露了他的现代诗人身份:"可是还有一个我,你怕不怕?——苍蝇似的思想,垃圾桶里爬。"

让马粪、苍蝇进入诗歌,让诗歌获得现代性——对当下生活、自身处境进行辨认和发言。

当下写作者的使命,就是要让笔介入被遮蔽、被掩饰的一切,让汉语敞亮、发光、鸣响。

"在我看来,诗人的任务是阐明而不是遮掩。当然,有时必须将灯熄灭,以便能看清灯泡。"德国诗人、小说家君特·格拉斯如是说。开、关、开……他大概搞坏了不少灯泡。在开灯、关灯的技艺掌握熟练以后,他开始写长篇小说《铁皮鼓》《狗年月》,获得诺贝尔文学奖。写长篇小说的人,需要在书桌上设立一个大探照灯。

格拉斯的书房窗外,或许也散落着去年的几块马粪,暗藏了一匹马的轮廓、体力、嘶鸣、光……

在旷野,隐士鸫为歌而唱

"我是坐在一堵铁墙前的办公桌旁写作的。我是一个金库保管员,其中存放着数以百万计的钞票。我的头脑面对这堵铁墙而产生反应,从回忆飞鸟、夏日的田野和树丛中得到慰藉。"美国作家约翰·布罗斯这样写道。

从农家少年,到财政部通货司职员、农场主,最终成为果农、猎人、渔夫、步行者、爱默生的学生、惠特曼的朋友、博物学家、作家、诗人等等身份集于一身的自然主义者,布罗斯的人生轨迹自然而然、符合逻辑——从野外出发,最终回到野外,在纸上重建野外,让远远近近的人们在字里行间聚会、野餐。

忍不住摘抄布罗斯的好句子,并记下我的感想:

"你误以为大地走错了路,夏天不在那个方向上。"大地有无数正确的方向,而我只剩下从晚秋、到寒冬这不可逆转的一途。

"了不起的事——父亲头一回来我家做客。他像孩子,精力充沛,胃口很好,看他吃饭对我有益。"我已经无法看到父亲吃饭的样子了。无益。当然,我可以好好在自己儿子面前吃饭,让他受益,但他目前似乎对我的动态没有大的兴趣。

"如果父母去世了,只要看到他们生活过的青山的面貌,就会有悲喜交集的心情。"当我去世,当上海市区我生活过的那些灰蒙蒙楼群也被拆毁、消失,又如何能够给一个儿子的视觉和内心带来安慰和忧伤?

"继续在田间劳动,身体不错,心情舒畅。人不能不劳动而保持对土地的爱。"我对土地的爱,通过咀嚼蔬菜和水果得以延续,显然没有一个田间劳动者的情感那样强烈。街头巷尾的蔬菜店、水果店,像继母。

"一只好的猎狗会日夜追逐猎物而一点不想到自己。"我年轻时追求一个女子,常常想到自己的衰弱和丑陋,就追得不是那么有力、有效。

"上帝爱那些对他满不在乎的人。"像一个女子,往往爱上那些忽视甚至轻视她的浮浪男子。

"一只隐士鸫今晨在林中苜蓿地里歌唱,显然是为了陶冶自己。他是一位真正的诗人。隐士鸫为歌而唱。"我写诗,总想着发表、得稿费、获奖、登台演讲,这诗句就必然丧失了隐士鸫、林中苜蓿地和清晨那样的动人心魄。

"如果一个人向大自然求爱,会带着谁一同去呢?没有一个人能达到我要求的标准,所以我独自出发。"让我远远地跟着布罗斯出发,试一试,与他竞争大自然的爱。

"一群牛犊聚拢在我周围好像要问外面世界的消息——大概是牲畜市场的行情吧。它们热烈地舔我的手、衣服和枪。"我向谁询问晚年的消息?我应该像牛犊一样,热烈地舔着眼前的纸、笔……

布罗斯写下的句子,"像一个完善的蜂房,每个蜂窝里都充满蜂蜜。"——这仍是他的比喻。我惭愧。

在天空下天真,在大自然中自然而然,抛弃尘世里的积怨愤懑,让久别了的爱、宽容、欢欣,返回内心定居,对天意和神迹,充满初相见的惊喜和伤别离的颤栗。"若是大师使你们却步,不妨请教大自然。"荷尔德林《致青年诗人》中的这句话,我喜欢,布罗斯也应该喜欢。

与布罗斯很相像的《沙乡年鉴》作者利奥波德,《瓦尔登湖》作者梭罗,同样是爱默生的精神传人,也都是我喜欢的美国作家。

利奥波德说:"人们在不拥有一个农场的情况下,会有两种精神上的危险。一是以为早饭来自杂货铺,二是以为热量来自火炉。"梭罗说:"当找不到人谈话了,我就用桨敲打我的船舷,寻求回声,使周围的森林被激起了一圈圈扩展着的声浪,像动物园中管理群兽的人激动了兽群那样。"我有过十年左右的乡村生活经历,所以我知道早饭和热量的源头来自大地。但我目前已经"找不到人谈话了",也只能用铅笔敲敲书桌边缘——没有回声。

在上海,我的周围没有沙乡(有沙县小吃),没有瓦尔登湖(有一个浴缸),也没有森林(有木质的护墙板)。周围像动物园,但我不是一个管理群兽的人,反而像被管理的、丧失了野性与活力的兽。"诗人或则就是自然,或则寻求自然。在前一种情况下,他是一个素朴的诗人;在后一种情况下,他是一个感伤的诗人。"席勒如是说,像在谈论我和梭罗们的区别。我感伤,梭罗们素朴?

继续在动物园一样的书房里,读读布罗斯、利奥波德,也读读梭罗的《瓦尔登湖》,就好像回到简单明亮的、自然主义的野外。

梭罗曾经与兄长向同一女子寻求爱。兄长英年早逝,女子选择一个牧师结婚。梭罗带着双重的悲哀来到瓦尔登湖。湖水代替女子的眼波,失恋的人获得大自然,也算一种补偿。瓦尔登湖与梭罗之间,渐渐形成一种双向的爱意和暖意——

"我们常听到把冬天描绘成粗莽狂烈的暴君,其实它正用情人似的轻巧手指在给夏天装饰着卷发呢。"梭罗大概给情人卷过头发?

"松鼠和野鼠为了我储藏的坚果而争吵开了。"我的坚果藏在冰箱里。我的影子和我争吵。

"我不花什么钱去买窗帘,因为除了日月没有别的偷窥者需要关在外面,我也需要它们来看看我。"我看看自己的窗帘:一层薄纱,一层遮光布,一层绸缎。我担忧被对面公寓里的某一个人用望远镜偷窥、觊觎。

"我们认识的人很少,认识的衣服却很多。给稻草人穿上你最后一件衣服,自己不穿衣服站在旁边,哪一个经过的人不马上向稻草人致敬呢?"是的。在巴黎,在上海,时装们在春夏发布会上迈着猫步走来走去。美术馆里,一个女子搂着穿男装的衣服架,在哭泣——这是一个行为艺术作品《重逢》……

许多人被称为大地之子,但只有少数人受之无愧,比如梭罗、利奥波德、布罗斯。这三位美国作家、爱默生思想的传人,在旷野里行动、沉思、言说。让我想起兰波的一首诗《感觉》:"我什么也不再说,什么也不再想/无限的爱使我融入自己的灵魂/我要走得远远的,像波希米亚人一样/走进自然,幸福得如有一位女子同行。"

不自然的我,提着一个装有计算器、账单、机票的旧公文包,在上海外滩附近的一条弄堂里寂然独行。

在上海,我是人流、物流、信息流、现金流里的小职员,写不出河流上面鱼鳞的闪烁和云朵的激动。在一间公寓里生活,每月盘算着如何还贷、还信用卡、还掉欠了他人的被声索的种种情分。周围市民,基本上也都遗忘了大地的存在,那奉献出五谷杂粮和森林的大地的存在。节假日出行也是在景区里照相、发微信朋友圈,证明自己也有远方和野外,以便心安理得地回到市井继续沉浮、挣扎、衰竭。

"物色相召,人谁获安?"刘勰在《文心雕龙》中很不安。一个人不安了,写写字吧——不能雕龙就雕虫,也能微微安抚一个黄昏,听见虫子没有功利地隐隐鸣叫,就很好了。

所幸的是,我有一段乡村童年生活可供回忆、慰藉。我还能常常想起大地边缘孤立的村庄和祖先——在那一瞬间,谁也不能否认我是一个诗人。

所幸的是,我认识后工业化时代美国旷野里的三个知识者和无数只隐士鸫。

成熟得恰到好处的人

美国诗人弗罗斯特晚年的一项工作,就是到各地高校讲解诗歌,自言自语,并回答听众对诗歌的质疑。

比如,有人认为世界已经破败不堪,语言千疮百孔,已经没有诗歌。弗罗斯特回答:"诗歌是语言的更新。"更新语言,就是修复世界。

比如,一个记者问他:"当可以直接用散文表达的时候,你为什么写诗?"弗罗斯特回答:"为什么你要唱歌?为什么你要跳舞?这就是一个古老的习惯,如果历史上没有任何人写过诗歌,我认为我根本不会写诗。"充满感染力、说服力。写诗是一份古老的遗产,像唱歌、跳舞,但只有部分人能成为这遗产的继承者。大部分人只会读着写着社论、广告、本报讯。

一九五六年,在哈佛大学的一次讲座中,弗罗斯特读了自己的两行诗:"需要各种室内及野外的知识/才能适应我的那种诙谐。"也就是说,需要室内灯光与野外阳光的合作,才能看清弗罗斯特在农场里晒黑了的皮肤、在讲坛上明确了的观点。显然,他是一个室内与野外双重生活都很丰富的人。当然,他又说:"教育得最好的,是成熟得恰到好处的人。自然风干而非人为烘干。"似乎更倾心于野外阵风的教育，对室内电风扇、鼓风机嗡嗡嗡嗡的陈词滥调，不满。

波兰诗人米沃什不太喜欢弗罗斯特，认为"他改变了服装，戴上面具，进一步把自己弄成个乡下人。事实上，他完全是另一种人。他童年在旧金山而不是波士顿郊外的农村度过"，"他徒劳地寻求爱，而他所认为的回应仅仅是其希望的回声"。

弗罗斯特没有在米沃什这里得到爱的回应。遗憾。我爱弗罗斯特，也爱米沃什——所谓爱，就是不讲原则。所谓不爱，也并非有什么原则可讲。即便弗罗斯特"改变了服装"，摆脱电风扇、鼓风机，到乡下去风干自己的头脑和诗歌，只要"成熟得恰到好处"，就值得品鉴。米沃什认为弗罗斯特对爱的寻求是"徒劳"的，似乎也含着怜惜。但哪一个写作者不是徒劳的、爱的寻求者？正因为徒劳，写作才成为必须和必然。

米沃什知道布罗茨基、奥登都喜欢弗罗斯特。布罗茨基的好朋友希尼也喜欢弗罗斯特，"因为他有农民的准确和狡黠"——一个农民，他开掘一条泉眼来浇地的位置必须是准确的，追击一只野兔的路线必须是准确的，为麻雀们立起稻草人、为野兽挖掘陷阱一类的狡黠，也是必须的。史蒂文斯说过，"好诗人身上有一种农民气"，大概也是基于同样的理由。

或许，人间的种种喜欢与不喜欢，大抵上都是一种偏见和误解，只要这误解和偏见不肤浅、有深意，就是好的吧。

在《悲伤与理智》一文中，布罗茨基为弗罗斯特辩护，"乡村绅士的做派并不仅仅是一种做派"。弗罗斯特去世前不久还在购买农场,一生共拥有四座农场,可见其对农事的热爱,对"风干"一词的热爱。

布罗茨基曾经转述了奥登关于欧洲人、美国人与大自然之间关系差异的一种描述:欧洲人出门散步,如果遇到一棵树,这会是一棵因为历史而著名的树,"树叶发出沙沙声,像是在引经据典",欧洲人若有所思,但并没有因为与树的相遇而有丝毫改变。一个美国人出门散步遇到一棵树,"这就是一场势均力敌的相遇"、"人的表皮与树皮的相遇",胜负难料——布罗茨基认为,这就是弗罗斯特自然题材诗歌的实质。

一个中国人如果走出门去,遇到一棵树,其态度与欧洲人、美国人就会很不同——他觉得遇到了另一个自己或知己。比如,李商隐,"高松出众木,伴我向天涯"。比如,苏东坡,"昨夜松边醉倒,问松我醉何如。只疑松动要来扶。以手推松曰去"。

见过照片上的弗罗斯特:衣服质地粗粝,应该很耐磨,拒绝电熨斗;头发简短如小草,应该是被野外的风而不是电吹风吹乱了;脸上、手上皱纹重重,似乎带着泥垢,让他周围势均力敌的树皮们,喜悦而又不安?

弗罗斯特大部分诗集的扉页,都引用了他《牧场》中的一个句子:"我不会去太久的——你也来吧。"四个农场也安慰不了这一个孤单的人。

大风吹着孤单的人,像吹着一枚逐渐成熟得恰到好处的野果。

诗对于一个农夫的作用

挪威果农、诗人奥拉夫·豪格《风信鸡》:"铁匠制成了它/直到有一天它锈了/锈住在一个方向——/方向偏北/这是风来得最多的方向"。

读这首诗,我才明白中年以后为什么自己的脊背在弯曲,朝着地面的方向、低矮的方向弯曲——那是童年的风来得最多的方向啊。锈迹以皱纹的形式,在我周身层层蔓延开去……

"如果你能写出一首/农夫发现有用的诗,/你应该幸福。/你永不能理解铁匠。/最难以取悦的是木匠。"

"当我在这个早晨醒来,窗玻璃已经结霜,/而我发热于一场美梦。/火炉从它欣赏过的一块木材中/彻夜倾倒出温暖。"

以上两首,依然是豪格的诗《诗》和《冬晨》。豪格本身就是农夫,写出一首对自己、对周围田野里的人有用的诗,就像种出一棵有用的核桃树,难度不大。

豪格喜欢中国的陶渊明。陶渊明在南山下蒙霜的田野里劳作,写出对农夫有用的诗,难度不大。"相见无杂言,但道桑麻长。桑麻日已长,我土日已广。"陶渊明的邻居知道他是诗人,更承认他也是一个农夫,交谈话题就集中于眼前桑麻而非虚无的庙堂与诗坛。他们发现这个种田、打理果树的人,能够"彻夜倒出温暖"。而诗人明白这温暖的秘密:在语言内部,必须有植物的汁液运行,抽枝展叶,吸引蜜蜂,并在枯萎中结出思想之果——远离铁的冷漠、木材的麻木。

二〇一一年十一月,我参加同济大学诗学研究中心揭牌仪式。复旦大学教授骆玉明坐在主席台上漫谈:复旦大学与同济大学关系很好——二十年前,从复旦大学到同济大学,需要半小时,骑自行车直接穿过一片草地、菜地;现在,从复旦大学到同济大学,也需要半小时,乘汽车,从高楼、内环高架桥、住宅区等等建筑物之间迂回而至。

坐在骆教授对面,我暗想:二十年前,复旦大学与同济大学之间的关系,是一大片的青草蔬菜、农夫、蝴蝶、蜜蜂、田埂、泉水,很好;现在的关系是钢筋、玻璃、水泥、速度、噪音、雾霾、广告、时装店、酒店、地铁车站,也……还算好。

二十年过去了,在上海的这两所有了隔膜感、距离感的大学之间,已经无法写田园诗了,也恰恰需要写田园诗了。

政治学家马克斯·韦伯在官僚制问题研究中,提出了两个意象:"坚壳"(体制、组织),"齿轮"(异化、工具化的人)。陶渊明就是中国士大夫中一个主动逃出"坚壳"与"齿轮"、回到桑麻田野里的人。这其实也是诗的作用力,让他重新成为一个农夫。

一枚成熟的核桃越过果壳这一体制,成立秋天,无限芬芳。但这"越"的意义,恰恰依据于果壳的存在。陶渊明的意义,恰恰在于他与无数齿轮般转动的、庙堂里的人们,构成对比。

豪格不懂得中国的这些事情。他与小镇以及全世界的铁匠、木匠,关系一般。

V 教会我爱人类的秘密

教会我爱人类的秘密

"我的童年是记忆中塞维利亚的一个庭院和花园,阳光中柠檬逐渐变黄。/丘比特给的箭我接受了,/我爱任何在我身上找到家的女人。/我身上流淌着叛逆的血液,/但我的诗来自平静的深泉。/我不喜欢抒情的空心男高音/和蟋蟀们对月亮的歌唱。/我沉默是为了将声响和回音分开,/在众声里听出那独一无二的声音。/我总是跟那个同行的人说话,/他教会我爱人类的秘密。/最后,我不欠你什么,而你欠我所写下的东西。/当最后一天到来,/那艘永不返回的船启航,/你会发现我躺在船上,/几乎赤裸如大海的儿子。"

安东尼奥·马查多的名诗《画像》摘句。

这首诗,是一个西班牙诗人的小自传,关于童年、情感、诗艺、生活。全诗以对"最后一天"的怀想收篇。似乎也应该成为所有诗人的画像、小自传:叛逆而平静,在沉默中辨认,发出属于自己"那独一无二的声音",最后,"赤裸如大海的儿子",或者干脆说赤裸如大海。全诗充满温存、辩证和自信。

以马查多为镜,我身上有可供女子们寻找的床榻和夜晚吗?我缺钙、软弱、乏善可陈,这一种床榻和夜晚就容易骨折。我缺乏爱和被爱的能力。其实,就是缺乏言说与倾听的能力。

"艺术最简洁的表达,就是爱。"我同意法国作家布勒东的这一观点。爱,使一个人、使艺术,变得简单而干净,脱离冗繁与芜杂。写作的目的,就是掌握爱人类的秘密,熄灭恨意与哀怨。我有一个、无数个同行并说话的人吗?他们,不同国度里的沉思者、书写者,自古而今的亲人爱人,共同组成了属于一个人的诗神或者说爱神。

马查多的嗓音和听力都很好。这个哲学博士、乡村学校教师,在三十四岁时爱上一个笑声响亮的少女,结婚。一年后,妻因肺结核而亡。他从此独身,写作,在文字中挽留妻的气息和体温。基本主题就是"丧失",关于时间、土地、爱人、西班牙。终成为与洛尔迦、塞尔努达、阿尔伯蒂、希门内斯比肩的伟大诗人——这样一个西班牙语诗人名单,出自布罗茨基之手。对他而言,马查多也像奥登、叶芝、弗罗斯特、哈代一样,在向这个俄裔美籍诗人传授如何热爱人类的秘密。

一九三九年,因西班牙内战,马查多流亡并死于法国,六十四岁。几天后,母亲也在忧伤中随之而去。而父亲,一个热衷于收集、歌唱西班牙民谣的人,在马查多十八岁时就去世了。死去的人们在泥土中继续同行,热烈谈论尘世里的生活,让地面上的霜雪融化为草绿和蜂蜜——

"冲着开花的山峦/辽阔的大海正在咆哮/在我蜜蜂的巢里/有小颗粒的盐。"马查多的诗句像海边蜂巢,又甜又咸,从而让无穷的爱意充满了克服时间的力量。

伟大的诗人们像马查多一样,使后世阅读者成为羞愧而又幸福的负债人。

而亲人爱人以及亲爱的烟火人间,对于写作者而言,像一个不计算盈亏、持续为笔墨言辞而投资的无限责任公司。

我迟迟没有献出一首好诗。但我迟早将领悟爱人类的秘密。

如果我不认识你

西班牙诗人路易斯·塞尔努达的句子:"你证明我的存在:/如果我不认识你,我没活过;/如果至死不认识你,/我没死,因为我没有活过。"抒情对象"你",是恋爱中的某女子,也可能是宗教束缚下的自由,内战时期的西班牙,流亡中的乡愁。

自一九三八年内战开始,塞尔努达浪游于英国、美国、墨西哥,像马查多一样,死于异国他乡,"成为所有我爱的东西:空气,流水,植物,那个少年"。在我出生那一年,他死了。他的死,与我同龄。

只有在写作中确认了"你"的存在,一个人方能化身为"所有我爱的东西"——

"你"就是爱、就是美。

没有"你",怎么办?"没有爱就决不罢休,不梦到爱人就绝不睡觉。"艾伦·金斯堡很决绝。所以,这尘世里有那么多被失眠症折磨的人。所以墓地里有那么多长眠不醒的人——梦见爱人不容易,拒绝再苏醒、起身、回到尘世——"找到自己所爱,让它吞噬你。"查尔斯·布考斯基,也是对爱抱以决绝姿态的人。

没有"你",怎么办?"叫我自己亲爱的,感觉自己在这个世界上被爱。"美国小说家、诗人卡佛的方法比较简单。这个喜欢用酒精缓解孤独的人,对着卫生间的镜子叫了一声"亲爱的"?

但是有了"你",又能怎么办?"在你前额广场的夜色里/一千匹波斯小马睡得深沉/而我一连四个晚上/抱着你的腰,雪的敌人。"洛尔迦抱着的腰,必须多么白、多么冷,才能成为雪的敌人。必须多么黑、多么热,才能成为雪的敌人。抱着雪的敌人,洛尔迦一连四个晚上,又冷又热——在第五天清晨成为诗人。

有过"你",怎么办?十七岁时,乡村小学教师米斯特拉尔恋爱了,但爱的对象却放纵于酒色并自杀,口袋里装着一首米斯特拉尔的情诗。米斯特拉尔终生未婚、未育,却成为一个表达"爱情与母性"主题的诗人,在诗歌里去爱并成为一个纸上的母亲。

她在情人的墓地里低语:"土地接纳你这个苦孩子的躯体/准会变得摇篮那般温存/……/没有哪一个女人来插手这隐秘的角落/同我争夺你的骸骨。"她想象着自己的女儿,并表态:"我可不希望/我的女儿变成飞燕/她会在天空蹁跹/不再回到我的身边……"

"一部小说或一首诗是作者和读者双边孤独的产物。"布罗茨基提出"双边孤独"这一概念,用来指代诗人与其抒情对象之间的关系、"我与你"的关系,也非常恰切——双边孤独,无时不有,所以小说和诗歌的意义无处不在。文学无法死去,因为这世上有那么多孤独的人。

在上海,每天晨昏,我对着卫生间的镜子刷牙,什么话都没说。镜子里的皱纹与老年斑,提醒我回忆一生的瑕疵与星辰。我与镜中人,面面相觑。坐在街头小吃摊上吃一顿早餐和晚餐,就是对自己的怜惜。我不是塞尔努达、金斯堡、布考斯基、卡佛、洛尔迦、米斯特拉尔——

　　一个没有强烈情感和独特表达力的人，像从来没有遇到过一个"你"。

人的未来就是爱

一九三〇年,四十岁的帕斯捷尔纳克写出回忆录《安全保护证》,题献给四年前去世的诗人里尔克,也是向里尔克一九一〇年写出的自传体小说《马尔特手记》,致敬、对标。

四十岁就开始回忆。四十岁就足以回忆。四十岁就必须回忆了——为中年、晚年的逐步降温,积蓄火种和燃料。

全书分三章,我尝试概括如下:(一)十岁时随父亲在一个火车站遇见里尔克及其情人莎乐美,初习音乐学;(二)在德国马尔堡大学,研究哲学与初恋;(三)中年开始了,认领诗人身份并面对马雅可夫斯基之死。

这一结构富有意味:从认识一个诗人开始,到对另一个诗人的辨析与纠正结束。四十岁以后,一个伟大的俄语诗人成长起来,并以长篇小说《日瓦戈医生》带来盛誉——那其实也是一部伟大的叙事诗。

《安全保护证》一书中最难忘的比喻如下:"少年时代是漫长无边的。不管以后我们还能活几十年,都无法填满少年时代这座飞机库。我们会分散地或成堆地、不分白昼或黑夜地飞进去寻找回忆,就像教练机飞回机库去添加燃料一样。"

书中最动人的情节,是帕斯捷尔纳克对弗家姐姐的感情:始于十四岁时为她补课,表白于马尔堡大学的重逢——"这三天不像平日的生活,过节一样",被拒绝。在火车站,"我完全丧失了送行的本领。……在火车启动时跳上去,为的只是向姐姐说一声再见。……我们在向柏林飞驰。那个差点中断的节日又延续下去了。"但,"我与柏林是毫不相干的。"再一次与弗家姐姐分别,其实就是永别,"我的脸在一阵阵抽搐,眼泪时刻不停地想要夺眶而出"。夜晚,在柏林车站前的一个下等客栈里,他埋头在一张桌子上,哭了。

书中最好的一句话是:"人的未来就是爱。"

写这本书之前,一九二六年,帕斯捷尔纳克、茨维塔耶娃与里尔克相互通信一年。语言中的爱,热烈、抽象得近于虚无,但也使病中的里尔克将生命坚持到了年底。后来辑成《三诗人书简》,书中的最后一封信,是茨维塔耶娃写给已经到达天国的里尔克:"亲爱的,既然你死了,那就意味着,不再有任何的死。亲爱的,爱我吧,比所有人更强烈地爱我吧,比所有人更不同地爱我吧。"

之前,茨维塔耶娃对帕斯捷尔纳克有过不明确的爱。里尔克的出现与消失,使她彻底忽视了帕斯捷尔纳克的感受。

最终,茨维塔耶娃只能对一张书桌来抒情:

"三十年在一起——/比爱情更清澈。/我熟悉你的每一道纹理,/你了解我的诗行。/难道不是你把他们写在我的脸上?/你吃下纸页,你教我:/没有什么明天。你教我:/只有今天,今天。/钱,账单,情书,账单,/你挺立在橡树的漩涡中。/一直在说:每一个你要的词都是/今天,今天。/上帝,你一直不停地在说,/绝不接受账单和残羹剩饭。/哼,明天就让他们把我抬出去,我这傻瓜/完全奉献于你的桌面。"让我想起米沃什"在大海光线颤动的小酒馆中"遇到的那一张厚木桌子。

这一充满漩涡的书桌,像拥有三十年历史的情人和导师,教导她"绝不接受账单和残羹剩饭",只要情书,只要一个词"今天"——这稀缺的、温暖的事物,迟迟不来,像一列晚点的火车迟迟不来。

年长于茨维塔耶娃的阿赫玛托娃,也在同一时期低语:"既然我没得到爱情和宁静,/就请赐予我痛苦的荣誉"。在俄罗斯,在这世界上,怀抱诗篇的女子,都像是怀抱着痛苦之神所颁发的获奖证书。白银时代的这批诗人,都爱得那么极端、恳切、激烈、广阔——在爱中丧失,才会在诗歌中丰收。

曼德尔施塔姆的妻子娜杰日达,谅解他婚前与茨维塔耶娃之间长度为四个月的一段恋情,因为,茨维塔耶娃影响了曼德尔施塔姆的语言——其实,就是影响了他的心灵。在丈夫死于流放地后,娜杰日达将其诗稿暗藏于一个平底锅的夹层中,像随身携带着的一个胎记。她甚至背诵下全部诗稿,以防平底锅被盗、被掠夺。她写下回忆录,关于丈夫、诗歌、一个时代,文风酷似曼德尔施塔姆。研究者认为,这是她长时期每天背诵丈夫诗歌的结果。

"娜杰日达"在俄文中的意义是"希望"——人的希望就是爱。

帕斯捷尔纳克作品中经常出现哭泣的女性形象,都美好,也似乎是在对他未来葬礼场景的一种预言——在一片黑纱和鲜花中,人们记住了他情人伊文斯卡娅哭泣的形象。黑白遗像里的帕斯捷尔纳克,像大雾中突然涌现的马头。临终前反复念叨"周围有太多的庸俗"。而他也说过:"我很幸运,能够道出全部。"这样一种俄罗斯思想者的高傲和坦诚,当代的汉语写作者们,有吗?

帕斯捷尔纳克反复写到的"火车"一词,代表着希望、爱、漂泊,在俄罗斯无穷的雪野、飞溅的泥泞、凌厉的春风里,呼喊、奔跑——那完全就是披头散发的、恋爱中的女人形象,茨维塔耶娃、阿赫马托娃、娜杰日达们的形象,拉拉的形象——五十六岁那年,帕斯捷尔纳克动笔写作长篇小说《日瓦戈医生》,医生的情人是拉拉。

火车的未来就是爱——铁轨伸出去像灼热的双臂。没有爱的火车,是野草与蝉鸣中的一堆废铁。曼德尔施塔姆在与茨维塔耶娃恋爱期间,反复乘坐火车去莫斯科去看望她,以至于被误认为是一个铁路工人。

在散文《第五元素》中,帕斯捷尔纳克写道:"一本书就是一份立方形的、感情强烈的、热气腾腾的良心——仅此而已。不善于发现和说出真理,这是任何一种说假话的本领都无法掩盖的缺陷。"英语中的"发现"一词,就是"除去遮蔽",而谎言制造者们则是在建立遮蔽,让被欺骗者生活在幻象中——走在虚构的街道、机场、天空下,走在虚构的爱与自由里。

"诗歌和散文是不能分离的两极。凭借与生俱来的听觉,诗歌在词汇的喧嚣中寻觅大自然的旋律。散文则凭借其崇高精神,透过嗅觉,在语言范畴中探索并发现人。"帕斯捷尔纳克如是说。他的诗、散文、小说,都是不可分割的两极——南极和北极,组成一个写作者完整的世界和内心。他的听觉和嗅觉都应该很好,在纸上重现出悲怆的俄罗斯风琴声、草地上女子们复杂的香气……

"宛如在沉重的荒年,几十架风磨在裸露的原野边缘不祥地转动。"他长短参差的诗行像风磨,依靠风力而转动的磨盘,在荒年里能磨碎什么样的词,作为饥寒者的粮食?他就是一架风磨。他就是不安。在写作中缓解不安——死,是一部最后的作品,用棺木作为木质的封面,了结不安。

中国的作家、诗人也可能幻想自己葬礼上出现一个美的女子。但笔下的汉语,配得上那美的哭泣吗?

《安全保护证》这一书名的由来,我猜测:只有爱、美和真理,才能保护一个人的心灵免于扭曲。而肉体,恰恰可能消失于对爱、美和真理的追求之中。

来自远方的姑娘

"我这一生没有爱过任何一个民族、一个集体——不爱德意志,不爱法兰西,不爱美利坚,不爱工人阶级,不爱这一切。我只爱我的朋友,我所知道、所信仰的唯一一种爱,就是爱人。"

德国思想者汉娜·阿伦特的话,不是一首诗,是一首诗。一个爱过导师海德格尔的犹太女子,像诗人在说话。诗人就是要说得惊世骇俗、动人心魄,否则,沉默吧,或者成为一个车站播音员吧。

阿伦特曾经喜欢席勒的诗《来自远方的姑娘》,就以"来自远方的姑娘"自称。诗人都应该是"来自远方的姑娘",带着陌生的风情、语调和表达——关于"爱""平等""恶之庸常"一类主题、关键词。

在具体而细微的事物中爱与被爱,拒绝在抽象的迷宫里丧失自我,就是这一个远方姑娘带来的启示。写作就是爱,将自己的情感落实到某个细节、某个意象中去,否则,一首诗无法成立,一个诗人无法确立。

"我不爱我的祖国。/她抽象的辉煌,你无法捉摸;/不过,为了她的十来个地方,些许民众,港口,松树林,/堡垒,一些建造坏了、灰蒙蒙、鬼怪般的城市,/她历史上那么几个人物,/山脉,还有三四条河流,/我愿意将自己的生命付出。"墨西哥诗人帕切科的《叛国罪》。他背叛一个抽象的祖国,而忠诚于周围具体的事物。帕切科另有一部长篇小说《月亮与篝火》,像一首长诗,像漫长无尽的爱。

阿伦特、帕切科的这两首诗,让我想到了诗人雷平阳的《亲人》:"我只爱我寄宿的云南,因为其他省/我都不爱,我只爱云南的昭通市/因为其他市我都不爱,我只爱昭通市的土城乡/因为其他乡我都不爱……/我的爱狭隘、偏执,像针尖上的蜂蜜/假如有一天我再不能继续下去/我会只爱我的亲人——这逐渐缩小的过程/耗尽了我的青春和悲悯。"一首同样背叛了大词的小诗,在"这逐渐缩小的过程"中,臻于尖锐、疼痛之境,像蜂蜜包裹了一枚针。

诗帮助一个写作者、读者,对生活认识得更加及物、深刻,克服空泛、言不及义的话语方式——那其实也代表着一种空泛、言不及义的生活方式。

"你们无法反对爱情/无法反对树叶的颜色/无法反对浪花的抚摸/无法反对阳光,你们做不到!/你们可以给我们死亡——/这最渺小的事物/这,你们可以/但仅此而已!"葡萄牙诗人安德拉德的诗《面对》,同样在表达对具体事物的爱与维护。诗人面对的"你们",即恶势力、恐怖、丑陋。唯有具体的事物,才有力量去与"你们"抗衡。那具体的爱情、树叶、浪花和阳光,生生不息,"你们无法反对"。

安德拉德的诗一贯抒情、唯美,咏叹爱情、孩子、大自然、离别……他喜欢中国古典诗歌,比如李白《送友人》结尾处的马嘶、

《诗经》中的"昔我往矣,杨柳依依。今我来思,雨雪霏霏"。《面对》这首诗,决绝、冷峻,在他的作品中很少见,但统一于他抒情、唯美的内心。

二〇一七年十一月,在江南小镇锦溪,我与车前子、祁国等朋友一道参加"中国桂冠诗歌奖"颁奖仪式,见到神交多年的澳门诗人、安德拉德的翻译者姚风,像见到了安德拉德的一个中国替身。在安德拉德眼中,姚风大约也是李白、杜甫们的替身吧。

安德拉德《墓志铭》一诗中,再次写到死亡:"一月不是死亡的季节,/甚至大海和阳光也不适合/死亡——好像要下雪了。/即使这样,你还是决定/在这个下午诀别:/你看着一个孩子爬上夏天的高墙,/然后笑了——这是很久以前的事情。"这墓志铭像一支摇篮曲、童谣,那么温暖,让死亡也会在渺小感、自卑感中死亡了。

诀别时分,最后一眼看到"一个孩子爬上夏天的高墙",这样的幸福和慰藉,多么有力。一个诗人的灵魂爬上夏天的高墙——高墙外,绿日广阔风浩荡,来自远方的姑娘们走在小路上……

一个受苦的女子与周围的景致

"我们的现实生活四分之三以上是由想象和虚构组成的。同善与恶的实际接触,寥寥可数。"法国女子薇依的话。

从一九三五年开始,中学哲学教师薇依就放下书本,进入阿尔斯通、雷诺等工厂做女工,在繁重的体力劳动中领取微薄薪水,思考着想象、虚构与现实之间的关系,记下大量笔记。

《重负与神恩》——薇依因控制饮食不超过二战时期难民标准而饿死后,根据其笔记整理而成的一部片段体著作,由加缪当时所在的出版社出版。一个女子,在与善恶的实际接触中死去并永生,成为知行合一的典范。终年三十四岁,一九四三年,在伦敦郊区的一家修道院里。

"十字架如天秤,如杠杆。降下是升起的条件。天下降到地,把地抬上天。""成为一无所是,以便在万物中处于恰当的位置。"薇依这样说着,下降到土地里,一无所是,从而无所不是,然后升起,成为星辰——那是一个善良而智性的女子恰当的位置。

大多数人的生活,在四分之三以上的想象与虚构中,丧失行动力、感染力,在黑暗中,连一粒萤火虫那样散发出微光的愿望都匮乏之至。

薇依让我想起晚年的托尔斯泰。他放弃写作,陷入道德反思,将资产分给农夫后出走了,在一个小车站的长椅上死去。她也让我想起英国诗人奥登。"我们必须相爱,否则死路一条。"他所说的爱是广义的、广阔的。为了不让一个孤儿恐惧,他在一扇门外的台阶上躺了一夜,陪伴门内那个哭泣的孩子,直到其渐渐平静下来。

不能与善恶发生呼应,不能将爱意落实到具体的人、事物、行动,这样的言辞无意义、无价值。

但薇依宽阔,谅解一切不完美,从万物万象中汲取力量,自律且自治:"承受想象与事实之间的不谐。'我受着苦'比'这景致真丑'要好。"

我也处于在她周围的景致里。但不知道我属于美好还是丑陋的那一部分。

胭脂用尽,指尖泛出好看的颜色

日本女诗人与谢野晶子,与丈夫生育了十二个孩子——这令人吃惊的数字,足以表明两人的爱何等持久、炙热。

其爱情诗集《乱发》很炙热,可想而知。书名来自平安时代女诗人和泉式部的诗句:"独卧,我的黑发散乱/我渴望那最初/梳理它的人。"好情人的基本功,就是会梳理女子的头发吧。

当代,一个中年女子寂寞了,就会去美发厅,在少年发型师的梳理和手势中有些恍惚。

与谢野晶子的诗中,必然出现关于头发的句子:"长夜不宁/我的乱发拂琴""京都的早晨/我把乱发梳成岛田髻/摇醒还卧着的你""黑发流过梳子/何其傲慢,何其/美啊,她的春天!""今晨行过田野/春风一路/梳理我发"……情人的头发状况,要么自己密切关怀,要么委托春风去代理,否则,就会有情敌偷窥并伸出不安的手指。

与谢野晶子喜欢桃花,反复写到桃花,如:"桃花的颜色/不会问我的罪。"她的抒情对象也应该是懂得桃花的人:"你说/我们就山居于此吧/胭脂用尽时/桃花就开了。"与谢野晶子似乎没有写到玫瑰、口红、香水。这是对的。把玫瑰、口红、香水,留给后来的或者巴黎的女诗人吧,否则她们还有什么可写?

"你从不碰这/热血汹涌的柔软肌肤。/你不觉得闷吗,/讲道讲道?"这个疑问句,让多少疲软、淡漠的男人羞愧啊。比如我,常常觉得自己很闷,对女子的知识很缺乏,不宜于走在灼热的桃花春风里。偶尔路过街边成人情趣用品商店,斜觑,或许有松尾芭蕉的俳句作广告:"牡丹花深处,一只蜜蜂,歪歪倒倒爬出来哉。"我怀疑自己……也很闷。

川端康成闷不闷?《雪国》中的驹子,反复对"我"说:"你是一年来一次的人。"也好像有点闷啊。一个一年穿越隧道一次的人,被深情者思念的人,在白雪上、纸上,看到了自己的惶惑和迷茫。"穿过县界长长的隧道,便是雪国,夜空下一片白茫茫。"川端康成小说《雪国》和《伊豆的舞女》中,都出现过长长的隧道。通往爱和美,需要一条隧道来结束现实和未知——像一扇深远的窗子,打开在群山这堵巨大的墙上。

"你连指尖都泛出好看的颜色。"川端康成笔下的这个句子,像与谢野晶子写的诗,像在赞美一棵树:"你连枝条都泛出好看的花。"能写出这样句子的人,应该被女子们喜欢,不会闷吧?当代美甲店,为指尖已经无法泛出好看颜色的女子而设,在胭脂用尽也没有桃花盛开的市井里。

诗人谷川俊太郎《春的临终》,似乎也写于桃花开放时节:"我把活着喜欢过了/先睡觉吧,小鸟们/我把活着喜欢过了/因为远处有呼唤我的东西/我把悲伤喜欢过了/可以睡觉了哟孩子们/我把悲伤喜欢过了。"这句子需要一只箫呜呜咽咽地伴奏,或者用风声来伴奏——暮春的风,呜呜咽咽。

谷川俊太郎对诗歌写作的价值,有疑虑。他认为,音乐比诗歌更能动人心弦。他更喜欢诗歌朗诵时伴奏者的琴声。我喜欢他的疑虑。面对语言的疑虑,大约像面对美人时产生的疑虑——对"自己的喜欢"是否有能力打动美人,有疑虑。

川端康成就是这样疑虑:"美,就像失去性功能的老人望着女人而无所作为一样虚幻。"不知道他的死与性功能之间有无关系。那些好看的指尖和桃花,加重了一个人的哀伤。一九七二年,他开煤气自杀了。诺贝尔文学奖也没能消除他的虚幻感。一九六八年,在瑞典,他发表了《我在美丽的日本》的获奖演讲,细致叙述了一个孤岛上的雪、月、花、陶瓷花瓶、插花、枯山水、禅、茶道、诗……

演讲中还提到作家芥川龙之介一九二七年自杀时的遗书,其中,有"临终的眼"之说:"既然热爱自然的美而又想要自杀,这样自相矛盾。然而,所谓自然的美,是在'临终的眼'里映现出来的。"需要临终才能看清美的存在,那是一双多么挑剔而又孤绝的眼睛。

芥川龙之介来过上海,在四马路附近的"小有天"酒楼里喝酒。朋友余先生在红洋纸上写下一张邀约妓女陪酒的局票送去,不久就有爱春、时鸿、天竺等等女子来陪坐、斟酒、唱沪剧。余先生问芥川龙之介的感受,他说这些女子比日本女子美。美在何处?他说:在耳朵,"日本人从古至今一直把耳朵藏在油光可鉴的鬓发之下,中国女人的耳朵却享受着春风的吹拂,还被郑重其事地垂上了镶嵌宝石的耳环。"

春风吹拂着耳朵之美,真好。日本没有这样的美,芥川龙之介临终的眼也看不到。

自杀传统,在日本作家中延续着——那是一种"急切地睁开临终的眼"来审美的传统?一九七〇年,英俊的三岛由纪夫嘟囔着:"我心里的孤独在飞快膨胀,简直像一只肥猪似的。"把自己也杀了,像杀掉一头穿着他身体这件皮外套的孤独之猪。体内太闷了,让刀子吹吹凉风?终年四十五岁。

近来读一个日本女诗人金子美玲。她不写情诗,因为没有了爱情,离婚,且丧失了对幼女的抚养权,就写儿童诗。"谁都不要告诉好吗?/清晨庭院角落里,/花儿悄悄掉眼泪的事。/万一这事说出去了,/传到蜜蜂耳朵里,/它会像做了亏心事一样,/飞回去还蜂蜜的。"不知这首诗传到前夫耳朵里没有。反正他也没有"飞"回来还女儿。金子美玲就自杀了,一九三〇年,二十七岁。

与谢野晶子死于一九四二年,六十二岁,总算是有了一个晚年。尽管这晚年展开得还不够充分。大概她不认识金子美玲。她有那么多孩子和爱,真好,但也很辛苦。

谷川俊太郎生于一九三一年,其晚年,目前依旧在延展。祝他长寿。祝愿那种种的喜欢,可以推迟临终时分的春风吹、桃花开。

以爱与死亡为压舱石

"每一首诗都是哀歌,因为一首纯粹赞美的诗是不可能存在的。"

以色列诗人阿米亥的这句话,让我想起深藏于陶缸的海鲜和青菜,充满咸涩的盐粒而非蜂蜜。

爱情亦如此——只有苦涩的、无法完成的爱,才有被流传的价值,像大海那样动荡不宁、流传四方。

十八岁就上了战场、不断书写"爱与死亡"这一主题的阿米亥,相信诗歌具有治愈创伤的力量,"用现实来医治现实"。比如,一个母亲"如果用有韵的嗓音唱出所有的坏事情",那就是一首诗:"睡吧,孩子。睡吧,爸爸去打仗。狗在吼叫,我们都得死去。"诗,要有能力使孩子睡去,使女人得以安宁。

"一代人的希望破灭,支撑起最新一代的渴望和幻象。河流,即使干涸也仍叫作河流,欢乐依然承载欢乐的名分。"阿米亥,一个伟大的诗人,必然悲哀。当下中国诗坛莺歌燕舞,诗人们承载诗人的名分,追名逐利如苍蝇、如飞蛾——我也是其中的一员?

诗与语言都不仅仅是沟通的媒介,而是一种"激情和喜悦"(博尔赫斯)。但这"激情和喜悦",只有以爱与死亡为压舱石,才不至于轻浮、倾覆。

"我的血液有许多亲戚。它们从不来访。但它们死后,我的血液将成为继承人。"平静、清晰、超然,阿米亥怀着隐秘的"激情和喜悦",在二〇〇〇年去世。

我的血液能成为他血液的继承人吗?那充满盐粒的血液。

我不懂希伯来语,但诗人们的血液不需要翻译——人间的爱与死亡,有着一致的血型,跨越种族、光阴和边境。

如何写好一个墓地

如何写好一个墓地？狄金森做了示范：

"我为美而死——/但还不怎么适应坟墓里的生活。/这时一位为真理而死的人，/来到隔壁，轻声问我/为什么而死。为了美，我说。/我是为了真理，/我们是兄弟。/就这样，像亲戚在夜里相逢，/我们隔墙侃侃而谈，/直到青苔爬满唇际，/并把我们的名字遮蔽。"

美与真理之墓，是一个好墓地。一百多年过去了，现在，狄金森已经适应土地里的湿度与虫鸣，也适应了格局很像一块墓地的一本诗集内的生活。

保罗·策兰写了保罗·艾吕雅的墓地："将那些词语葬入死者的坟墓/那些词语，他为了生存而说出。"一墓青草，就是每年春天发表的一部新诗集，以露水作为句号、省略号和叹息。

布罗茨基写了阿赫玛托娃的墓地："伟大的灵魂啊，你找到了那词语，/一个跨越海洋的鞠躬，向你，/也向那熟睡在故土的易腐的一部分，/是你让聋哑的宇宙有了听说的能力。"但这宇宙往往对人间的苦难装聋作哑。

在散文集《悲伤与理智》中，布罗茨基写道，"求爱于无生命者"。比如他的精神导师奥登，以及叶芝、弗罗斯特、哈代……这些已经"熟睡在故土的易腐的一部分"。只有得到这些无生命者的爱意,一个作家才可能进入伟大。

阿特伍德在诺顿讲稿《与死者协商》中,同样表达了对于死者的敬意:"向死者学习。只要你继续写作,就要继续探索前辈作家的作品,也会感觉在被他们评判。还可以向各种形式的祖先学习。死者控制过去,也就控制了故事以及某种真实。"

写好一个墓地,就是"求爱于无生命者",就是"向各种形式的祖先学习"。

阿米亥这样面对一个无名犹太人的墓地:"唯有孩子们的喧闹传来,/他们一边寻找墓地一边欢呼,/找到一座墓地像找到林间的蘑菇。野生的蘑菇。/这儿又有一座墓!深藏于灌木丛中,/周围浆果累累/你不得不将它们拂向一边,就像拂去一缕乱发/从你美丽爱人的脸上。"读过这首诗后,每当拂去爱人额头的一缕乱发,我总想起墓地。

威廉·斯塔福德祭奠兄弟:"我看见一只麻雀/像他一样胖乎乎的,充满了希望,勉强地/抓着一根树枝,准备起飞。/今天在他的房子里,他的孩子们开始/从这一年后退,走上他们自己的路。/兄弟:再见。"用麻雀代表一个兄弟,用一根树枝代表兄弟分别时的一条小路。

戴望舒去看望长眠的萧红:"走六小时寂寞的长途,/到你身边放一束红山茶,/我等待着,长夜漫漫,/你却卧听着海涛闲话。"戴望舒也是一个翻译家,把海涛闲话翻译成红山茶的暗香……

沈苇站在新疆吐峪沟:"峡谷中的村庄。山坡上是一片墓地/村庄一年年缩小,墓地一天天变大/村庄在低处,在浓荫中/墓地在高处,在烈日下/村民们在葡萄园中采摘、忙碌/当他们抬头时,就从死者那里获得/俯视自己的一个角度、一双眼睛。"从诗人的视角、农人的视角,到最后死者的视角,像一个持续不断的电影长镜头。村庄与墓地,浓荫与烈日,在对称与转化中隐秘交流。需要这样一个从死者那里获得的"俯视自己的一个角度、一双眼睛",生者的世界观才会发生变化。

我也曾经与墓地里的父亲交流:"我未来的墓地,应该也在这座山上。/你是否期待我们父子之间另一种形式的团聚?/子孙后代将在清明春节一类日子,/继续来墓地探访,像钓鱼/诱惑我们浮出死亡。但你我可能都不愿意醒来,/因为有那么多头疼、耳鸣、沉默和……某种心动/需要重新排练、表现。继续沉睡吧/父亲,在这面山坡上,你像阶梯剧场后排那个/对山下剧情熟悉得以至于倦怠的失业演员……"

面对墓地,就是面对一部民族史、家族史、个人史——定稿,无法修改,但存在各种解读。中国的清明节,就是让生者体会爱意与哀伤,并学会面对自己未来的墓地,尤其在病中、晚年、书房,都要以永别的心情面对每一天的光景、每一次的表达。

托马斯·萨拉蒙这样预感自己的死亡:"命运滚过我的身子。/……我感到光正从我手中溜走。/……你得善待死亡。/我们只活一刹那。直至油漆干透。"这是我的朋友、诗人、翻译家高兴先生的译本。萨拉蒙于二〇一四年去世了。他周围棺木上的油漆,现在已经干透了吧。诗替代一个诗人活下去,像春天树木上的风声与鲜花,替代油漆下面停止旋转的年轮,活下去。

米歇尔·布托这样猜想自己的墓地:"终于我的鸟儿我的灵魂/今天我们能够交谈/你回报我以温存/而我曾以为温存已逝。"他的灵魂、鸟儿留在尘世,与能听懂这些鸟语的人交谈。法语听起来,的确像鸟语。一种适宜谈情说爱的语言,有温存感。

我曾经回故乡送别一个高龄的亲人。他在临终前几天就嘱托女儿去小镇上购买寿衣,穿上,给来告别的友邻们看:"挺合身的呵呵。暖和。"一个刺绣着花朵的新枕头,也提前枕在他头下,以便适应其软硬度。他也去祖坟走了走,看清自己未来墓穴的位置,自言自语:"很快就见爹娘了。要可惜这一片麦苗了。"新墓穴位置上的一小片麦苗,与他在同一天死了。

所谓死亡,其实是生者的事业,从哭泣着脱离母体开始,到听不见亲人的哭泣为止。日复一日感受它、猜想它,从早期的不安、痛苦,到晚期的平静、安详。没有死亡感的人,无法成为作家、诗人。悼亡诗,本质上是在悼念一部分自我的随之消失。自悼诗,则是在悼念整个世界的湮灭。

"生流向死就像河流向海,/生是新鲜的,而死对于我却是盐。"美国诗人肯宁翰的这两行诗,赋予生死以同样的价值与力量。

写好一个墓地的秘诀,就是在熄灯后的卧室里,在每个夜晚和拂晓,都怀着无限的别意和爱意。

VI 海量的自我

海量的自我

"我试着取下脸谱/它已经和我的面孔难解难分。"葡萄牙诗人佩索阿的句子。

一个人避免受伤,就不能让竞争对手或合作伙伴看清你内心的动静,用脸谱作为盾牌,抵挡外部世界之箭。像川戏中的变脸者,口吐焰火,摆颈转身,一张又一张面目迥异的脸,连绵次第呈现于舞台,让观众无法捕捉其真面容。像贵州傩戏中的通灵者,戴着想象中的鬼神面具,祈福,避祸——据说,人不能与鬼神对视,遮掩脸,才能与鬼神沟通人间消息。

现实生活中,需要另类脸谱来彰显或遮蔽自己——用代表人物身份的名牌衣着、名车、名犬、名酒、名人云集的沙龙、名言警句迭出的谈吐等等,把自己从庸庸众生里区别出来,把软弱和困窘遮掩起来——用脸谱造成一种距离感,把自己伪装成鬼气浩荡、神通广大的人物,从而被人敬畏。装神弄鬼,证明自己与鬼神关系不错。

婚礼仪式中被打扮得千人一面、艳光四射的新娘子,脸上脂粉眼影也如同戏剧脸谱——焕然一新,有陌生化效果,表明她得到了爱神的援助。第二天,洗尽铅华,恢复平常面目,烧饭、洗菜、拖地,上街。只有丈夫,能感受到一个女人眉眼态度间泄露出的隐秘喜悦——那竭力显得平静的眉眼态度,也是脸谱,在夜晚才完全为一个男子而解除……

在烟尘四起的世界里,有谁能始终保持童年时代的澄清和明亮?"讨好""逢迎""忧伤""愤怒",甚至连"平静""淡然""庄重",都是必须随身携带的脸谱。需要脸谱来构成公共关系。建议那些恶棍、丑陋者戴上脸谱,不要撕破脸皮来宣示他们的欲望和力量。至于一个人遗体告别仪式上被化妆而出的、表达"安详"意义的脸谱,再怎样夸张,也不必自负其责——把死者伪装成梦中人,可以减轻生者的痛苦。

德国话剧《皮脸》中的男主人公,一个诗人,日常生活的失败者,躲在家里才稍微感到安全。大白天拉起窗帘看电视,从惊悚片中获得灵感,遂戴一张皮脸面具抱着电锯冒充杀人狂,对镜自娱自乐。恰恰女友此时回家,遂一同做绑架游戏——诗人把电锯放在窃笑不已的女友脖子上,要挟窗外重重围困的警察:"快!来罐啤酒、两块匹萨!""哈哈,再来三大包薯条!否则我就杀了她!"于是唤来一粒警察的子弹——一个把脸谱戴得太过火了的故事。

在写作中,诗人佩索阿也热爱戴上脸谱,化了几十个笔名扮演可能的自己,写出几十种风格的诗篇,像活了几十辈子——也好,值了。

佩索阿扮演得最好的诗人或者说"脸谱",是牧羊人阿尔贝托·卡埃罗。"简历"如下:自幼失去双亲,小学文化程度,与姑奶奶长期居住于乡村，牧羊，二十七岁病故，留下《牧羊人》《多情的牧羊人》《恋爱的牧羊人》等近百首杰出诗篇，赞美自然、四季与爱情。佩索阿自称也是在"这位大师"的启发下开始创作。佩索阿的散文充满惶然和悲观，他需要创造一个牧羊人、一个草绿的脸谱，来抵御自我的寒意，像羊群所热爱的旷野一样保持开阔和生机——

"春夜的月亮高悬/想起你，我才是完整的自己/奔过旷野的微风和我相遇/想起你，呢喃你的名字；/我不再是我。我是幸福的/明天，你会来吧？"

如果能够用草地做成一个脸谱，与我的面孔也难解难分，那么，我也将不再是昨天的我了。

解说疾病的人们

美国女作家裘帕·拉希莉的小说《疾病解说者》,讲述一个具有"导游"和"疾病解说者"双重身份的人,陪同一个印度裔美国家庭回印度寻根过程中所洞悉的秘密——一个女人某种疾病的秘密。

在语言不通的病人、医生之间,这个导游、疾病解说者,翻译着疾病的症状和走向。他与作家相似——作家同样是灵魂之疾的解说者,在语言不通的理性和情感之间,去翻译、沟通、阐释。

"疾病是生命的阴面,是一重更麻烦的公民身份。每个降临世间的人都拥有双重身份,其一属于健康王国,其一属于疾病王国。"苏珊·桑塔格在《疾病的隐喻》一书中如是说。

我们通常所说的"看病",就是去医院看看通往疾病王国的路径,以便使自己背道而驰,摆脱"结核病""艾滋病""癌症"等等阴暗国度的诱惑和纠缠。其中,结核病,被十九世纪经典作家们赋予浪漫主义色彩:轻轻咳,脸微红,使主人公在情人的眼里分外动人。拜伦说:"我宁愿死于结核病。"艾滋病、癌症,这些当代绝症面孔冰冷——在实用主义的当代,疾病也不再浪漫——修出一条条高速公路,让病人高速奔向死神。

在医院,病历档案室像图书馆、文学馆,汇聚各类疾病的历史。纸张泛黄,显现出一个病人的年龄、籍贯、血型、家族病史、配偶状况、冶游史、病症、诊治结果等等。病史,即个人史,是某种疾病所寄居的肉体与现实发生种种摩擦和冲突的历史。病,由微而著,自小而大,扩张,直至成为浩瀚的死亡。

看看那疾病的模样,妖艳或颓靡的模样。借助"医院"这面特殊的镜子,去看看以来苏水作为香水的"疾病小姐"的模样——她隐居、成长于一个人的面色里、呼吸中、举手投足间、心肝肺腑旁……她只在医院这面特殊的镜子中显影、现形。医生用X光、B超的光线,剥离病人身体中的夜色,让疾病浮现出她狂热的面影。

在中世纪欧洲,麻风病人都随身带着铃铛,走到哪儿响到哪儿,以便让健康者回避。当代,大街小巷上的病人悄无声息行走,周围群众对一个携带病菌的人擦肩而过毫无知觉。走进医院,病人身体内部的铃铛、"疾病小姐"手中摇荡的铃铛,就暴露在医生面前、医院之镜面前了——

同一病区,是同一种疾病聚会狂欢的沙龙。一种疾病在同类疾病中间,消除了孤单感,也使携带这一疾病的身体在"同类项"面前,同病相怜:"我们都疼痛。我们不孤单。相同的病菌在我们相似的身体内相似地蔓延,这,就是我们的一种世界观、一种语言。"

作家,为一个时代、一个种族,书写病历——那字里行间的孤独、忧郁、悸动、狂热、绝望……深夜,书房,在灯下看书中人事,如同在手术室内、无影灯下,看一具伤痕累累的身体,正拒绝或者热切地去成为遗体。比如,《红楼梦》,就是一面风月宝鉴——正面:风月繁华温柔乡;背面:大地干净白茫茫……

曹雪芹,一个清代生活的疾病解说者?

去巴黎找找比安松医生

"后代如果要知道今天的世界是什么样子,最好别去看那些独树一帜的作家,而去读那些平庸的作家,因为平庸,他们反而能够把周围环境描写得更加忠实。"英国小说家毛姆的这段话,半戏谑,半真诚,有道理。

至于"今天的人心与情感是什么样子",由诗人们来负责表达?

一个平庸的作家,往往笨拙地描绘出世界的某一细部,像勤奋的工笔画家,细致描绘出一朵花的纹理和颤动。独树一帜的作家,往往脱离世界的表象,沉浸于内心的动荡,像山水画家。但一卷泼墨山水无法作为一幅军用地图,去指导一场战争。

而毛姆自己却悄悄崇拜莫泊桑、司汤达、福楼拜,使自己也进入了独树一帜者的行列。

显然,所谓"忠实"乃相对而言。忠实于内心,也能生成出强大的真实。比如,福楼拜笔下的包法利夫人,就能让我在上海的街头、诊所、展览会里,屡屡看见她的身影。甚至我自身,也暗藏她所乘坐的那一辆马车,在外滩一带奔驰……

毛姆在他的长篇小说《刀锋》中写道:"坐在这间屋子里,仿佛生活在法国那些伟大的小说家时代似的。我望着玻璃罩里的帝国式时钟,就会想到一个头发梳成小发卷、穿荷叶边衣裳的美丽女子,当初说不定在一面望着时钟的长针,一面等候拉斯蒂耶克拜访;这个拉斯蒂耶克就是巴尔扎克在小说里写的那个向上爬的人。还有比安松医生,对于巴尔扎克也是那样真实的一个人物,以至于巴尔扎克临终时还说,'只有比安松医生能够救我'。"

比安松医生,至今仍然在巴黎的某个诊所里忙碌着?去巴黎旅游,可以找找他的诊所。

在上海,一个游客能够找一找谁呢?张爱玲笔下的那一个外国商社职员,在白玫瑰与红玫瑰之间左右徘徊的佟振保?"也许每一个男子全都有过这样的两个女人,至少两个。娶了红玫瑰,久而久之,红的变成墙上的一抹蚊子血,白的还是'床前明月光';娶了白玫瑰,白的便是衣服上沾的一粒饭黏子,红的却是心口上一颗朱砂痣。"

去上海找找佟振保,去上海找找白玫瑰、红玫瑰。

在我不在的地方才好

"人生是一座医院,每个病人都渴望调换床位。这一位面对着火炉呻吟,那一位认为在窗边会治好他的病。我觉得我总是在我不在的地方才好。"在巴黎,波德莱尔不断调整自己身体的位置,游荡。

波德莱尔用墨水瓶这个小水桶,浇灌一个花园——《恶之花》。在恶巴黎,这些"愚蠢、谬误、罪恶、贪婪,/占据我们灵魂,折磨我们肉体"的花朵,绽放于现代主义诗歌的处女地。

把灵魂、肉体分开,两地分居,避免同归于尽——通过死,或者通过超然,"我"就可以生活在"我"不在的地方了。

"相信我们所没有看见过的东西,据说那就是信仰。创造我们永不会看见的东西,这就是诗篇。"西班牙现代诗人赫拉尔多·迪戈,像波德莱尔一样,透彻而悲伤。信仰和诗篇,也觉得在它们不在的地方、在人们看不见的地方,才有神秘感和召唤力?

我曾经在某博物馆看到唐代无名氏楷书残卷,只有"风动四山松柏香"一句,其他不详。这句子在一个书写者不在的地方了,所以才这么好。

终于寻找到此句的来源,唐代诗人陈羽的诗《题舞花山大师遗居》:"西过流沙归路长,一生遗迹在东方。空堂寂寞闭灯影,风动四山松柏香。"陈羽在舞花山大师的遗居处,闻松柏香,但不见大师。在大师不在的地方,松柏散发出暗香。真好。

在上海,我周围没有群山与松柏。群山与松柏在我不在的地方,像另一个我,像我的灵魂。

在巴黎,四十六岁,波德莱尔终于把自己转移进墓地。那一天,他会觉得自己刚刚搬离的巴黎和人间,阳光那么好啊。

灵魂和肉体暂时还没有区分的人、尘世中的人,需要去寻找或创造一个自己所不在的地方——在那里,有信仰、有诗篇。

在嵊州想起一个丑角

某年秋,我在浙江东部的嵊州游荡,看越剧《梁祝》,想起民国作家张爱玲的爱人、汉奸、文人胡兰成。

一九〇六年,胡兰成生于此地,就开始演他一生的戏——情感与政治之大戏。终落幕于日本东京,一九八一年。

生发于嵊州的越剧大都是悲剧、壮剧,柔软中隐伏刚烈,如绍兴黄酒。需要英雄泪、男儿血,也需要脸上涂以白粉的丑角,以其种种不义、不阳、不真,来映衬对比。

胡兰成像越剧中的一个丑角。

他对于文学的追求,始于一九四五年抗战胜利后的逃亡之旅。"渡汉水时,我把随身带的一枝手枪沉于中流。人影在水,白日照汉阳城。"胡兰成把"一支手枪"写成"一枝手枪",似乎那手枪也像吴越杂花生于树枝一般,可审美。不知他这手枪响过没有。他不说。他知道自己叙述的边界在哪里、诚实的尺度在哪里。一个狡黠之徒。

从童年的母亲、嫂嫂,到明媒正娶的玉凤,到玉凤死后"不论好歹总得有一个"的新媳全慧文,到张爱玲,到武汉护士小周、隐居温州时的范秀美、逃亡日本后的一枝,以及最后自香港奔来同居的上海滩白相人之亡妻佘爱珍,这一群女子,像插图,一一贯穿了胡兰成的个人史。除了母亲、嫂嫂,其文字毫不掩饰与异性周旋、交往中的功利、轻浮、凉薄。如,在日本,穷途末路,就勾连上有夫之妇一枝;立足稍稳,想摆脱一枝,就住到寺庙里去清修;佘爱珍来了,胡兰成出寺庙,重温世俗生活。

无论玉凤、全慧文、张爱玲、小周,还是范秀美、一枝、佘爱珍,以及被觊觎但情事未果的其他女子,胡兰成从不言"爱"。他认为"欢"这一字眼比"爱"要好,比如汉魏时期民歌《子夜歌》中的"欢",就成为他回避"爱"的依据。即便对于念念不忘的张爱玲,他也坦然自道:"我与爱玲只是男女相悦。"是的,对胡兰成而言,有欢即可、相悦即可,何必谈论爱与被爱。如此坦诚,也就如此可怕——一个放弃"爱"这一字眼的人,就没有了爱的责任,随时跨越伦理边界,可鄙可叹之处也就屡屡见。如,玉凤死,胡兰成去镇上买棺木回来,路人赞赏说棺木好料子,"我得意非凡,……这样的排场总算体面,我听了愈发高兴"。再比如,杭州读书期间,父亲来探视,二人泛舟西湖,"对船舷外伸手可及的流水和刚才到过的岳王坟,亦无话说",船舱被桨泼进来湖水,湿了父亲鞋底,"父亲不觉,我亦不告诉他,竟有一种幸灾乐祸之心"。这些句子,令我愕然。

胡兰成滥情实寡情。这或许与少年时代因家贫而从胡村被送往俞傅村做义子的经历有关。"俞家真是好人家。在他家里,只觉银钱亦沉甸甸的有情意分量。"但这毕竟"先存了求人之心而攀亲,这样委屈,我又叛逆又顺受,一直矜持如作客"。胡兰成就这样形成了"又叛逆又顺受""矜持如做客"的人生态度,丧失了主场和立场。在上海,他诧异,"闲时走街从不遇见流氓,可见只要自身不太触目,就海晏河清,许多事原不必靠斗胜或屈伏来解决"。他就这样放低身段,不太触目,随遇而安——但遇到一把枪也掖进腰里,就很触目、很不安了。

胡兰成的几本书都没有叙述和反思附逆之经历。回忆借居杭州斯家对朋友小妹起坏心思而遭驱遣,他似乎宛转为自己做了辩护:"原来人世邪正可以如花叶相忘,我做了坏事情,亦不必向人谢罪,亦不必自己悔恨,虽然惭愧,也不过是像采莲船的倾侧摇荡罢了。"话语阴毒而又有美感。但人世之邪、正、美、丑,岂是花与叶的关系?一个人想忘掉"坏事情",想让他人也忘掉这些"倾侧摇荡",显然无法像花开叶落那样容易、必然。

吴越之地盛产文人。胡兰成的确有才华,这让我很无奈。另一个让我情感很复杂的文人,就是山阴周作人。周作人翻译的日本俳句集,我喜欢。"隔着马栅吃麦的小马,很不容易够着,我也是这样地爱慕着啊。"(古歌)"人家都忙着,说花呀蝶呀的时节,只有你是我知心的人。"(中宫定子)"砍柴的工作昨天既然完了,今天就在这里游乐,让斧柄慢慢都腐烂了吧。"(藤原道纲母)……周作人翻译这些句子,在上世纪五十年代初,靠为人民文学出版社翻译日本经典而谋生。一个的确热爱日语的人,才能在汉语中传达出岛国的孤寂,细微而又动人。但这同样是全人类的孤寂——隔着马栅想去吃麦的那匹小马,多么孤寂。

胡兰成像周作人一样热爱日语。回忆录《今生今世》，是他逃亡日本之后写下的第二部书。前一部书《山河岁月》，是练笔性质的中国古典文化随笔集，生涩。其文字至这一部已绚烂清嘉，承续明清小品大家如归有光、李渔、张岱、袁枚等等江南才子之文脉传统。美国人福克纳说得有理："人无非是其气候经验之总和而已。"吴越一带为中国最早铸剑、烧陶之地，剑气逼人，热息灼心。胡兰成却走了春风牡丹这一文途——"春风牡丹"，是胡兰成喜欢的词，在《今生今世》中反复出现："太太说话的声音像春风牡丹"，"爱玲与小周的好处，只觉如春风庭院，一株牡丹花开数朵，而不重复或相犯"，"华堂张宴，只为这春风牡丹人"，"在他面前，只觉你的人亦如春风牡丹"……显然，胡兰成不喜欢菊花、梅花、松柏这些寒冷意象，就像他不喜欢穷困、忧国、沉郁顿挫的杜甫。

应该承认，胡兰成对中国现代散文语言实验有开拓之功。《今生今世》的叙事开阖自如，如"山阴道上行，山川自相映发，使人应接不暇"——同乡前贤王献之的话，胡兰成熟悉。山阴道上的凉意，胡兰成亦应是熟悉的。

抄录胡兰成的几个句子：

"听她说她的少年事与现在事，只觉她的言语即是国色天香。她的人蕴藉，是明亮无亏蚀，却自然有光阴徘徊。她的含蓄，宁是一种无保留的恣意，却自然不竭不尽。她的身世呵，一似那开不尽春花春柳媚前川，听不尽杜鹃啼红水潺湲，历不尽人语秋千深深院，呀，望不尽的门外天涯道路，倚不尽的楼前十二阑干。"

"新朝的一切都还在草创,像旧戏里汉王刘邦将要出来,先是出来一个又一个的校尉,各执一面短柄大旗,走到台前挥动一下,挨次分两旁站立,表示十万大兵,这扮校尉的临时凑数,有的原是旦角,粉痕犹残,珠髻上戴一顶校尉帽,身披勇字对襟褂,这种草率我觉得非常好。民国世界的事,如辛亥起义及这次北伐,及至后来的抗战及解放军初期,皆是连乌合之众亦可以是好军容,许多来不及的人像花旦扮校尉,实在是新鲜。"

"朱瑞的夫人亦与太太情如姊妹,两人携手到了房里,在床沿排排坐说话儿,就像是双妹牌花露水瓶上画的两姊妹。"

"旧历正月十五夜,在松原町,月明如昼。……前此还住在一枝家里的时候,一晚也是这样的月亮好得不得了,我作了一首唱词,当它是山西大同女子配了弦索唱的。词曰:晴空万里无云,冰轮皎洁。人间此时,一似那高山大海无有碍碍。正多少平平淡淡的悲欢离合。这里是天地之初,真切事转觉恼悦难说。重耳奔狄,昭君出塞,当年亦只谦抑。他们各尽人事,忧喜自知。如此时人,如此时月。却为何爱玲你呀,怎使我义气感激。"

以上最后一段文字,是《今生今世》一书的结尾。

胡兰成文字有着越剧剧本、唱词一样的音乐性和画面感,跌宕起伏,别开生面。用这样的文字写情书,轻浮,但女人们很难不被打动。或许,他适合做一个像洪昇、李渔那样的人,在太平岁月里,跟着戏班子闲散行走,日月山川也散发出阵阵脂粉香。但遭逢中国历史上前所未有之大时代、大变局,他捏着"一枝手枪"登台,就把自己演成丑角了。遗憾。但这戏波澜四起了,好看。

来嵊州前,在雁荡山下胡兰成化名潜伏的雁荡中学,我晃荡半天。学生们上音乐课,恰好唱的也是越剧《梁祝》中的片段:"临别依依难分开。心中想说千句话,万望你梁兄早点来。"胡兰成应该听过越剧《梁祝》。对梁祝传说中化蝶的决绝,大概不屑一笑,暗自揣摩如何趋近新认识的某个春风牡丹般的美人。

在嵊州古戏台下、月色里,我怀疑自己也有一颗胡兰成般薄情寡义的心。

火柴恰如一代名优

作家木心,很英俊。英俊男人到晚年,面容和气息常常近于女性,有了模糊的水墨感。

木心出生于乌镇,罹罪于上海,出走纽约,中年写作,文风清湨而英迈。给陈丹青们讲了几年的世界文学史,被记录,形成《文学回忆录》一书,妙语累累——

"我认为惠特曼真的称得上是自然的儿子。许多人自称是自然的儿子,可他们多么不自然。我同意他的意见:人体好就好在是肉。让思想归思想,肉体归肉体,这样生命才富丽。"

"艺术是没有对象的慈悲。别人煽情我煽志。"

"你这凤凰在百鸟中是一声不响的。顶多写几句俳句。"

"咱们人生上宽厚,艺术上势利。颠倒过来呢,人生势利,艺术宽厚,那就完了。"……

木心话语因刻薄而犀利,像刀子,反对平庸的宽厚。谈晚年张爱玲,他说:"乱世佳人,世道不乱,人就不佳了。"他和张爱玲没有来往,可放言无忌。

才子气十足,会妨碍一个人走向伟大。伟大者充满迟钝感,对周遭世界的反应不敏捷,在缓慢中臻于深广,比如,托尔斯泰、陀思妥耶夫斯基、曹雪芹。

木心的帽子和围巾很精致。儿时，他沉浸于江南戏曲："做人没意思。总要像戏里那样才好：袖子么一撩，头发么一甩，乃模死样怪气唱……"少爷气十足，让家人对其前途担忧。

"借我瞻前与顾后，/借我执拗如少年。/借我后天长成的先天，/借我变如不曾改变。/借我素淡的世故和明白的愚，/借我可预知的险。"这是木心一首诗中的几个句子。东方式的智慧，圆融如水，远离不可预知的危崖和决绝。

但他因罪而在地窖中被囚禁两年，这是他"可预知的险"吗？

"初入地窖时每日抽掉一包烟，后减为半包。火柴在点着烟卷后，一挥而熄，我发觉这是可以藉之娱乐的，轻轻把它竖插在烟缸的灰烬中，凝视那木梗燃烧到底，成为一条微红的火柱……忽而灭了，扭折，蜷曲在灰烬里——几个月来，我都成功地导演这出戏，烟缸像个圆剧场。火柴恰如一代名优，绝唱到最后，婉然倒地而死。"

他就是这一根火柴、一代名优？以美感和诗意，缓解生活的窘迫、现实的峻厉。

木心喜欢陶渊明，就细细寻找自己与陶渊明的相同之处。比如，都喜欢写风，"文笔、格调，都有风的特征"。两人笔尖的风都淡然、随和，像暮春初秋的风，随心吹，随意止，没有太强的方向感和功利心——短句惊艳，文章散漫。因为喜欢写风，木心穿风衣的照片就比较多。风衣下摆往往飐起。陶渊明的长衫下摆应该也微微飐起，不管有风无风。

木心晚年定居乌镇,像陶渊明回到东篱南山。

"一身古远的芹香/越陌度阡到我身边躺下/到我身边躺下已是楚辞苍茫了。"这是他一首诗的结尾。他也一身芹香地长眠了,从二〇一一年十二月开始。

四海无人,或细菌的志向

"读史早知今日事,看花犹是去年人。"
"一生负气成今日,四海无人对夕阳。"
"桃花一曲九回肠,忍听悲歌是故乡。"
"千年故垒英雄尽,万里长江日夜流。"
……

现代学者陈寅恪的以上诗句,像唐、宋、元、明、清时代文人的诗句。中国人五千年来的命运、喜悦和悲伤,没大变化。有好事者利用计算机进行统计,唐诗、宋词中经常出现的词汇如下:"万里""千里""故乡""归""何处""不知""不得""君不见""行路难""万古愁"……当下诗人,又如何能回避这些词汇对自我的进入与追逼?

尽管这世界日新月异、面目全非,异代异域的诗人文人,面对的写作母题似乎都是孤独——从空间、时间,到肉体、内心。

"昨夜寒蛩不住鸣。惊回千里梦,已三更。起来独自绕阶行。人悄悄,帘外月胧明。白首为功名。旧山松竹老,阻归程。欲将心事付瑶琴。知音少,弦断有谁听?"这首婉约、缠绵、低沉的《小重山》作者,竟然是岳飞——"八千里路云和月"下的那个岳飞,"三十功名尘与土"中的那个岳飞。

岳飞,我的河南乡亲,是武士也是诗人——失败、失意,使武士成为诗人,像北宋失败、失意了,就成为诗意的南宋,难以为宋。四顾无相亲。无家可归,马背上也无法安家,只有归入汉语,写诗吧——在锈刃上看霜痕重、灯影淡,小重山外满江红。

陈寅恪,才学卓著,背景深厚,"文化大革命"期间遭历磨难。中山大学的造反派们别出心裁,把高音喇叭架在他窗外,最后架在他床边,让这个失明老人日夜接受革命口号、革命歌曲的洗礼,以及人民群众声讨一个反动学术权威的呼声。一九六九年秋,因心力衰竭去世,七十九岁。四十余天后,其妻亦追随而去。

中山大学的造反派曾经对陈寅恪的旧体诗进行辨析,得出一个结论:"反动。"陈寅恪问一个学生:"什么叫'反动'?"学生无语。

陈寅恪的命运遭际,让我想起文史学家程千帆的经历——被划为"极右",贬出武汉大学,养猪,放鸭,为五头母牛接生,前后达十九年,一九七八年夏被南京大学派人在长江边一个渔村的破屋里找到,复任教于金陵,二○○○年去世。

陈寅恪、程千帆应该没有读过罗马尼亚诗人索雷斯库的诗。我读了,深感熟悉而又震惊:熟悉,是因为同样经历过一个时代的极端阴冷;震惊,是因为一个东欧诗人能够那样独特地表达——

"他走了,没有检查一下/煤气是否关上,/水龙头是否拧紧。/从狗身边走过时/也没有同它聊上几句,/狗感到惊讶,然后安下心来:/这说明他不会走得太远。/他马上就会回来。"在中国,有许多人离去之后就不再回来,比如老舍、赵树理、张志新,等等。他们离去时,甚至没有一只狗来表示惊讶。

"每天晚上,/我都将邻居家的空椅子/集中在一块/为它们念诗。/倘若排列得当,/椅子对诗/会非常敏感。/我因而激动不已,/一连几个小时/给他们讲述/我灵魂在白天/死得多么美丽。"一个为空椅子念诗的人多么孤独。每个空椅子都有人的轮廓,也有人的虚无,借助诗歌,能够让一个人的体温和灵魂,回来、入座?

"悲愤出诗人。"古罗马诗人尤维利斯的这句话,让我想起清代赵翼的"国家不幸诗家幸"。两个人不约而同,把时代与生活的可悲和不幸,作为产生大家杰作的前提。但十年浩劫,中国作家普遍失语,丧失了思考力和表达力。尤维利斯和赵翼的话,都把诗人应该担负的责任,推卸给强度难以衡量的"悲愤"和"不幸",这,其实是在贬低诗人的创造力,使我们可以心安理得保持平庸。在一个安静的时代里,诗人依然应该居于幽暗、保持不安,去辨认、质疑周遭的喧哗和灿烂。

仅有悲愤和不幸,无法生成诗人。"你内心必须具有某种使你难以入睡的东西,类似于细菌。倘若真有所谓志向的话,那便是细菌的志向。"这是索雷斯库的创作谈。像用抗生素来治愈使自己难以入睡的细菌,必须写,必须说出,"用诗来医治现实"(阿米亥)。

陈寅恪、程千帆、索雷斯库,读诗复写诗,大抵上都是为了见证现实、安放自我。

陈寅恪曾为王国维撰写碑文:"独立之精神,自由之思想。"如果用这碑文作为座右铭,一个人的书桌才能如同厚土大地,克服时间的流逝,欣欣向荣。

"大江千里水东注,明月一天人独来。"程千帆所撰这一对联,不知道陈寅恪读到过没有。但两人笔下的"大江""长江",一样广阔、自治、不息。

VII 隐秘的汉人

隐秘的汉人

二〇一七年十月八日,上海作家协会"爱神花园"大厅,法国籍叙利亚诗人阿多尼斯端坐于醒目位置。九十多岁了,眼神依然明亮、天真,系一条大红围巾,像用一道晚霞抵抗长夜的降临。他来上海领取"金玉兰"国际诗歌奖。身边坐着日本诗人高桥睦郎、英国诗人大卫·哈森,等等——被翻译为汉语的诗歌,使他们成为一群隐秘的汉人,来到中国。

"帖木儿征服欧洲后,在返回亚洲的路上,所到之处的寺庙全被毁了,只有亚美尼亚的一个寺庙保存下来。这是因为当地人把神像的眼睛画成了蒙古人的样子,使之得以幸存……为了在现代文明中幸存,中国人会不会给自己画上西方人的眼睛?但我知道,中国人是怎么都不会长出高鼻梁的。"阿多尼斯曾经这样说。

在中国,隐形眼镜片或化妆术,能虚构出西方眼神的湛蓝?鼻梁海拔可以通过整容术来提升?但汉语的尊严,要求中国诗人的眼睛自觉选择低鼻梁这一丘陵两侧,守望自己的春江大海——那样一种广阔的存在,花好月正圆。

笛卡尔在给巴尔扎克的信中说:"我每天在混乱的人群中漫步所获得的自由和宁静,与你在小园幽径上所得到的,并无二致。"这句话被陶渊明在东晋听见了，点点头："心远地自偏嘛。"所有外文著作经过翻译来到中国，似乎都显得累赘。让翻译者们有些忐忑。

据说，郭宏安先生在翻译加缪时，为了呈现出其言语的"高妙的贫瘠性"（萨特），就时常翻阅揣摩一本先秦散文集，在祖先简约节制的汉语风格中，获得呼应和支持，继而为加缪进入汉语、影响汉语，铺平一条道路。汉语并非一成不变，所以生生不息，如同我们这样一个血液复杂的民族。自唐玄奘开始，中国人的表达就因外来词汇、语式、思想的融汇而保持活力、生命力。"涅槃""刹那""众生""觉悟""禅""因果"……汉语中约有三千多种词汇，来自佛经的翻译。语言的边界拓展到哪里，人类对世界和自我的认知，就深入到哪里。

我常常从"粗鲁"一词看见粗放的齐鲁、青未了的齐鲁，在"清楚"里感受清新楚风的吹临。"好汉"，大好汉朝。"颓唐"，颓丧晚唐……"常言道"三字也溢出新意——常言俗语藏大道，像古老池塘溢出甘泉和新莲。我有权利、有责任胡思乱想。胡思乱想，胡人骑马于高海拔的塞外，窥中原，头发散乱地思想。他们爱上汉家江山和生活，改汉姓，穿汉服，甚至成为汉族某一支系的隐秘起点……

是冲突、开放、融汇，造就了当下中国、世界的新风貌，从脸型，到语言。我对一些人用"翻译体"的说法来表达对陌生感和外部世界的拒绝，持异议。汉族、汉语的生命力，尽管在敞开中伤痕累累，但也在敞开中日臻壮阔，克服过于感性所带来的大而无当、言不及义等等隐疾。

被翻译的阿多尼斯，成了汉语中的阿多尼斯，像戴了异族面罩的隐秘汉人。被翻译的诗歌，就是汉语诗，表达了对世界的新认知、新惊喜。类似于异邦的马铃薯、番薯、玉米、西红柿、棉花、辣椒……进入中国，使长期依靠本土的黍、稻、麦而维持生存的华夏民族，在遭逢种种战乱、屠戮、瘟疫之后，从汉唐时期的六千万人口，增长到了清末的四亿——

这些被大地和节气反复翻译的种子，成为汉家的食粮和命运。

上海"爱神花园"，因庭院里那尊古希腊爱神雕塑而得名——普绪赫，在阳光下准备沐浴，身上有一缕缕喷泉带来的水滴和爱抚。这也是一尊被"翻译"的雕塑，参与到中国人的情感生活。十月八日这天下午，阿多尼斯面对爱神花园朗诵自己的诗："孤独是一座花园，里面只种着一棵树。"我想起自己写字台上的一张稿纸、一支笔。他继续朗诵："夜晚抱起忧愁，然后解开它的发辫。"我想起自己喜欢过的一个辫子很长的女子。

当天晚上，阿多尼斯在黄浦江的一条游船上发表获奖演说，就走了。

"应该这样去认识一个人：在他肖像前久久伫立，兴味不减。"（法国诗人勒韦尔迪）我在阿多尼斯签名诗集扉页的一张肖像前，久久伫立。那是一张处于亚欧过渡地带上的阿拉伯热风中的脸——再翻译也无法成为一张汉族的脸。与布罗茨基、阿米亥、米沃什相比，阿多尼斯承受的苦难似乎微微轻了一些，诗歌的分量也就微微轻了一些——诗歌的重量，就是失败与疼痛的重量。

那远涉重洋来到中国的诗与思，成为汉语中美好的一部分。在美好的事物面前，所有诗人成为同一国度里的人——不论鼻子高低，眼神黑蓝。

当然，需要一个翻译，从唐玄奘开始，到当下阿多尼斯的中国替身薛庆国。

匈牙利的烛火

匈牙利作家、诗人马洛伊·山多尔的长篇小说《烛烬》，从主人公亨里克接到来信、安排晚餐、点燃蜡烛迎接客人康拉德开始叙述，到蜡烛燃尽、送走客人收尾。两个四十年没有见面的老人——某一个女人的丈夫与情人——在烛光里回忆青春、友谊、一个时代、一场情变，相互审视和辨析。但"一个活下来的人，没有权利提出指控"，"谁活过了别人，谁就是背叛者"。

显然，这是一部追忆之书——追忆，让往日继续成为现实和未来，是每个作家乃至每个人都能做到的事情，像普鲁斯特那样写出属于自己的《追忆逝水年华》。

当然，所有文学作品都可以视为回忆录，关于理智与情感、经验与幻象。但普鲁斯特老师的书浩荡如长河，我站在岸边望而生畏，翻了翻，没有读完。更喜欢他的《驳圣伯夫：一天上午的回忆》。仍是回忆。连驳斥文学权威圣伯夫、为巴尔扎克等天才们辩护的这部论著、散文（？），也可以通过回忆和叙事来完成——他真够累的，也真够狠的——那落实到了一个个情节和细节的驳斥，事实确凿，难以颠覆。这部书，在一定程度上可以看成《追忆逝水年华》的反光，部分章节形成互文关系，像一张施工草图与一座已经落成的建筑物。

马洛伊有耐心读完了《追忆逝水年华》,并坦承受其影响。

一九〇〇年,马洛伊生于一个奥匈帝国贵族家庭。性格叛逆,反复转学,由于师生关系紧张。经历过两次世界大战。写新闻稿、诗、长篇小说。翻译卡夫卡。恋爱,结婚,幼子早夭。颠沛流离,从慕尼黑、巴黎到布达佩斯。因写作的真实性而以"毁誉罪"之名遭到审判、处罚。在左翼暴力激情与右翼复辟危险之间,保持孤立。拒绝新政府、新社会的任职邀请,出走瑞士、意大利。定居美国。书籍在祖国遭禁。七十年代解冻期来临后,拒绝回国。妻子、弟弟、养子相继离世。一九八九年,一颗子弹像最后一个句号,被他的手枪写在自己的头颅上,波澜壮阔的长篇人生结尾了。

一个作家的生成,需要复杂的个人史来支持。反之,作家的流域和影响力,也源自书桌一角墨水瓶的汹涌不息。

马洛伊的写作主题集中于婚姻、爱情、阶级、文化之间的冲突与攻守,行文水静流深,笔墨暗含深渊。出版著作达五十六部,与茨威格、托马斯·曼、卡夫卡齐名,成为二十世纪东欧历史的观察者、省思者、批判者。受其影响的当代匈牙利作家,有凯尔泰斯·伊姆莱、艾斯特哈兹·彼得、纳道什·彼得,等等。

在自传《一个市民的自白》中,马洛伊写道:"我走在亡人中间,必须小声说话。我的面孔是外祖父的翻版,手是从父亲家族那里继承的,性格则是来自母亲那一支的某位亲戚。在某个特定时刻,假如有谁侮辱我,或者我必须做出某种决定,我所想和所说的,很可能跟七十年前我曾外祖父在摩尔多瓦地区磨坊里的行为一模一样。"

一个作家就是走在亡灵中间的人,用语言的勃勃生机来复苏它们。

在一九四二年完成的《烛烬》中,作家用诗性的莎士比亚式语言,表达了对于因第一次世界大战而涣散的奥匈帝国时代的眷恋,思考"友谊与阶级""爱与恨""忠诚与背叛"等等命题。在等待早年友人、对手康拉德来访之际,看着庄园走廊里陈列的一代代自家供养的画师作品——玄祖父、祖父、父亲、母亲、各种亲戚、朋友、战友、甚至仆人的旧画像,亨里克自言自语:"那代人确实很棒,但是稍微有点孤独。他们不能幸运地融入世界,他们虽很高傲,但心存相信:相信正直,相信男性品德,相信沉默,相信孤独和诺言,还相信女人。"

走廊一系列画像中间,有一处醒目的四方形空白,"看得出来,这里曾经也挂过画"——亨里克的亡妻、与康拉德有过隐秘情感的女子克里斯蒂娜,在这一处空白里,保持着自己的存在感和质疑?

已经进入暮年的亨里克,还拥有上述种种的"相信"吗?他有些迟疑,他等待答案。烛光下的交谈在延展:少年军校、关于肖邦的四手联弹、庄园晚餐、服役、异乎寻常的狩猎、一间似乎充满秘密的公寓、热带的出走、四十年的沉思与等待……蜡烛燃尽。告别。亨里克与康拉德——乃至怀着种种感伤和隐秘而死去的克里斯蒂娜?——都似乎没有得到确切答案。像伤害者与被伤害者都回到现场,却无法在时间这个老警察面前,复原当初的动机与真相。

小说结尾,亨里克吩咐自己的乳娘、九十多岁的老仆人,把克里斯蒂娜的画像重新挂上那一空白处。他说:"没那么严重。"乳娘说:"我知道。"

中国的李商隐说:"蜡炬成灰泪始干。"古波斯的鲁米说:"看看这熄灭的蜡烛残烬,它就像是某个从善与恶、荣与辱的对立中安全逃出的人。"亨里克,这个用一生来拼图、还原真相的老人,终于平复了痛苦和屈辱,像烛烬,像烛烬之后微明的天光……

读完《烛烬》,回视个人生活,我也"稍微有点孤独"。在上海,在新时代,一个人所相信的事物还剩下什么?友谊?爱?我起码还能相信汉语的美感与力量。只要汉语存在,一个汉人总能得到救赎和安抚。而语言的本质是人性。相信汉语,就是相信人性的美与力,即便这"相信"显得有些脆弱、迟疑和肤浅。

《一个市民的自白》这一部书结束于父亲去世的情节。那一年,马洛伊二十四岁。此前,他把青春期消磨、挥霍在莱比锡、法兰克福、柏林、巴黎、伦敦等等城市,穿父亲寄来的棉衣,花家里汇来的钱。"离开一个熟悉的地方,比抵达一个陌生之地更重要。这种复杂的不忠,就像一种疾患,决定了'我的人格',决定了既让我痛苦又使我成为'我'的缺点和能力。不忠者不仅对爱情不忠,还对城市不忠,对河流不忠,对群山不忠。"这些话,似乎也在回应《烛烬》的主题。

厌倦于熟悉的日常生活与风景的人,都是不忠的人——满大街、满世界不忠的人,揣着护照和机票,想着远方和前欢。作家的责任就是对陈旧的思想与表达,不忠,从而保持对内心和记忆的忠诚。

任何一个父亲的死,都会让儿子的世界顿然成为陌生之地。马洛伊说:"父亲下葬了。我感觉自己通过了一次评审,晋升了一级。我被一种十分特别、令人窒息的自由感所捕获。只有他无私对待我,以他自己有教养的可悲方式。我必须尽可能活下来并写作。这非常困难。我要把留在内心深处和个人世界里的人性,全部珍藏在文字中。"害怕被这全新的陌生所吞噬,就是写作的发生学原理——在纸上,尝试重新回到熟悉的地方和亲人们中间去。

二〇一七年秋,在宁波"国际文学周",我与这部书的翻译者余泽民相识。我也姓余。在濒临东海的南方小城散步,晚风也是海风,似乎有隐秘的一波一波律动,影响我们谈话的节奏。余泽民披散长发,着黑色大衣。他本科习临床医学,硕士、博士在中央音乐学院攻读美学,与某位后来日益著名、拥有世界影响力的女歌唱家是同学。移居布达佩斯近三十年——那是一个由山岗"布达"和平原"佩斯"组成的美丽古城。他先后做过导游、医生、家庭教师。与一个匈牙利女子结婚,"生养了两个美丽的杂种"——这是余泽民对自己的调侃。

复杂的种子和泥土,才能开出美丽花木——从人类,到语言。翻译家就是传递精神之种的花信风。

也是在这次国际文学周活动中,遇到布罗茨基的散文集《文明的孩子》《悲伤与理智》的翻译者刘文飞先生。与他交谈,是在论坛茶歇间隙的幽暗走廊里。周围是李敬泽、谢有顺、张清华等等作家、批评家以及海外嘉宾。我当面向刘文飞的劳动致谢,是他把布罗茨基带到了我及其他同代人面前,从而为九十年代以来中国散文文体实验,提供了一部分勇气和资源。

那天晚上,在翻译家、诗人高兴先生主持的宁波文学青年沙龙活动中,我发言,表达了对翻译家们的敬意:优秀的翻译家,是异国作家在汉语中的转世灵童——通过他们,汉语中才能涌现出一个又一个文学新人,比如,刘文飞或者说布罗茨基,余泽民或者说马洛伊·山多尔。

回到《烛烬》。在这部书开篇,亨里克回忆幼年时代,与年轻的乳娘在海边有一段对话,富有意味,抄录如下:

"我要当诗人。"他说,歪着脑袋仰脸看她。

她望着大海,金色的发绺在热风中飘舞,透过半垂的睫毛窥视远方。

乳娘把他搂到怀里,让他的头贴近自己的胸脯,说:"不,你要当军人。"

"跟爸爸一样吗?"孩子摇了摇头,"爸爸也是诗人,你不知道吗?他脑子里总在想别的事。"

像番石榴，活着为了飘香

"妈妈让我陪她去卖房子。下个月，我就满二十三岁了。我逃过兵役，得过两次淋病，义无反顾地每天抽六十根劣质香烟，在哥伦比亚的加勒比海城市巴兰基亚和卡塔赫纳游荡，为《先驱报》撰写每日专栏赚取聊胜于无的稿酬，天黑了，就随便在哪凑合一夜。前途一抹黑，生活一团糟。"

哥伦比亚作家马尔克斯，在二〇〇二年出版自传《活着为了讲述》，开篇依旧诱人。这一年，距离他因《百年孤独》而获得诺贝尔文学奖，过去二十年了。

马尔克斯的写作善于开头，就像他善于利用青春期做一切被力比多支持的事情，从而为未来布局、蓄力。"多年之后，面对枪决行刑队，奥雷良诺·布恩迪亚上校将会想起，他父亲带他去见识冰块的那个遥远的下午。"这是《百年孤独》的开头。"这是毋庸置疑的：苦扁桃的气味总引起他对情场失意的结局的回忆。胡维纳尔·乌尔比诺医生刚走进那个似明似暗的房间，就领悟到了这一点。"这是《霍乱时期的爱情》开头。凤头俊美，方能引发出丰满的猪肚、遒劲的豹尾。

八十年代，不少中国作家受到马尔克斯叙述智慧的影响，不管他们成名后承认与否。陈忠实坦承,《白鹿原》的构思受启发于《百年孤独》,继而贡献出了一个同样伟大的开头:"白嘉轩后来引以豪壮的是一生里娶过七房女人。"

在暮年,马尔克斯回忆一个文学青年的成长史,像是写了一部以自己为主人公的"成长小说",真实、粗粝、充满悬念、动荡不定。《百年孤独》《霍乱时期的爱情》《枯枝败叶》《恶时辰》等等长篇小说中的人物和情节,都能从这部自传或者说马尔克斯的早期生活,找到原型和灵感——

"火车停靠在一个没有镇子的车站,没过多久,又途经路线上唯一一片香蕉园,大门上写着名字'马孔多'。外公最初几次带我出门旅行时,我就被这个名字吸引。长大后才发觉,我喜欢的是它诗一般悦耳的读音。"

"了不起的洛伦索是外曾祖父母留下的鹦鹉,恐怕有一百岁了,会喊反抗西班牙的口号,唱独立战争时的歌曲,它瞎得厉害,掉进过汤锅里,幸好水刚刚开始烧,这才让它捡回一条小命。某年七月二十日,下午三点,它凄厉的叫声差点儿把屋顶掀翻:'公牛!公牛!公牛来了!'男人们都出去参加国庆斗牛比赛了。"

"阿卡拉塔卡的电报员年轻傲慢,芳龄二十的妈妈与他坠入情网,不能自拔。他们回忆起那段甜蜜的爱情,心潮澎湃,不能自已。年过半百的我决定将它写进《霍乱时期的爱情》,真假虚实,难以分辨。"

"家里来了一群着装统一、打着绑腿、靴后跟绑着马刺的男人,额头上都涂有圣灰十字。他们是'千日战争'时期上校外公在各地留下的私生子,从各自家乡赶来为他庆祝生日,但晚到了一个月。"

"街上死亡的人数已经无法统计,无数狙击手埋伏在暗处。人们痛不欲生,怒不可遏,从名店抢来名酒,喝完后发酒疯。市中心毁于一旦,一片火海。……据说就在此时,总统说出了那句名垂青史的话——似乎他从未说过,但永远记在了他头上——'对哥伦比亚民主进程而言,死掉的总统比逃亡的总统更有价值'。"

"小学教师的两个兄弟追杀卡亚塔诺。三十年后,《一桩事先张扬的凶杀案》出版。妈妈没看,理由是:'生活中的糟糕事,写进书里也不会好。'这句话被我当成至理名言,珍藏于个人博物馆中。"

"帕姨快九十岁了,我最后一次见她,是在热浪滚滚的下午。她事前没打招呼就一身重孝,缠着黑色头巾,提着小箱子,乘出租车赶到卡塔赫纳。她幸福地走进家门,张开双臂叫道:'我快要死了,来跟大家告别。'我们让她住下,毕竟她是帕姨,还和死神交情不浅。"

"一天下午,我从公共汽车上看见某户人家大门上贴着一则简单的广告:'出售葬礼掌声。'"

……

这部书再次启示我:一个作家的语言,就是他的生活和命运。伟大的作家是野生的,像番石榴在拉丁美洲的烈日与暴雨下成长飘香。他不需要教室、论坛、培训班、研讨会一类的暖棚和圈养。

但需要一个触发点,就像一串子弹等待一个扳机、一条弹道。马尔克斯触发了陈忠实,而触发马尔克斯的人是卡夫卡——"我再也无法像过去那样安然入睡。《变形记》的开篇,为我指出了全新的人生道路。"

在陪妈妈去乡下卖房子的船上,在学校宿舍,在报社、妓院、旅馆、小酒馆、"巴兰基亚文学小组"沙龙,在情人的床头,马尔克斯一边抽烟,一边用烟熏的手指,翻读卡夫卡以及福克纳、伍尔夫、斯坦贝克、海明威,一边写作,"手头的小说与其说越写越顺,倒不如说是反客为主,拉着我前行。我很识相地跟着,就当搭顺风车。"

一九八二年,搭着"拉丁美洲的孤独"这一顺风车,马尔克斯抵达瑞典的斯德哥尔摩,获得诺贝尔文学奖。颁奖典礼的背景音乐令他惊喜,是他写作时常听的贝拉·巴托克的《第三钢琴协奏曲》。但如果提前征求意见,他其实更想听到儿时节日上常常演奏的浪漫乐曲《好汉弗朗西斯科》,那将更容易让他返回故乡和童年。

在获奖演说中,马尔克斯阐释了个人书写中关键词"孤独"的由来:从西班牙的统治下独立之后,拉丁美洲并未摆脱疯癫状态,墨西哥的独裁者竟然用豪华葬礼掩埋他在一次战争中被打断的右腿。萨尔瓦多的独裁者在大屠杀中结果了三万农民的性命,并命令用红纸遮盖街灯,来控制猩红热的传播。无数被捕的孕妇,在阿根廷监狱里分娩。智利人口中的百分之十外逃求生……"诗人和乞丐,音乐家和预言家,武士和恶棍,总之,我们一切隶属于这个非同寻常的现实的人,很少需要求助于想象力。最大的挑战,是没有足够的手段让人们相信我们生活的现实,这就是我们孤独的症结所在。"

也是这一年,马尔克斯出版了与作家、记者门多萨合作的谈艺录《番石榴飘香》——在番石榴上看见一个作家野生的宿命和常绿的秘密。

比马尔克斯小十岁的秘鲁作家略萨,在二〇一〇年也获得了诺贝尔文学奖,联手证明了拉丁美洲"文学爆炸"的光与力。但略萨与马尔克斯关系紧张,就像福克纳与海明威关系紧张一样——只有势均力敌的人,才有资格保持紧张的关系。所谓敌人往往就是知己,暗自惺惺相惜,像黑夜与灯火惺惺相惜。二〇一七年夏天,略萨回到母校举办一个关于《百年孤独》叙事艺术的讲座,以这一形式与天国里的马尔克斯进行和解。

略萨在代表作《绿房子》中写道:"绘地图的人根本不知道亚马逊这地区就像个热情的女人,一刻也安静不下来。一切都在动,河流、动物、树木都在动,瞧我们摊上的这块疯狂的土地。"文学则恰恰受惠于一块疯狂的土地。如何找到自己的尺度来绘制一幅地图,审视置身其中的、剧变的现实,是马尔克斯、略萨乃至所有作家的责任和疑难。找不到,更孤独。但马尔克斯在瑞典的获奖演讲中表达了对生命、生活的信心:全世界每年的出生者要比死亡者多七千四百万,且出生者大都处于拉丁美洲等贫穷动乱的国度里。只要有爱,有婴儿的哭泣,孤独就可以缓解,世界就依然存在被拯救的可能。

《活着为了讲述》的结尾,是马尔克斯因一篇关于海难的新闻报道而陷入真真假假的被追杀的可能性,继而以采访之名飞往日内瓦避祸,在异国的旅馆里,收到一个女子的回信。那是一个十三岁时开始就被马尔克斯爱上的女子,一个药剂师的女儿。

这部书的开头是母亲,结尾是一个女子,真好。

关于书名,马尔克斯在题记中做了解释:"生活不是我们活过的日子,而是我们记住的日子,我们为了讲述而在记忆中重现的日子。"

马尔克斯的《活着为了讲述》,让我想起流亡美国的波兰诗人米沃什的回忆录《米沃什词典》《被禁锢的头脑》,自奥地利流亡英国的犹太作家自传三部曲《获救之舌》《耳中火炬》《眼睛游戏》,捷克诗人塞弗尔特的回忆录《世界美如斯》,美国文化批评家萨义德的回忆录《格格不入》……

活着为了讲述,讲述为了活着,除非失去爱、记忆、良知和嘴巴——不论一个人,还是一个民族。

像拉丁美洲的番石榴,活着为了飘香。

从沉重的大地上轻巧而突然地跃起

二〇一七年末,在飞往北方某地的机舱里,我重读意大利作家卡尔维诺生前出版的最后一部小说《帕洛马尔》。

想起他一九八五年去世后出版的文论集《美国讲稿》,那是一个作家对未来文学写作的建议,像遗嘱。其中谈了六个问题:"轻逸""速度""精确""形象""内容""首尾"。在解释最重要的一个概念"轻逸"时,卡尔维诺认为,文学的责任就是"从沉重的大地上轻巧而突然地跃起",减轻人间苦难的重负。

显然,在轻巧而突然地跃向天空的一架飞机上,读《帕洛马尔》、想起"轻逸"这一概念,很合适。

《帕洛马尔》分"休假""在城里""沉思"三部分。主人公帕洛马尔,与美国加州天文台望远镜的名字相同。他甚至在自家阳台上安置了一个望远镜。倾心于天空、大海、椋鸟、壁虎、草地、动植物……一个闲人,周身洋溢出无济于事、与世无争、孤独、失落的诗人气质——这部书,是关于"轻逸"这一主题的写作示范。

喜欢一个虚构的人物,是因为在他身上总能看见自己,产生一种代入感。帕洛马尔的视野和内心,我感同身受。

比如,"观天象"一节,"月亮在黄昏时最不引人注意,然而这却是月亮最需要我们关注的时刻,因为这时它自身的存在尚成问题",于是帕洛马尔就久久关注它,以自己的目光为它助力,直到星辰出现,其中,"木星的体积巨大但并不显得笨拙,它那两道光环宛如一条淡蓝色的绣花围巾"。最后,月亮变成明镜,"帕洛马尔先生现在确信,月亮再也不需要他了,于是走进屋内"。

这是我读到的关于月亮和星辰的文字中最美好、深情的一段,拥有诗的品质。

古今中外关于夜空的诗歌很多,或许是因为,诗人们普遍渴望从沉重的大地上轻巧而突然地跃起,成为月色、星辰和晚风的一部分——

博尔赫斯:"无声无息,永恒在星辰的岔路口等待。"

狄金森:"为我的夜晚骄傲,/因为你用月亮使夜色平缓。"

里尔克:"月亮,苗条的人,/是谁每月给你一个孩子?/是否我们在自己身上培育着你轻盈的后裔?"

李白:"明月出天山,苍茫云海间。"……

帕洛马尔,就是卡尔维诺乃至所有诗人的自画像:暮色四合,精神明媚。"陆地与海洋,动物、鱼类和鸟类,天空和星辰,森林、山峰与河流,这些不是小主题。已知的宇宙有了一个完美的情人,那就是最伟大的诗人。他的经验、阵雨和激情不是徒劳的。"惠特曼《草叶集》初版序言中的这些话,似乎就是为帕洛马尔或者说卡尔维诺们而写。

在《帕洛马尔》"沉思"这一部分,帕洛马尔针对"缄口不语""同年轻人生气""思想模式""世界""宇宙"等问题进行辨析,发现:星空的变化"一定会影响到他电唱机的旋转与他凉拌菜中菜叶的水灵程度","谁对宇宙好,宇宙就不会亏待他","把望远镜对准自己生活的行程轨道,而不是对准星辰运行轨道"。这些有趣味的话,像是在呼应中国古典哲学的"天人合一说"。

最后,关于"学会死",帕洛马尔或者说卡尔维诺在思考:"学会死,最难学会的是:把自己一生看成一个封闭式的集合,完全属于过去,既不能再给他增添什么了,也不能改变它的整体结构。"他分析了死后依然能够活下去的两种方法:一种是生物方法,把DNA遗传给后代;另一种是历史方法,"通过计算机存储器或语言,把一个人的经验传授给继续活下去的人。"想到这里,帕洛马尔就死了,小说结束。

画完这幅自画像不久,卡尔维诺也死了,终年六十二岁。为他动过脑部手术的外科大夫说:"我从未见到过这样一个复杂而精密的大脑。"像无数星辰有序运行其中的小宇宙?

卡尔维诺的墓地,位于地中海岸边一个名字叫卡斯提格连的小镇。镇上的人坚持认为,这里就是帕洛马尔度假的地方。在那里,在夏天,海边沙滩上的确充满了让帕洛马尔犹豫不决如何安排自己目光的、晒日光浴的裸胸女人。

伟大如卡尔维诺的作家,都是开放式的集合,属于未来,像大海,不断涌入万千溪流,不断涌入后世读者的目光与心声。

一九二三年十月,卡尔维诺生于一个农艺师家庭,在植物和田野里长大,随父亲打猎、垂钓,这对他的心性和一生走向产生重要作用。后进入都灵大学农学系就读。二战期间,与弟弟一同参加游击队。战后,改读文学系。二十岁发表以抵抗运动为主题的长篇小说《通向蜘蛛巢的小径》,后写出《看不见的城市》《命运交叉的城堡》《寒冬夜行人》等等代表作。

显然,与巴尔扎克、雨果、托尔斯泰、陀思妥耶夫斯基们"以重写重"的传统现实主义风格相比,卡尔维诺从取材、主题、语言、结构等等角度,都在"以轻化重",像博尔赫斯。但"这是鸟儿的轻,而不是羽毛的轻"(瓦雷里)——庄子的梦中蝴蝶和海上鹏鸟的轻,卡夫卡笔下的"煤桶骑士"的轻,我读卡尔维诺时正在乘坐的汽油发动机所造成的波音飞机的轻?

从沉重的二战战场上生还,卡尔维诺开始以文字创造"鸟儿的轻"。他写童话,童话相对于成人叙述,是一种纯粹、透明、善良的轻(《意大利童话》);他让一个孩子从逃避一道惊悚的菜开始,在树上恋爱、交友、指导一个强盗读小说,晚年遇到一个气球,终生凌空,这是反对地心引力的轻(《树上的男爵》);他让失去肉身的一副盔甲,处处维护作为一个人的存在感,这是寻找人格和灵魂的轻(《分成两半的子爵》)……

尽管被称为一个超现实主义作家,但卡尔维诺不以为然。超现实主义也是现实主义,是对现实的另一种更本质、更陌生化的省察和言说。

合上这本一九九二年出版的、定价五元四角五分、以海浪照片为封面的旧书,我乘坐的飞机开始向一座大城降落。此地近期发生了种种奇异事件:断水断电以便驱离城乡结合部的"低端人口",拆除各类建筑物上的标志牌以便美化天际线,幼儿园的孩子被成人侵犯而真相不了了之……所谓"超现实",就是不可思议;所谓"现实",就是我已经置身其间。

乘出租车向市中心的某个酒店奔去。灯火辉煌。没有一轮月亮需要我的支持,况且我的目光短浅而又浑浊。

向帕洛马尔致敬。

晨曦由我们体内流向天空

按照高尔基"到人间去"这一指点,文学青年巴别尔离开莫斯科狭窄的文学圈子,进入哥萨克骑兵团与波兰军队交锋厮杀的战场,出生入死。七年后,一九二四年,满身伤痕、三十岁的巴别尔回到书房,写出《红色骑兵军》这一部震动世界的短篇小说集。

其实,这部书也可以视为散文集、非虚构。书中人物、事件,与巴别尔的战场日记、随军记者报道都可以对应起来:第一骑兵军军长布琼尼,马赫诺匪帮,私盐贩子,骑兵巴尔马绍夫,泅渡兹勃鲁契河……

一个非虚构的人,也是由大量的虚构生活组成的:对他人的赞美与诋毁,对未来的预感和对旧日情人的怀念,对整容术和美容师的迷恋,对电影院内夜晚的热爱,对遗体告别仪式上悼词、遗容、观众表情的不满……虚构与非虚构纠缠在一起,不存在完全彻底的客观、写实、零度叙述。

我更愿意把《红色骑兵军》看作"一个戴眼镜的书生如何剧变为战士"的个人史。

"我们这儿拿戴眼镜的开涮,劝阻不了。您呀,去搞一个女太太,档次越高越好,那样就能取得战士的好感了。"这是书中带领

"我"去骑兵连的一个小战士的建议。于是,就有了以下情节:"看到不远处撂着一把别人的马刀。有只端庄的鹅正在院场里踱着方步。我一个箭步窜上去,把鹅踩倒在地,鹅头在靴子下咔嚓一声碎了,血汩汩地直往外流。'他妈的!'我一边说,一边用马刀拨弄着鹅,'女掌柜的,把这鹅给我烤一烤。'"以野蛮的姿态亮相之后,哥萨克骑兵们对这个喝墨水的臭知识分子,开始刮目相看:"这小子跟咱们还合得来。"

不美化自我和战友,用血与火作为颜料,巴别尔描绘出一幅幅关于生死、欲望、苦难大地的惨烈画卷——

"黄色的太阳浮游天际,活像一颗被砍下的头颅,云缝中闪耀着柔和的夕晖,落霞好似一面面军旗,在我们头顶猎猎飘拂。"

"庄严的朗月横卧于波涛之上,马匹下到河里,水一直没至胸口,哗哗的水流从数以百计的马腿间奔腾而过。"

"我走到了集市,呈现在我面前的是集市的死亡。"

"他站起身后,紫红色的马裤、歪戴着的小帽和胸前的一大堆勋章,把农家小屋隔成了两半,就像军旗把天空隔成了两半一样。"

"我为蜜蜂伤心欲泪,它们毁于敌我双方的军队。在沃伦地区,蜜蜂绝迹了。我们玷污了蜜蜂。我们没有口粮可吃,用马刀取蜂蜜而食。沃伦地区再也没有蜜蜂了。"

"哥萨克女人朝师长走过来,穿着高跟鞋,把胸脯挺得高高的,两只奶子一颠一颠,活像是装在袋子里的两只小兽。"

"在树林里用熏黑了的军用饭盒煮茶,并排躺在田野里睡觉,把饥饿的马匹拴牢在我们腿上。"

"辎重队的大车奔跑着,叫喊着,陷入泥泞。晨曦由我们体内流向天空,一如氯仿流向医院的手术台。"

"星星被吸饱墨汁的乌云压熄了。筋疲力尽的马匹在黑暗中叹着气,抖着身子。没有马料可以喂它们。"

"同样的情欲激荡着我们。在我们两人眼里,世界是五月的牧场,是有女人和马匹走动的牧场。"

……

我喜欢这部小说,因为关于马匹和星星的句子、段落、篇章特别多,而且生动、迅疾、精准——像马那样生动、迅疾,像星星那样精准。巴别尔不允许任何一个低能、冗余的词句连累全篇。他喜欢句号、短句,一句一重天——他有气喘病,心跳和呼吸都不允许他写拖沓无效、副词连绵的长句。

我也是一个热爱马和星星的人。

童年,在中原南部乡下,马厩里有盲艺人演唱《岳飞传》《杨家将》。几匹马用大嘴嚼着干草,发出窸窸窣窣的声音,像细雨滴落。它们彻夜站着,眼睛在黑暗中半睁半闭,像火焰半熄半燃。我看见过一匹马驹从出生到站起来、走出马厩寻找青草的整个过程,前后大约半小时,浓缩了一个少年大约十五年左右的光阴——走出家乡,去进入越来越大的城市和世界,寻找属于自己的草地。

现在,我,一个中年人的日常生活,与马和星星的关系日益淡薄,与姓马的人们也交往不深。他们也不知道自己为何姓马。只能通过阅读和写作，维系和加固那样一种与汹涌的生命力和高处闪烁的灵魂之间的关系。

　　在一个骑手眼里，马就是自我、世界、道路、命运，有了马，就有了如下名词：马鞍——马鞍匠、马鞍匠的女儿、马灯；马蹄铁——铁匠、铁矿、大地深处神秘的力量；马鞭——皮匠、皮子里暗藏的一匹牛或一匹马；马槽——石匠或者木匠；马爱吃的燕麦——田野、雨水、镰刀、农夫；马头——被马头所撞击的女人胸脯一般的朝霞和夜色；簪在马头上的宝石、红缨穗——怀抱宝石的山川和铺子；马镫——皮靴店、皮靴、皮靴下的道路；马裤——裁缝、刀剪、尺子、布匹店、染坊；马尾巴——梳马尾巴辫子的女人、爱、子孙；马刀——一条生路、一方死穴……

　　在巴别尔笔下，丧失了马，一个骑兵的生命和尊严就不复存在。

　　第一骑兵连连长赫列勃尼科夫的小白马，被前任师长萨维茨基剥夺。他往返两百俄里找首长评理，未果，竟然向政委递交了一份退党声明："党的建立是为了欢乐，为了在一切事情上坚定真理，党同样也应该关注小事情。现在我来谈一下那匹小公马。那匹马是我从一个极端反动的农民那里没收的，原来是一匹瘦马，许多同志放肆嘲笑那匹马的样子，可我顶住了恶毒的嘲笑，为了共同的事业咬紧牙关，使公马发生了我所渴望的变化。小公马懂得我手势的意图，我也懂得马需要什么，尽管马不会说话。可是党却没法把这匹马还给我，尽管做了批示。我已无路可走，只好流着眼泪写这份声明……"

数月以后,已经退党退伍的赫列勃尼科夫,在一个小镇给战场上的萨维茨基写了封信:"希望那匹白马年复一年地在你胯下踏着松软的小径造福于所有热爱自由的人和兄弟共和国的民众。"萨维茨基回信:"我此生怕看不到我们的事业开花结果了,因为战斗一直残酷,每两周我都得更换一次指挥员的组成。我胯下的白马也战死沙场,你此生怕也见不到亲爱的萨维茨基师长了。赫列勃尼科夫同志,我们就此永别吧。"

庄谑并置,悲喜交加,多声部的狂欢体叙述贯穿于《红色骑兵军》。马蹄杂沓。马嘶半夜西风起。马刀上的朝霞在体贴干枯的血迹。马立如山岳。马死,如山崩地裂……像一个人、一个民族。

巴别尔忠实于记忆和良知的写作态度,引发了布琼尼这位功成名就的红军将领的愤怒:"《红色骑兵军》是讽刺和诽谤。"高尔基为巴别尔辩护:"他的书激起我对骑兵军战士的热爱。他美化了布琼尼战士的内心。人在很多方面还是野兽,但人——在文化上——还是少年。"在野兽与少年之间,巴别尔以壮丽而又节制如同悬崖勒马一般的叙事艺术,进入伟大作家的序列,影响了海明威、卡佛等等作家。

对苏维埃革命和列宁抱以坚定信念的巴别尔,面对以恶制恶的暴力和杀戮,感到痛苦、惶惑。知识分子的独立与反思,使他的眼神充满嘲谑的光辉,连眼镜也阻拦、掩饰不掉。言谈冒犯了斯大林。《红色骑兵军》被禁。一九三九年五月,巴别尔以"托洛茨基分子、间谍、恐怖分子"三项罪名被捕，一九四〇年被杀，埋葬地不明。

高尔基、巴别尔最终或许能够认识到：莫斯科也是人间，只不过不允许辨认与追诘。

当一粒子弹飞向一个杰出的大脑，它感到羞耻：没有作为一颗流星去焕发夜空，也没有作为草籽在一具肉体里生发出牧场——那女人和马匹们走动于其中的五月牧场。

Ⅷ 额头的雨滴

额头的雨滴

英国最早的浪漫主义诗人、版画家威廉·布莱克的诗集《天真与经验之歌》，分为早期的《天真之歌》与晚期的《经验之歌》两部分。

这一书名，揭示了好诗人所应该具备的两重属性：天真与经验。好的人生也是如此：让天真与经验融合无间，充盈生命始终。

"在生命最后只带有经验不一定对头。天真跟随经验，没有别的途径。天真会因为经验而变得丰富，因为自负而变得贫乏。"扎加耶夫斯基谈到布莱克的《天真与经验之歌》，如是说。一个丧失了天真的老人，令人厌倦。

不知道扎加耶夫斯基是否读过里尔克《马尔特手记》中的这一段话："我清楚地看到童年时代乃是一种无穷无尽的真实。如果我坚持认为我的童年已经过去，那么我的未来也会同时弃我而去。"

墨西哥诗人、作家帕切科的《老友重聚》，只有两行："我们已经完全变成/二十岁的时候我们与之抗争的东西。"我想起同学会上一个个臃肿、昏庸、无聊、猥琐、狡猾的身影和面孔——像早年那一群少年少女的父亲和母亲？

不知道帕切科是否听到过阿米亥的这一句话："我的诗，帮助我不去反对我童年的信仰。我转而反对那些背叛了我的人,因为他们背叛了信仰。"阿米亥在代表二十岁以前的那些人,来反对我、我们? 在被芜杂的世俗经验裹挟、改造之后,成功地丧失了破晓般的天真,并为自己夜色一样的老谋深算而洋洋得意。

伟大的写作者之间,存在隐秘的呼应,像扎加耶夫斯基与里尔克,帕切科与阿米亥。

我看过扎加耶夫斯基和里尔克的个人肖像。两人眼睛都保持了童年的天真和忧郁。特别是里尔克的眼睛,潮湿得随时都会流出泪滴,像雨季里颤动着水珠的树枝。

"天真烂漫是吾师。"明末清初的画家、士人董其昌如是说。他笔下的云与山,布局拙、笔法生、意境淡,少匠气、避圆熟、远秾丽。曾经在北方宫廷与南方江湖之间腾挪自如,人格被诟病。但笔墨中的天真烂漫,在帮助他完善自我?

一生天真、能够拒绝变成二十岁时"与之抗争的东西"的人,稀少而又可敬——或许以"可笑""幼稚"之名,站在我的对立面? 站在新一代少年的阵容里,他突兀而又孤单。需要读诗、写诗,在读与写中回到最初的立场——难。成为一个准确的读者、一个独到的诗人,很难。

"诗歌是追求完美时流淌的汗水,但必须如同塑像额头的雨滴那么清新。"沃尔科特说出令我难忘的这句话。当然,这塑像,应该是佛像,而不是大人物们的纪念像。不知道沃尔科特说这句话时,是否想到了布莱克——佛像额头加上雨滴,就是经验和天真。

佛像额头,是雨滴最好的流域。雨滴流过的佛头,保持清新。佛像额头承受过的雨滴,变得丰富。

佛头雨滴就是诗,就是天真与经验之歌。

所以,佛像和雨的任务很重。幸好少女少年们十八岁以前的额头,在雨季里,在淋浴室里,也能负起类似的责任,分担一点佛像的压力。

像近在咫尺的大海

"我那时喜欢的是黄昏、荒郊和忧伤，如今则向往清晨、市区和宁静。"在诗集《布宜诺斯艾利斯的激情》序言中，博尔赫斯如是说。

一个人进入暮年，需要"清晨、市区和宁静"的力量，来推迟黑暗的普遍降临。写诗，要写出清晨的光线、市区的喧闹和宁静的风。

他说："诗歌只允许卓越。"诗人只允许卓越，像海水中的礁石、雾中的山岳、露水里的青草。

他又说："一个诗人应当把所有东西，甚至包括不幸，视为对他的馈赠。"不幸往往是一首诗的起点，比如，盲目。但只有卓越的盲目，才能使这个阿根廷诗人，看清那一首《月亮》和月亮般的爱人玉儿。

他继续说："翻阅美学书籍就有不舒服感，觉得自己是在读一些没有观察过星空的天文学家的著作。"我笑了，想起一些不读诗、不写诗但神采奕奕的诗歌评论家。

他依然在说："散文是诗歌的一种复杂形式。"他的散文是围绕诗歌这座图书馆蔓延而去的布宜诺斯艾利斯以及周围的广大郊区和人间？他的散文，是一粒果核蔓延而去的一枚汁液甘美的桃子、梨、果树、果园、夏天……

与诗歌相比,散文可做"加法",可以驳杂、散漫、含金怀玉、藏污纳垢。诗歌写作则必须坚持"减法",必须以"来不及了"的遗嘱般的语调,在短短十几行、二十几行内,表达震惊和眷恋。

"诗的反面不是散文。那纯粹被说出的东西的反面,即诗的反面,不是散文。纯粹的散文从来不是'无诗意的'。它和诗篇一样充满诗意,因而也和诗一样罕见。"海德格尔的这一句话,深得我心。

博尔赫斯、海德格尔的散文观表明:散文也只允许卓越、罕见,暗藏一颗卓越的、罕见的心——诗。

"炉火逐渐熄灭之际,/我们才探索和星辰的联系。"英国十九世纪诗人、小说家乔治·梅瑞狄斯的诗句,被博尔赫斯作为例子,来说明自己的观点:"诗歌的任务有二:一是传达精确的事实,二是像近在咫尺的大海一样带来触动。"

梅瑞狄斯童年孤寒,母亲在他五岁时去世。父亲是裁缝,终日倦意沉沉地埋头踩动缝纫机。星辰谅解这尘世中悲苦的人,谅解并赞美炉火的明亮和暖意,对炉火熄灭后终于仰望天空的人们,充满怜惜和温存——一代一代人,一代一代炉火,为那星辰隐秘地补充着光辉,从眼光,到火光。

让语言精确并且像大海一样触动人心,梅瑞狄斯、博尔赫斯、海德格尔们做到了,卓越,罕见。

大多数人的写作,无非是写出了一个浴缸、一个澡盆,就宣布自己站在了大海边,姿态安全而又平庸。

在枯萎中克服诗意

"诗写得恰到好处,就像一只盒子关闭时发出的咔嗒一声响一样。"爱尔兰诗人叶芝所说的盒子,让我想到脂粉盒、首饰盒、烟盒、笔盒、眼镜盒、茶叶盒……

当他死去,棺材盖上,也听到了咔嗒一声响吗?他就恰到好处地成为脂粉、首饰、烟、笔、眼镜、茶叶了吗?

因革命者、演员、美女毛特·冈,叶芝写下《当你老了》。但我更喜欢他以下恰到好处的句子:

《一个针眼》:"所有咆哮而过的溪流/都来自一个针眼;/未出生的事物,已消逝的事物,/从仍然驱使它们的针眼。"母亲的子宫、爱人的阴户、隧道、白昼、月亮……这些无穷无尽的针眼——穿过针眼,一个人像一根线,在身后留下针脚般细密或粗大的足迹和个人史……

《随时间而来的真理》:"虽然枝条很多,根却只有一条;/穿过我青春的所有说谎的日子,/我在阳光下抖掉枝叶和花朵;/现在,我可以枯萎而进入真理。"在枯萎中,一棵树枝条坦率、真相毕露。

《基督重临》:"一切都四散了,再也保不住中心,/世界上到处弥漫着一片混乱。"对一个汉语诗人来说,要守住的中心、基督,大约就是书桌上的墨水瓶、砚台、键盘、打印机、灯。

叶芝作为传统浪漫主义诗歌与现代主义诗歌分水岭上的诗人,得到了现代主义诗歌大师艾略特的尊重:"他是我们时代最伟大的诗人。"因为叶芝有伟大的爱情与争论——"我们在和别人争论时,产生雄辩,和自己争论时产生诗。"喜欢雄辩的毛特·冈,不可能爱上总在与他自己争论的诗人叶芝。

"她拥有美貌、口才和足够的资金,在生活单调的乡村小镇,谁能限制她的影响力?"叶芝为毛特·冈而苦恼。他只能在生活单调的白纸上,建立言辞的影响力。他与自己争论得好时,内心会发出咔嗒一声响——内心一动。

"恰到好处",是对诗歌的要求,也是对人生的要求。比如,对待毛特·冈,叶芝觉得自己爱着就行了——写情诗,写情书,并为这个皮肤白皙、身材高大的美貌女人受到的指责和嘲讽而辩护。其实,与这样一个女人朝夕相处也是恐怖的事情,叶芝明白,"一个老人是猥琐的东西,/一件挂在竹竿上的破衣。/除非灵魂拍手作歌。"(《驶向拜占庭》)他应该庆幸自己的晚年生活里没有毛特·冈。

少年时代,叶芝曾经沉浸于神秘主义,父亲要进行一场拳击来为儿子确立"正确的"人生导向。叶芝回避:"我不能跟自己的父亲打。"父亲回答:"我看不出你有什么不能。"直到叶芝弟弟跳出来阻挠,才避免了一对父子拳头的碰撞。

叶芝喜欢通过水晶球来眺望未知、召唤月亮,但似乎没有从中看见一九二三年的诺贝尔文学奖颁奖典礼。诗人都是神秘主义者,借助于一个墨水瓶观察世界和自我——那黑夜里的世界和自我,漫天词语如同一卷星辰。

王尔德曾经感叹:"啊,叶芝,我们爱尔兰人都太诗意了,以致不能成为诗人。"这个"用活得快乐来报复世界"的人,一九〇〇年,在巴黎一家旅馆内因脑膜炎而去世,终年四十六岁,没来得及听到叶芝去斯德哥尔摩的消息——

只有克服了诗意的人,才能成为诗人中的伟大者,像参禅者需要破禅,获得真正的自治和自由。

奥登在叶芝去世后写下《纪念叶芝》,有以下名句:"他身体的各个省份都叛乱了,/头脑的广场变得空旷,/寂静侵入郊区,他的感觉之流中断,/他成为了他的仰慕者。""一个死人的词语/在活人的肺腑间得以改变。"

是的,叶芝改变了我的肺腑以及南方中国的地理。他信任时间,也使我对晚年的即将到来,无畏惧,有静气,拍手作歌,摆脱谎言和猥琐,"在生命之树上为凤凰寻找栖所"。

让心脏秘密地撞响身体

二十世纪早期著名的奥地利作家、诗人卡尔·克劳斯,喜欢写格言,那格言其实就是诗句——

"我的语言是个世界妓女,我得把她变为处女。"用笔尖为语言做修补术?还是让语言在墨水瓶这一墓地里死,再从这一子宫里生?

"化妆品是关于女性宇宙的科学。"大街上的化妆品店,都是"女性宇宙科学研究所"?

"没有任何边界像年龄的界限那样,诱人走私。"走私者需要整容、化妆、染发、读旧日情书、写作,才能不断越境,回到青年、少年和故乡。

"诱引者把女人引进性的神秘,就像刚到车站的异乡人主动提出要充当城镇美景的向导。"诗人,是主动为读者指引语言之乡的向导——别有用心。

"乡村的奔马,会比环城大道上的行人更早地习惯于汽车。"车轮是马蹄的表弟,一匹马路过加油站也能看见隐蔽的草地⋯⋯

英籍德语作家艾利亚斯·卡内蒂也爱写短句。这个犹太人、流亡者,写小说、剧本、散文,一九八一年获诺贝尔文学奖,本质上是一个诗人。晚年的札记集《钟的秘密心脏》，其实就是诗集——

"去经历一头动物的死亡，但是作为一头动物。"我对自己的痛苦和爱所知甚少，如何去经历一只白鹭、一只夜莺的死亡？作为白鹭的白、作为夜莺的夜，一个浑浊的人、灯红酒绿中的人，都很匮乏。

"为了一生而知道一个人，并把他保持在秘密里。"有谁值得我如此用心动情？如果没有，就必然孤独。

"没有阅读的混乱，诗人就不会产生。"我阅读公文、布告、社论、公证书、贷款合同、博尔赫斯、鲁迅……多么混乱，一个诗人就能多么杰出？

"他为每一个和他一起去死的词悲痛。"我对每一个暂时陪同我的词汇，充满感激。

"他需要那种在他之后继续他痛苦的人。"我有资格成为卡内蒂痛苦的继承者吗？那就用这些纸上的文字作为遗产税，上缴给稀少的读者们组成的小税务局。

"无需读它，你已经在《圣经》里。"无需读它，我已经在《诗经》里……

卡内蒂的这些句子，像书法中最终的抽搐——他是否热爱中国书法中的飞白？"遗力余意，化为飞白"，是苏东坡评论书法时的话。飞白，就是最终的抽搐，是人的一次病危和临终。

克劳斯、卡内蒂在晚年都喜欢写短句，像在便条上写遗言，一句一句告别,"始于愉悦,终于智慧"(弗罗斯特)。

他们的身体大约都有着钟的形状——晨钟与晚钟,被心脏一声一声秘密地撞响。

两个海伦

"在特洛伊,什么也没有:只有幻影,/诸神需要这样。/而帕里斯,帕里斯同那个影子躺在一起,/仿佛它是个实在的东西;/可整整十年,我们为了海伦屠杀自己。"希腊诗人塞弗里斯《海伦》中的诗句。

关于海伦、特洛伊这一题材的作品,何其多矣。塞弗里斯翻新,翻出新意:我们为了不存在的海伦而相互屠杀了十年。震惊。由此想到塞弗里斯所经历过的两次世界大战,我们经历过的十年浩劫。

为了不存在的海伦,人类还将继续相互倾轧、撕裂下去?

伟大的诗人必然是伟大的思想者。一九六三年,塞弗里斯,这位爱琴海边的歌手获得诺贝尔文学奖。一九七九年,另一位希腊诗人埃利蒂斯获得诺贝尔文学奖。以神话和哲思之盛为荣的希腊,在瑞典斯德哥尔摩的颁奖仪式上先后出现两位爱琴海之子,代表海风歌唱,这是历史和地理双重作用力的结果。

埃利蒂斯也写过一首《海伦》:

"第一滴雨淹死了夏季/那些诞生过星光的言语全被淋湿/所有那些以你为唯一对象的言语。/我们的手还伸向哪里,既然气候已不再对我们重视？/我们的眼睛还看向哪里，既然阴云已遮蔽遥远的天际？/既然你已经闭上了眼睛不看我们的风景/而且——仿佛迷雾浸透了我们——/我们被遗弃了，完全遗弃了，为你那死寂的意象所围困？/我们把额头贴在窗玻璃上，提防新的杀机/只要你还在，死亡就无法把我们打翻在地……"

一首献给代表美、爱和希望的女神海伦的颂歌。终生未婚、隐居、在二战中以陆军中尉身份上了战场的埃利蒂斯，与希腊外交部官员、二战时期的流亡者塞弗里斯，表达了两个海伦、一种立场——

只要诗人的内心和言辞保持独立和勇气，"死亡就无法把我们打翻在地"。

用笔尖加热泥土和青草

"每个人孤立于大地/被一线阳光刺穿/转瞬就是夜晚。"意大利诗人夸西莫多的三行诗,对应人生三个阶段:童年,中年,暮年。

我也喜欢他的另一首诗:"死亡并非我唯一的归宿,/不止一次,我的心头/体验到泥土和青草的分量。"

两首诗,都是在与时间的代言人"夜晚"和"死亡"对话。没有哀怨和绝望,安详而又开阔——一个反复在内心体验泥土和青草的人,已经做好了重新发芽抽穗的准备。

夸西莫多的故乡西西里岛,让我想起以二战为背景的电影《西西里岛的美丽传说》。那一个美丽而受伤害的女主角,令人难忘。经历过这段岁月的夸西莫多,沉重如礁石,难以轻盈如浪花。

他说:"不和谐才能达成诗歌形式的准确性。"

铁路职员之子,土木工程系学生,绘图员,会计,营业员,建筑公司职员,文学教授……一份不和谐的履历表,让他准确地抵达一个诗人的身份。

柑橘、夹竹桃覆盖着的西西里岛,纳粹战机轰炸后一片废墟的米兰,不和谐的祖国,让一个诗人的疼痛准确地发生在心头。

不和谐带来冲突、张力,才有了准确的笔尖——像一线阳光,不断加热诗人们即将进入的泥土和青草……

一朵重要的云

布莱希特,因剧作《四川好人》《高加索灰阑记》而著名。前者以中国南方为背景,后者来自元杂剧的启示。愤怒而尖锐的革命气质,使他在一九五五年获得了苏联的"列宁和平奖"。

最近读了他的一首小诗《回忆玛丽·安》,觉得这个德国人背叛了其著名的"间离原则",把隐藏一生的温柔,暴露在字里行间了:

"她的脸是什么样子我已经记不清楚。/我只知道:那天我吻了她。/那个吻,我早已忘记。/但我依然记得那朵在空中飘浮的云。/我永不会忘记,它很白,/在高空中移动。/那些李树可能还在开花,/那女人可能生了七个孩子。/而那朵云只出现了几分钟,/当我抬头,它已不知去向。"

那朵云多么重要,让一个人念念不忘、写诗,让多年以后的读者眼前也能升起几分钟的云朵与李树。

马尔克斯在《百年孤独》中说:"爱情的问题都是在床上解决的。"中国乡村俗语:"天上下雨地里流,两口子打架不记仇,白天吃的是一锅饭,晚上睡的是一个枕头。"与马尔克斯的话异曲同工。解决男女之间的问题,床、枕头、夜晚,具有重要功能。

而被解决了问题的爱情,反而无法产生一首诗。诗,只能在种种不可能、种种丧失里产生,在一个个问题所形成的重重阻力中产生——像远离了床榻、枕头和夜晚的那一个吻、那一朵云。

"上天同云。雨雪雰雰,益之以霡霂。既优既渥,既沾既足。生我百谷。"《诗经》中的云,很重要的云,代表丰收。

"霭霭停云,濛濛时雨。八表同昏,平路伊阻。静寄东轩,春醪独抚。良朋悠邈,搔首延伫。"陶渊明的云朵停在空中,像友人驻足,无法落实到门前。昏暗的时光里,即便有春醪可供独饮独醉,也孤单——幸而有云朵停在空中。

"浮云游子意,落日故人情。"李白也需要借助于浮云指代游子。

"天很热,我给你写信,现在墨水都被蒸发了,房间里飘着一朵朵云。"喜欢写信且对如何写信有很多见解的英国作家刘易斯·卡罗尔,给某小朋友的信中写了这句话,像诗句。卡罗尔在一八六五年出版了童话《爱丽丝漫游奇境》。童话本质就是诗,充满想象力,打破时空、万物之间的壁垒,让植物、人物、动物相互转化、对话和倾慕。

《爱丽丝漫游奇境》的汉语首译者赵元任,是现代汉语言学家,也是《教我如何不想他》的作曲者。两人都善于抒情,在汉语和英语中保持天真、爱意和孩子气。"天上飘着些微云,地上吹着些微风。啊!微风吹动了我头发,教我如何不想她?"《叫我如何不想他》,刘半农作词。他是江阴人,借助于长江上的一朵微云传情达意。

古今中外的云朵都那么重要,久久仰望它,一个俗人也会充满诗人气质。写诗就是写信,给一个匿名、隐形的读者写信。只是收不到回信而已。特别是玛丽·安那样女子的回信,特别是孩子们的回信,特别是被时代勒令失踪的人们的回信。

"我现在甚至不抬头看天了。如果我看见一朵云,我该把它指给谁看呢?"娜杰日达最后一封情书中的云朵,没有抵达流放中的收信人曼德尔施塔姆。从此,云朵也注意悄悄绕开一个俄罗斯著名遗孀的头顶。

悲哀的人,爱与被爱的人,诗人,身体内各自飘着一朵朵重要的云。

在比喻中获得安全感

"真正的船是造船者。"

"当一个人的心灵和品格熟睡,才会看清他的服饰。"

"爱情是兴致勃勃的外来客,是外来的自我。"

这些耳目一新的句子,是美国思想家、作家爱默生的名言与教导。

"名言与教导"都很乏味,好为人师、居高临下、咄咄逼人。但这三个句子打动了我,因为拥有诗的品质——意外,简劲,准确。

好的思想家应该有诗人的品质,比如孔子,谈论光阴的时候以河流作为比喻:"逝者如斯夫,不舍昼夜。"这样的思想,才能拥有极大的感染力,让一条河流的上下游的人们都听到了、都感伤。他整理的《诗经》,呈现出赋、比、兴三种手法。而赋与兴,其实也是以比喻为隐秘的核心。

弗罗斯特认为,一个人除非善于熟练使用比喻,否则就是不安全的。史蒂文斯也同样把诗歌定义为"对抗现实压力的想象力","保护我们免于外来的暴力","帮助我们过自己的生活"。比喻、想象力,使我们在尘世里找到情感对应物、同类项、参照系,以便摆脱孤立无援的境地,得到相互转化与整合的可能性。

在《论中国诗》一书中,日本学者小川环树,专门用一章论述了"诗的比喻——工拙与雅俗",认为比喻的巧妙与否,往往决定一首诗的价值。并以苏东坡为例,认为他《新城道中》的"东风知我欲山行,吹断檐间积雨声",工,雅;"岭上晴云披絮帽,树头初日挂铜钲",则拙、俗。可见比喻之难,那其实是对世界的新认识、新发现之难。如何摆脱前人陈见,表达对于尘世万物的新惊喜,对每一代诗人都是考验。

也是在这本书中,小川环树举了许多他认为代表中国诗风的句子,比如,唐代钱起的"始怜幽竹山窗下,不改清阴待我归",宋代杨万里的"风亦恐吾愁路远,殷勤隔雨送钟声",苏东坡的"多谢残灯不嫌客,孤舟一夜许相依",等等。这些诗句都是在比喻、拟人中,让自我与自然融汇,以臻天人合一之境。

"云对雨,雪对风。晚照对晴空。来鸿对去燕,宿鸟对鸣虫。三尺剑,六钧弓。岭北对江东。……明对暗,淡对浓,上智对中庸。……镜奁对衣笥,野杵对村舂。花灼烁,草蒙茸,九夏对三冬。……仁对义,让对恭,禹舜对羲农。雪花对云叶,芍药对芙蓉。陈后主,汉中宗,绣虎对雕龙。柳塘风淡淡,花圃月浓浓。……"

清代车万育,著《声律启蒙》一书,教导如何去对偶、对比、对称,让人在练习对偶、对比、对称中,发现万象与人性之间的关联与互文。在剧变的当下,《声律启蒙》中的众多事物早已消失,被相关现代名词取代:"镜奁"——化妆室,"衣笥"——行李箱,"野杵"——洗衣机,"村舂"——面粉厂,"恭让"——竞争,"云叶"——

雾霾……

但我希望那"绣虎""雕龙",依旧奔腾于汉语之中——那锦绣的、精雕细刻的老虎与飞龙,作为对才子们的比喻和期许,使汉语区别于粗放的英语、理性的德语、琐细的法语。况且,云雨、雪风、晚照、晴空、来鸿去燕、宿鸟鸣虫……这些祖先们的遗物,尚未放弃对后世肉体和心灵的陪伴与修复,等待被新一代诗人赋予新意义。

当代中国诗人们依旧埋首修习比喻技艺,手法日益繁复而多元,因身处这繁复而多元的时代。需要明喻、暗喻、借喻、博喻的帮助,才能辨认被遮蔽的生活。"太阳的光芒像出炉的钢水倒进田野","大地的肉像金子一样抖动起来了","你父亲依旧是你母亲笑声中的一阵咳嗽声","大船,满载黄金般平稳","夕阳,老虎推动磨盘般庄严"……这是诗人多多的比喻,也是多多揭示出的一种世界。

一九八五年九月,意大利作家卡尔维诺在写作去美国哈佛大学演讲的书稿《未来千年文学备忘录》的时候,突患脑溢血,送医院抢救。当他从麻醉剂中缓缓醒来,看见自己满身的导管、注射器,笑了:"我觉得自己像一盏吊灯。"周围的大夫、护士都笑了。

正是比喻,暂时缓解了一个人的焦虑和痛苦,中和了手术室里的紧张。在《未来千年文学备忘录》中,卡尔维诺更是用大量比喻来阐释自己对于文学的认识。

一个连比喻都说不好的人,找不到自我的倒影与回声,又如何以诗人自居?如何能够在这个世界上活下去?

在两桶水之间长大

"两桶水比一桶水好提。我在中间长大。"

爱尔兰诗人希尼的话,说明:第一,这个沼泽地里长大的孩子有挑水的经历,俯瞰深井,认识到诗歌就是"让黑暗发出回声";第二,他似乎懂得东方的中和之道,有均衡感和整体意识,对边界两侧的事物都怀着深情,敏感于声音的尖锐与柔和——孩子的哭泣、炮弹的轰鸣、水桶摇荡、鸟鸣……

希尼认为,诗是纠正——用水桶摇荡、鸟鸣,去纠正孩子的哭泣、炮弹的轰鸣。

在两桶水中间长大的人,很幸福。像在故乡与异乡之间长大,在童年与暮年之间长大——身体两端的水,被他的肩膀承担着,让一生都有了水的滋养而不至于绝望。

于我而言,故乡中原是一桶水,异乡江南是另一桶水,两桶水之间存在隐秘的张力——我书桌上的墨水瓶,就处于这两桶水之间,像一个黑皮肤的人,接受两侧的回响与质疑。

当然,墨水瓶也可看作小水桶,我的心脏是另一个小水桶——让诗歌,在它们中间缓缓叛逆并长大,像一个日益英俊的少年……

虚构一个夜晚

"在白天对什么都不动感情是极为容易的,但在夜晚就是另外一回事了。"海明威有经验:夜晚约会的成功率普遍高于白昼。

作家的责任就是虚构夜晚,让人们在寂静中动一动感情,像一辆长久停滞的旧汽车,需要动一动轮胎和发动机,以免生锈、报废。

"爱你时,觉得地面都在移动。"海明威喜欢乘火车——在车厢移动的过程中有些恍惚:"爱"和"你"哐当哐当来了……粗糙的面孔下,隐伏柔软的心,像粗糙的白昼暗藏丝绸质地的星空。

在作家中看到俊俏者,往往意外,且会对其内涵和品质产生怀疑。伟大的写作者经得起时间和生活的折磨淘洗,愈惨烈,文字愈险峻起伏。大作家的脸庞往往皱纹重重、伤痕累累,例如,海明威、奥登。但海明威幼年曾被母亲作为女孩子来养,一个女性化的小照片,是海明威极力想忘却、摆脱的噩梦。

一个人的写作能力不可能在学院里培养。有过战争、海难、牢狱、流放、饥寒交迫、长期孤独等等经历的人,才拥有纸上的速度和暴力。其他艺术门类,比如,电影、舞蹈,只对花花公子和窈窕女子打开门扉、铺开地毯,借助于整容术、粉底霜、眼影、口红一类手段。杜拉斯说:"我可以丑,因为我能写作。"

海明威参加过第一次世界大战和第二次世界大战,当过记者,经历过飞机失事、烧伤手术、离婚、电痉挛疗法……一个作家就是这样炼成的。

　　一个作家的外形是内心这盏灯的灯罩,照亮了他的手、书房、全世界。

　　在移动中的地面上,在夜晚,一个形象丑陋的人也会获得尊严——在夜行火车茶几一般的书桌上写作。

　　"他来到河上。河就在那里。"美国恐怖小说作家斯蒂芬·金,喜欢海明威的这个著名短句——只有名词和动词,没有"快速""宽阔""静静"一类副词、形容词,来干扰"他""来""河"这些名词和动词——像兔子进入野地,拨开副词、形容词这些充满阻力的杂草和枝条。

　　兔子不吃窝边草,兔子热爱漫无边际的夜晚——兔子有着笔尖的姿势和敏感。

被周围的力量所代写

"我们全都认为自己在控制生活,但事实上,它们被我们周围的力量所预先代写。"英国小说家大卫·米切尔在长篇小说《幽灵代笔》中这样写道。

法国诗人亨利·米修也有类似观点:"诗歌是大自然的馈赠,一种神恩,而非劳作。单单创造一首诗的雄心,就足以消灭这首诗。"

"周围的力量","大自然的馈赠",组成一个人的生活和诗歌。从周围、大自然到诗歌,一个人仅仅是联通这两者之间的栈道和浮桥——只能静静等待种种"力量和馈赠",穿过血管和手臂,杂沓而至、纷然而过……

亨利·米修,这个水手、画家、诗人困倦了,"睡意笼罩我。我觉得自己非常沉重。假如我的马和我一样,肯定觉得自己是一头大象。"庄子醒了,晨风笼罩。他觉得自己非常轻盈。假如他的驴子和他一样,觉得自己非常轻盈,肯定觉得自己也是一只蝴蝶——

两个被大象和蝴蝶所代写的人?连他们的马、驴也被改写了。

米肖来过中国,大概读过庄子,就有了道意和禅心。他写作之前往往食用一些致幻药物,以便帮助自己迅速成为一个超现实主义者——让药物代替自己写。他就有些恍惚,看见艺术家们上了大街,"带着那种妓女的眼神,那种试试自己运气的眼神"——像妓女一样被春意和欲望所代写,眼神灼热。

与"周围"和"大自然"融合无间,接受语言之美和光荣——"天人合一"。还是我们汉人的祖先说得简洁,做得也好。

比如,明末清初云南诗僧苍雪的一首诗:"松下无人一局残,空山松子落棋盘。神仙更有神仙著,千古输赢下不完。"似乎就是关于"被周围的力量所代写"的诗:松树代替棋手们下棋,松子就是棋子。

写作,就是让文字像松子落于纸上,成熟的文字随风落在棋盘一样的方格稿纸上。

写作者就是松树,被风、松鼠、节气所控制——这是多么美好的控制与神恩。

IX　杂念背后的声音

杂念背后的声音

自古至今,关于好文字的定义与标准,纷纭如云。文人们的思绪与表达纷纭如云。

晚唐,司空图似乎受阴历的启发,以二十四首叙写风景的四言诗,组成《诗品》,论述诗歌的二十四种风格,与节气相暗合:

"纤秾",春分——"采采流水,蓬蓬远春",如李商隐。

"自然",小满——"俯拾即是,不取诸邻",如白居易。

"雄浑",大暑——"荒荒油云,寥寥长风",如岑参、高适、辛弃疾。

"冲淡",立秋——"饮之太和,独鹤与飞",如王维。

"沉着",小寒——"鸿雁不来,之子远行",如杜甫。

"劲健",霜降——"巫峡千寻,走云连风",如曹操。

"含蓄",大雪——"不着一字,尽得风流",如陶渊明……

显然,他的诗观就是:像四季、像大自然一样自然而然写诗,在万物天地间安放心灵和肉体。以诗论诗这一开先河之举,比学者以概念论诗、连篇累牍、言不及义,可爱、有趣多了。用诗来表达对诗的认识,像用爱来表达对爱的珍惜,才是美的、好的。

司空图谈的是诗歌,其实,也是在谈人生,一种诗性人生。整部《诗品》,"道""真""幽人"一类字眼,屡屡现,像献给庄子、老子、山水大地的赞美诗。人格自然化,自然人格化,就是道,就是诗。最爱其中的两个句子:"要路愈远,幽行为迟","如有佳语,大河前横"——重要的路必然漫长、孤寂,慢慢走,不要急。总有佳句如佳人、如大河,来到一个写作者、静修者的面前和内心。

司空图之前,南北朝刘勰在《文心雕龙》中,也用比喻来表达诗学观念。比如,"风骨",以鹰、雉和凤凰为例,阐述如何使文章的力与美达到统一:"鹰隼乏采,而翰飞戾天,骨劲而气猛也。文章才力,有似于此。若风骨乏采,则鸷集翰林;采乏风骨,则雉窜文囿;唯藻耀而高翔,固文笔之鸣凤也。""藻耀而高翔",羽毛绚烂、居高临下,是凤凰之梦想,也是文章之理想——风劲而骨峻。鹰,被疾风教育出的骨头,在死后可制作成笛子。一个作家的笔,应该是鹰与凤凰混血而成的后裔?

刘勰又说:"登山则情满于山,观海则意溢于海,我才之多少,将与风云而并驱矣。"一个书写者需要多么磅礴的情意与才华,方有资格与风云同行并驱。看天空,隐隐有历代才子,如电闪、雷鸣、鸟振飞。

宋代词人叶梦得则认为:古今谈诗者多矣,"吾独爱汤惠休'初日芙蓉',沈约'弹丸脱手'两语,最当人意。""初日芙蓉",即天然;"弹丸脱手",即准确、凌厉、流畅。前者需要等待,后者需要练习。由弹丸脱手,而臻初日芙蓉,让一颗弹丸在地平线上准确、凌厉地升起,很难。大部分诗人不愿意在地平线下练习弯弓弹射,就直接宣布自己已经进入伟大者组成的星空了。

"新诗如弹丸,脱手不移晷。"苏东坡似乎在应和叶梦得。当然,苏东坡其人其诗在后人我辈心中,必然是"初日芙蓉"。

苏东坡之后,南宋严羽写出《沧浪诗话》,云:"建安之作全在气象,不可寻枝摘叶。"建安之作如森林,弥望,无边。他认为,诗可以分成九种类型:高、古、深、远、长、雄浑、飘逸、悲壮、凄婉。其提出的"建安风骨"这一概念,特征就是格调高古、气象雄浑——在软弱的南宋,一个诗人提倡风骨,多么痛切而必要。听懂其中深意的人,面红耳赤,失眠,抑郁。假装没有听懂的人,继续眠翠偎红喝黄酒。

清初,文学批评家叶燮在苏州太湖岸边横山一带,隐居、办学、写作。他主张,作家须以"才、胆、识、力",反映"理、事、情"——"理",形而上的广阔;"事",及物、在场、介入;"情",赓续《诗经》所肇启的抒情传统。这一切,均系于写作者的才华、肝胆、见识、笔力。其著名学生沈德潜,却提出"格调说",与袁枚的"性灵说"相对立——写出《随园诗话》的袁枚,似乎更像叶燮的学生。

袁枚说:"今人论诗,动言贵厚而贱薄。不知宜厚宜薄,惟以妙为主。刀背贵厚,刀锋贵薄。少陵似厚,太白似薄。犹之论交,谓深人难交,不知浅人亦难交。"袁枚的观点很妙,叶燮应该赞同。诗、物、人,非"厚""薄"二字即可定境界,关键看其妙否。妙言、妙物、妙人,无论厚薄,都美好。

清末、民国初期的诗人况周颐,在词话集《蕙风词话》中,提出写作诗词的三要点：重、拙、大。似也在回应南宋严羽观点。重如苍山，拙如秋风，大如自然——在剧变、转折中的时代里，整合破碎家国，如此提倡，痛切而必要。

当代，学者们似乎不爱读诗、不写诗话，孜孜于构建宏大抽象的体系，争取功名，生产废话，消耗了造纸厂内外的树木鲜花。他们大概汲取了罗兰·巴特和本雅明的教训——以诗性的文章谈写作，在学院里会孤立，活不下去。

幸而在新疆听到过一首图瓦族民歌，让我内心一震——"再甘甜的水也是埋在泥沙里的，再好听的声音也藏在杂念背后。"那一个骑马唱歌的少女，也在用比喻表达一种诗学、美学观点？她启发我：诗与美，就是甘甜的水、好听的声音，需要越过尘世里的泥沙与杂念，千淘万漉，才能来到我们的唇边与耳边。这首民歌，充满了对人性中的泥沙与杂念的谅解，也饱含着对甘泉、好声音的珍惜。

也是在新疆，听到另一首图瓦族民歌："我们属于远方/有自己的群山、木屋和炊烟/流水是一首长长的歌/驼鹿的眼睛就像我的爱人/这安宁/有时绊倒死神的步履/当云彩擦亮天空/爱人哪/我们就搬到天上去住。"诗人属于远方，从尘世，到天空，用笔尖搬动着自己越来越轻盈的身体。只要有爱存在，就能搬到爱人和后人的心灵去居住。

用这两首民歌来讨论诗人的秘密、诗歌的秘密，更好。比某些学者讲得好。

明月直入

李白《独漉篇》中的句子"罗帏舒卷,似有人开。明月直入,无心可猜",让我想起司空图的《诗品》,像诗论。李白的写作标准就是:自然而然——风吹罗帷明月来。他有理由把月亮写得出色动人,比如:"明月出天山,苍茫云海间。"

李白之外,写月亮的名人杰作太多。杜甫:"露从今夜白,月是故乡明。"张若虚:"春江潮水连海平,海上明月共潮生。"王建:"中庭地白树栖鸦,冷露无声湿桂花。今夜月明人尽望,不知秋思落谁家?"博尔赫斯:"守夜的人们已经用古老的悲哀/将她填满。看她,她是你的明镜。"……

后代诗人继续抒写月亮,很危险。如何区别于前人,写出属于自己的月亮?

着迷于白昼奔竞,当代诗人的数量和才华都低于唐宋,商务楼、银行大厦的缝隙难以被一轮明月所青睐。即便拧亮台灯,这轮虚拟的满月也低于夜空——一个人在公寓里写月亮,难度大。但克服这一难度,反而能够写出杰作。王小妮在广州市做到了:

"月亮在深夜照出了一切的骨头。/我呼进了青白的气息。/人间的琐碎皮毛/变成下坠的萤火虫。/城市是一具死去的骨架。/没有哪个生命/配得上这样纯的夜色。/打开窗帘/天地正在眼前交接白银/月光使我忘记我是一个人。/生命的最后一幕/在一片素色里静静地彩排。/月光来到地板上/我的两只脚已经预先白了。"

《月光白得很》，句子白得很。尤其喜欢结尾处的句子："月光来到地板上/我的两只脚已经预先白了。"诗人看见了易被常人忽视的这一个细节。月光，没有放弃救赎尘埃里的生命，从两只脚开始，慢慢上升，让一个人的身体和灵魂，一点一点白了。

"应无所住，而生其心。"(《金刚经》)不拘泥、不沉溺于某种妄念与信条，自由地思想与表达，方能有所觉悟——像明月，毫无心机可供猜度。明月下，参禅的人也需要破禅，像破茧而飞的蚕，不断转化、延展。

元好问赞美陶渊明："一语天然万古新，豪华落尽见真淳。"像在赞美一轮月亮：一语天然，万古常新。

醉花阴里春声碎

晚唐诗人韦庄写诗之余,开启对"词"这一文体的探索。在《菩萨蛮》中,他写出这样的句子:"劝君今夜须沉醉,樽前莫话明朝事。珍重主人心,酒深情亦深。须愁春漏短,莫诉金杯满。遇酒且呵呵,人生能几何。"

当下,微信、口语交流过程中,回避尴尬和难题时的小盾牌,就是"呵呵呵呵"。韦庄千年前就熟练使用"呵呵呵呵"了。苏东坡在信札中也常"呵呵呵呵"。良宵美酒春漏短,需要借沉醉来掩护,强作欢颜——我已经继承了这种能力和手段。

韦庄之后,去酒楼茶肆给女子们写歌词的文人渐渐多了,词牌渐渐多了。

读词牌,从中间选取若干,像文人与歌女一样两两组合、对仗,可以稍稍解除它们的孤单:

"风入松"与"浪淘沙","九张机"与"一剪梅","少年游"与"阮郎归","定风波"与"忆江南","沁园春"与"西江月","扬州慢"与"湘江静","减字木兰花"与"添声杨柳枝"……

这些词牌若与一阕词所书写的意境相契合,可进一步解除其孤单感。如,"风入松"适宜写隐居、幽思,"一剪梅"适宜写春愁、爱恋,"定风波"适宜写征战、离乱,"少年游"适宜写青春、江湖,"扬州慢"适宜写声色犬马、万念俱灭……最性感的词牌应该是"点绛唇""忆秦娥"——回忆在秦娥嘴唇上点燃的那一抹火焰。

南唐后主李煜被拘押开封,一个丧失江山的人成为诗人。他喜欢使用的词牌,是"虞美人""玉楼春""相见欢""清平乐"——这一个个小路标试图指示出旧梦前欢,"晚妆初了明肌雪"?他像落花流水一样对"东"这一方位很敏感:"自是人生长恨水长东","问君能有几多愁,恰似一江春水向东流"……

"春声碎",也是词牌。碎碎的,是鸟鸣、雨滴、花瓣坠落台阶、女子足音和抽泣……张先初创这一词牌。张先,因"心中事、眼中泪、意中人"这一句而成名,因"云破月来花弄影"、"柔柳摇,坠轻絮无影"、"娇柔懒起,帘幕卷花影"而被呼为"张三影"。一个人喜欢"春声碎",就不会喜欢谴责、辱骂、告密、辩论、讽喻,一生葆有孩子的纯真——墓地上,春雨淅沥春声碎。

"雨中花慢"也是词牌,最早的写作者是苏轼和辛弃疾。雨中的花,慢慢开,慢慢落。站在花朵前的人,慢慢开心、衰落。以雨水的慢,来清洗、加固情感,反对暴雨和淋浴的快,这似乎泄露了诗歌写作的秘密——抒情,只有在恐惧美好事物的丧失之时,才能产生。比如,张若虚,因为"江水流春去欲尽",才引发出《春江花月夜》这伟大如长江一般的长诗。

抒情的人,不仅仅是写诗作词的人。爱着、痛着、回忆着、梦想着的人,一概充满抒情气质。即便那一种叙事的人、奔竞于事务事业中的人,在病床上,也终于呈现出被他嘲讽、拒绝一生的诗人气质——对死亡这最彻底的丧失,充满预感、紧迫感。

唐诗与宋词之间,出现了过渡性的"花间词派"——唐和宋,这两朵大花之间的光影里,温庭筠、皇甫松、孙光宪、韦庄、牛希济们,前不见李白杜甫,后不见苏轼欧阳修,就感伤,只好沉醉于花间月下、美人怀抱,以浓艳词句对抗伟大时代之间的过渡感、多余感——"醉花阴",一个新词牌就出现了。

尤其喜欢牛希济的一个句子:"语已多,情未了,回首犹重道:记得绿罗裙,处处怜芳草。"看到芳草,我就想到绿罗裙、牛希济、牛。

这个姓牛的诗人,温柔得像不忍吃草的牛。

游泳池与江湖

苏轼以欧阳修为师。北宋时代，两人都是诗、文、词、赋各种文体兼善并美的名家。

古代士子"居庙堂之高则忧其民，处江湖之远则忧其君"（范仲淹），"穷则独善其身．达则兼济天下"（孟子），善于用不同文体，分别解决俗务与内心、公众与个人之种种疑难，视诗歌为文章之余事，词又被视为诗歌之余事。

但也正因为把诗词视为余事，从而使其保持了独立、自在的美学品质。

陈寥士在其编著的《宋史选讲》中谈到王安石："从来登大位而诗有蔬笋气的，以他为首屈一指。"登大位者之诗，容易有酒肉气。陈寥士以菜蔬青笋气，品鉴诗之格调，很别致。王安石的书桌大概离菜园很近。读有菜笋气之诗，可清热解毒、静心安神——把脂肪肝，缓慢改造成一个小菜园。

"如何以诗作为我们的凭借，参与社会，体验生息，而不是被动地为浩荡浊流所吞噬，甚至为虎作伥？"台湾诗人杨牧谈到诗人的社会责任时，给出这样一个答案：像欧阳修、苏轼们一样，掌握各种文体处理不同题材，避免强化讽喻功能而造成对诗歌这一文体的伤害,"你既然是诗人,也是一个弘毅的知识分子,你怎么能置身度外?"

昆德拉在《小说的艺术》一书中则以卡夫卡为例,就"诗人的介入"这一命题做了回答:诗人如果去为已知的、预想到的真理服务,就是放弃了诗人的天职,诗人只为有待发现的真理(炫目的真理)服务。他这里所言的"诗人",指的是以诗性为最高境界的广义的作家。也是在这本书中,昆德拉认为,小说要接受诗的苛求,"小说,反抒情的诗。"

"八月二日,德国向俄国宣战。下午去游泳学校。"这是卡夫卡在第一次世界大战爆发当天写下的日记。语调淡漠、冷静,像降温了的游泳池,不像中国古代文人隐喻中的江湖。卡夫卡不写公文。他喜欢中国的袁枚,袁枚也是一个不喜欢公文的人。

像卡夫卡、袁枚这样以不介入的姿态、诗人的姿态,维护文学的尊严,在孤寂中思考被遮蔽的真理,很艰难。像欧与苏那样写入世的檄文、出世的情诗,脱俗而又还俗,更艰难。

自古至今,无效的写作比比皆是,帮凶帮闲式的写作,混淆了文体责任的写作,比比皆是——没有孤独的游泳者,也没有隐居湖边的忧思之士。

忽独与余兮目成

明代文人王世贞有文论集《艺苑卮言》,只言片语,见解独具。

他谈到,读嵇康独造之语,"跃然而醒。吾每想其人,两腋习习风举"——成为风中的鸟了。读前人好书,可避世、避暑、风行雷厉于云间。

他觉得,晚唐诗押二"楼"字:许浑的"山雨欲来风满楼",赵嘏的"长笛一声人倚楼"。把一个晚唐押在两位诗人两座楼上了。

他认为,屈原的"悲莫悲兮生别离,乐莫乐兮新相知",是"千古情语之祖"。的确,《古诗十九首》的无名作者应该热爱《楚辞》,所以才有了"行行重行行,与君生别离","采之欲遗谁,所思在远道","思君令人老,轩车来何迟"……

其实,屈原的南方情语,源头仍可上溯至中原《诗经》——其中,《燕燕》,可谓"万古送别之祖","瞻望弗及,泣涕如雨"将兄妹分别之痛表达得异常动人;《小雅》,"昔我往矣,杨柳依依",生发出了刘禹锡的"长安陌上无穷树,唯有垂柳管别离",王维的"渭城朝雨邑轻尘,客舍青青柳色新"……

李颀送魏万入长安,离别之际也赠诗一首:"朝闻游子唱离歌,昨夜微霜初渡河。鸿雁不堪愁里听,云山况是客中过。关城树色催寒近,御苑砧声向晚多。莫见长安行乐处,空令岁月易蹉跎。"我最喜欢前两句:游子唱歌,微霜渡河。

李颀与王维是同代人,应该也热爱《诗经》。他好交游,作品中送别、赠人的题材占了很大比重,如《送崔婴赴汉阳》《遇刘五》《送顾朝阳还吴》《送人尉闽中》《赠张旭》《赠苏明府》《送刘十一》……送别比迎接更有痛感和诗意,一次送别,一次死。

"天下美的东西,都是使人看着心酸的。"现代诗人梁遇春《春醪集》中的这一名句,大约受启发于屈原《九歌》中的"满堂兮美人,忽独与余兮目成"——美来到面前,使一个阅读者、观察者心酸,那是由于他意识到了时间的力量——转眼就别离,瞬间就凋零,转眼、瞬间就是丧失和眷恋。需要艺术、需要诗,挽留复挽歌。

"古今人情不远。"(孟子)别离之悲与相拥之乐,古今不远。我们与他人的差别仅仅在于衣饰、发型,先秦以来的杨柳和雨雪完全相同。当然,工业化的雾霾、土地沙化、转基因粮食、人工智能等等新词汇、新境遇,前所未有。诗人的抒情难度在加大,重复表达或者失语的危险在加大——如何能得到美的眷顾,"独与余"、唯独与我目接而神动?

欧阳修任滁州太守时,与幕僚做同题诗"雪",约定不能用柳絮、鹅毛、瑶华、玉宇等等旧词来比附。苏轼与人谈起这一韵事,说:"当时号令君记取,白手不许持寸铁。"诗人就是要白手起家,空手套白狼——用拳术,而不是剑术、枪术,远离一切陈词滥调这些无效的兵器。

新词语就是新经验、新发现——用一张今天的脸来流古人的泪水,古今盐分相同的泪水,有难度,很动人。

万里归心独上来

《正月二十日与潘郭二生出郊寻春忽记去年是日同至女王城作诗乃和前韵》,苏轼这一首标题很长的诗,有名句:"人似秋鸿来有信,事如春梦了无痕。"

辛弃疾《鹧鸪天·和人韵有所赠》中则言:"事如芳草春长在,人似浮云影不留。"两句酷似。

辛弃疾应该爱前朝苏轼并受其影响,《永遇乐·京口北固亭怀古》,就很像苏轼的《念奴娇·赤壁怀古》。两个诗人,在长江的中游和下游,怀抱北宋与南宋,悲凉四顾,无家可归。

上述两句,苏与辛二人对"人""事"的去留态度,微有差异:苏轼说,人在而万事虚无,秋鸿一行传寒意;辛弃疾说,事在而人迹已空,芳草满地春色旧。其共识在于:紧紧抓住眼前的春天,"走马还寻去岁村"(苏轼),"趁得东风汗漫游"(辛弃疾)——

辛弃疾在呼喊多年以后一个笔名为"汗漫"的人?趁东风,走马寻村,会晤那芳草般绵绵不绝的古人:李白,杜甫,王昌龄,苏轼,陆游,辛弃疾……

苏轼作过一首集句词:"怅望送春杯(杜牧),渐老逢春能几回(杜甫)?花满楚城愁远别(许浑),伤怀,何况清丝急管催(刘禹锡)。吟断望乡台(李商隐),万里归心独上来(许浑)。景物登临闲始见(杜牧),徘徊,一寸相思一寸灰(李商隐)。"

所有诗人都是同代人,一种以诗语相认复相亲的游牧民族——"万里归心独上来",归于故园故国,多么艰难,就多么动人。苏轼用集句向前辈致敬,为自己安神,缓解孤独感——只有在隐秘的同类人、同类项中,一个人、一个代数式,才能活下去、有意义。

贬谪海南儋州时期,苏轼诵诗壮胆、煎茶解忧:"活水还须活火烹,自临钓石取深清。大瓢贮月归春瓮,小杓分江入夜瓶。"我没有大瓢小杓,只有铅笔和水笔——水笔,也能把月色贮藏到墨水瓶中来。铅笔,也能够从一张又深又清的白纸内,分解出江水,加入内心。

当然,苏轼的春瓮与夜瓶,比我的墨水瓶与内心更加巨阔绚烂。

德语犹太诗人保罗·策兰,在送给女诗人巴赫曼的诗集上题词:"给巴赫曼,一小罐蓝。"

古今中外,爱与忧愁都是蓝色的、清澈的,无论一小罐,还是一大瓢、一春瓮。

莲与怜

古人有以下句子,写完荷与莲的一生:

第一,"小荷才露尖尖角,早有蜻蜓立上头"(杨万里)——小荷像少年,蜻蜓惊喜地落上明净的少年头?

第二,"接天莲叶无穷碧,映日荷花别样红"(依然是杨万里)——人处盛年,无穷且别样的盛年,与少年迥异,但凉意已经蛰伏。

第三,"秋阴不散霜飞晚,留得枯荷听雨声"(李商隐)——林黛玉喜欢李商隐的这句诗,阻止宝玉清除秋天池塘里的荷叶。实际上,是曹雪芹在喜欢这句诗。晚年的荷叶、莲叶,尚能用破旧不堪的身体让雨滴发声。一个人,尤其一个老人,双脚和立场须像池塘深处的莲藕那样充实、坚定,才会拥有在未来继续转化的可能性。

第四,"荷叶生时春恨生,荷叶枯时秋恨成。深知身在情长在,怅望江头江水声"(依然是李商隐)——身体像荷叶,这春恨秋恨才有了依附。所以,体检是必要的,锻炼身体是必要的,药物是必要的,像枯荷一样每天晚上在淋浴房中挺立十分钟,消解恨意、获得解脱,是必要的。

第五,"心如莲子常含苦"(黄仲则)。荷与莲,身体消失了,尚有莲子供后世有缘人品味,也是好的。

莲子,就是"怜爱你",经历一生风雨霜雪,才渐渐熟透了……

醉眼看秋鹤

以饮酒为题材的诗很多,尤其是唐代,尤其是李白的《将进酒》——"呼儿将出换美酒",为美酒,连五花马、千金裘都可以抛弃了。无酒不成唐朝,无酒不成唐诗——似乎,无酒不成诗人。

初唐的王绩爱酒、写酒,比李白早醉了百年。《醉后》:"阮籍醒时少,陶潜醉日多。百年何足度,乘兴且长歌。"《题酒店壁》:"昨夜瓶始尽,今朝瓮即开。梦中占梦罢,还向酒家来。"《过酒家》:"此日长昏饮,非关养性灵。眼看人尽醉,何忍独为醒!"

在古代,一个人醉了,可随意在酒店、酒家的墙壁上写诗——酒店、酒家在建筑之初,就考虑到诗人、诗歌的存在,建筑几面白墙,等候一个人的沉醉与狂喜。墙角的瓶、瓮、酒,静静等着。真好。

与酒有关的诗,我还喜欢孟郊的《小隐吟》:"我饮不在醉,我欢长寂然。酌溪四五盏,听弹两三弦。"小隐很美妙,四五杯溪水就醉了。在两三琴声里午睡片刻,就是对终将到来的漫长寂然进行一次小实验。

在上海,我假装"大隐隐于市"。没有溪水,有水龙头。没有琴弦有唱片。要体会醉意和寂然,只能喝酒,可能遇到假酒。我基本不再喝酒,也对自己作为诗人的合法性缺乏信心。"你不喝酒,咋能成为李白呢?"朋友质疑,我忐忑。

陆游的学生、浙江黄岩人戴复古,不知酒量如何。他似乎深得酒中趣:"心平无险路,酒贱有欢颜。"这句子只有在素朴中年才能脱口而出——在贱酒微醉之后,无限欢欣,脱口而出。

他的《沁园春·一曲狂歌》结尾出现了酒瓮:"开怀抱,有青梅荐酒,绿树莺啼。"平常字眼,因毫无心机而动人。以下句子,复如是:"谁能多载酒,来此共登楼。山立阅万变,溪深纳众流。"猜想他身躯高大、砚台深沉,立于书桌前,就可以阅万变、纳众流。

戴复古的《论诗十绝》没有出现"酒"字,但属于酒后真言:"飘零忧国杜陵老,感遇伤时陈子昂。近日不闻秋鹤唳,乱蝉无数噪斜阳。"他的好诗标准是"秋鹤唳"。但南宋以后,诗坛上"乱蝉无数噪斜阳"。

一个真正的诗人,需要在他人趋时附势的炎热感里,确认自我的寒意,认领一只秋鹤的身份和命运。

剑与箫

读龚定庵,有"剑""箫"两种物象屡屡现——

"气寒西北何人剑,声满东南几处箫?斗大明星烂无数,长天一月坠林梢。"

"一天幽怨欲谁谙,词客如云气正酣。我有箫心吹不得,落花风里别江南。"

"绝域从军计惘然,东南幽恨满词笺。一箫一剑平生意,负尽狂名十五年。"

"少年击剑更吹箫,剑气箫心一例消。谁分苍凉归棹后,万千哀乐聚今朝。"

其诗风因此而"奇""悍""丽"。

剑与箫——显与隐,动与静,功名与虚寂,治世与自治,沙场与山水,青春与暮秋……把两者融汇于一身,是中国历代文人的理想和疑难。

今天,没有了剑、箫这两种事物传情达意。连钢笔、毛笔这两种模拟剑、箫的文具也逐渐消失。我们双手面对电脑键盘敲敲打打,这体态,像拳击、弹钢琴,与吹箫、击剑的古典意境,差异大。

明代王阳明说:"持志如心痛,一心只在痛上,岂有功夫说闲话管闲事。"大志者如王阳明、龚定庵,都有心痛症——痛在闲话闲事之外,痛在风雨江山之中,一箫一剑,气寒声满。

我心脏很好,无立德、立功、立言之大志向,说闲话、管闲事、看闲书,可衬托前贤之英俊与孤高。我与龚定庵们的共同点,仅仅是"剑气箫心一例消""万千哀乐聚今朝"?

钱穆在《国史大纲》开篇即申明,"凡读本书请先具下列诸信念","信念"之一:"尤必附随一种对其本国以往历史之温情与敬意。""温"与"敬",就是轻柔与庄重,就是箫与剑。且不仅仅限于对待一个国度的历史、现实与未来。面对一首诗、一封家书,古代的人也会洗手焚香。

在这一个和平、平庸的时代里,写作者们大都眼盯着"文学富豪排行榜"、文学奖。也好。但在这一个不平静、不完善的世界上,剑气与箫声,又如何能在我们的笔墨间泯灭?

生涯在镜中

刘禹锡诗句:"世上空惊故人少,集中唯觉祭文多。芳林新叶催陈叶,流水前波让后波。"

年轻时,熟诵后两句。人到中年,前两句醒目惊心。

"山围故国周遭在,潮打空城寂寞回。淮水东边旧时月,夜深还过女墙来。"

写南京,刘禹锡像在写一个人的中年:渐渐衰弱的身体如故国空城,周遭有无穷寂寞,拍打着鞋子、裤脚,月亮在夜深人静时翻过衣架而来……

刘禹锡的另一首诗,更著名:"沉舟侧畔千帆过,病树前头万木春。今日听君歌一曲,暂凭杯酒长精神。"依然像在写中年、晚年:一个人于沉舟病树旁回望万木千帆的青春期,请饮酒,须振拔。

近来,读李益,名字陌生,像诗坛新人,绝对没有刘禹锡那样醒目。其诗,《立秋前一日览镜》,标题直白如新诗,云:"万事销身外,生涯在镜中。惟将两鬓雪,明日对秋风。"

"万事销身外":万般世相在身外——以身体为边界,边界内是一个人逐步萎缩的国土;"生涯在镜中":在镜中、这一池秋水中,打捞青春与盛夏?"惟将两鬓雪,明日对秋风":用两鬓白雪、即使用染发剂也压抑不住的两鬓白雪,迎接寒意的降临。

当代诗人张枣的《镜中》,有名句:"想起一生中后悔的事,梅花就落满了南山。"从镜子这一角度来回顾,那后悔的事,更加重大而明晰。

好诗人永远像新人,好诗永远像新作,好女子永远像新娘,让尘世的每一年都是新年。

小情歌

"人面不知何处,绿波依旧东流。"北宋晏殊,重游故地,回忆少年时代的初恋、初相见?

"当时轻别意中人,山长水远知何处。"晏殊的第二个意中人?

"一向年光有限身,等闲离别易销魂。酒筵歌席莫辞频。满目山河空念远,落花风雨更伤春。不如怜取眼前人。"有限光阴有限身,抓紧怜取眼前第三个意中人吧——这显然已经是中年感喟。

"往事旧欢何限意,思量如梦寐。"晚年晏殊,需要借道于梦寐返回青春。

在宋朝流行歌曲界,晏殊像柳永,都有醒目的位置和众多的追随者,歌词一概是怀想前情旧欢。不知那些被咏叹的意中人,是虚构还是写实。这些小情歌被青楼里的女子们演唱着,广泛流传——

轻别离,易销魂,无烈响,但沉痛重重。

当下,被冠以仓央嘉措之名的情歌,广泛流传。大部分是伪作,如:"第一最好不相见,如此便可不相恋。第二最好不相知,如此便可不相思。第三最好不相伴,如此便可不相欠。第四最好不相惜,如此便可不相忆。第五最好不相爱,如此便可不相弃。"

假托仓央嘉措这一个旧人、高原雪山下的人,这些情歌就有了雪的品质——爱情在冷意中保鲜。现实的、热的情诗,难以经受住时间的审视、追问,渐渐败坏。

如何珍藏旧人、怜取眼前人,是一个古老的难题。

虚构吧。所谓"仓央嘉措",其实就是冰库里那个埋头劳动的人,冰箱旁那个发呆的人,旱冰场上那个在夜色里独自旋转的人……

集句或提灯

美人插花,书生集句。思想家梁启超就是一个集句高手。

梁启超一口气能集出几十副佳联,像美人一口气能插出几十个花篮:

"寒雁先还(宋,辛稼轩),为我南飞传我意(唐,韦庄)。江梅有约(宋,程观过),爱他风雪耐他寒(宋,朱希真)。

"燕子来时(宋,王晋卿),更能消几番风雨(宋,辛弃疾)。夕阳无语(宋,张耒),最可惜一片江山(宋,姜夔)。"

……

梁启超线装版的身体内,有一个美好汉语不断重组变幻的大花园。

美学家朱光潜读了梁启超的集句,笑了,出门,在小庭院中散步。秋天里,地上积了一层落叶。来访者欲清扫,被谢绝。朱光潜说:"我等了好久才存了这么多落叶,晚上在书房看书,就能听见雨落下来的声音,风卷起的声音。"朱光潜有一双好耳朵。他体贴周围的事物,用整个身体来爱这风雨尘世。

一个集联的人,一个爱听风吹落叶声的人,都孩子般天真,我喜欢。我家附近花店,有一个女子总在插花,我路过她的时候常常想起梁启超。我没有小庭院,但有一本朱光潜的《谈美书简》,就有能力将阳台一角下水管内哗哗啦啦的声音,想象成雨后众山响。

教师思想改造运动中,朱光潜不再有心情读梁启超的集句。他家那一个小庭院收藏的不再是秋意,而是寒意。在学校,看到小女儿被组织安排走上会场的主席台批判父亲,朱光潜坐在台下微微笑着、谅解着。但一个非常喜欢他的女生走上台去了,点名批判朱光潜。他流泪了。

英国小说家麦克尤恩认为,"构成道德的基础是想象力本身。想象力使我们能够设身处地理解他人。残酷的行为,归根结底是想象力的失败。"五六十年代,革命化的极端政治年代,中国人的想象力普遍失败?破坏力空前绝后。

政治压力之下,朱光潜在《新观察》发表文章《澄清对于胡适的看法》。远在海外的胡适看了,将文章粘贴在日记中并题注:"这是一个会做文章的人。"朱光潜与胡适是多年共事的旧友,在一九四九年分道扬镳。胡适说:"他为难,只能这样写,但的确写得好。"

在台湾,哲学家陈之藩也写了一篇关于胡适的散文《在春风里》,记载一事:陈向胡借了四百美元,之后马上归还。胡适说:"之藩兄,你不应该急着还掉这四百美元。我借出的钱从不盼望收回,因为我知道我借出的钱总是一本万利,永远有利息在人间的。"说得真好,充满了想象力。这样的人、钱、想象力,真好。我目前的那一点钱,本金、利息在银行里萎靡不振,毫无想象力。

一个胡适,两种乃至更多种的表达,胡适都谅解、都爱。所以他有无限的利息在人间。

梁启超、朱光潜、韩愈、贾岛、陈之藩、胡适……早早晚晚地离开尘世,成为古人了。前贤美好,让后人觉得这尘世尚可一恋。画家吴冠中说:"光天化日,提灯觅人。"寻觅什么人?那些有想象力、表达力的人。灯,在光天化日下亮着,像一种悲伤的仪式。

吴冠中还说过一句话:"美是一种邪气。"当然,这邪气不是邪恶之气,而是诱惑力、魅力。美言、美声、美行、美人,都有一种诱惑力、魅力——"魅力"之"魅",也与"鬼"字有关啊。

吴冠中的画笔喜欢越轨、变形,充满可爱的邪气——他笔下,那江南的庭院山水,适宜妖精们携带着美,游春复惜春。

常熟的一副对联

在常熟兴福寺读到一副对联:"山中藏古寺,门外尽劳人。"
那门槛内,尽是闲下来的风声鸟声诵经声?

兴福寺也叫破山寺,与唐代诗人常建的一首名诗《题破山寺后禅院》联系在一起。某个清晨,常建跨进这一座古寺,就闲了,"潭影空人心"。

现在,破山寺或者说兴福寺,一潭清水,被祈求幸福的人扔进去一枚枚硬币,像在贿赂菩萨。祈求者踏进寺门,依旧揣着尘世里的俗愿。

古寺门槛的意义,因人而异,像一行诗横在那里,领悟得如何是读者的事情。误解也是正解,没有标准答案的人生,才值得一过一悟。

"金鸭香消锦绣帏,笙歌丛里醉扶归。少年一段风流事,只许佳人独自知。"宋代诗僧圆悟克勤,初入禅林,作诗《无题》,以少年艳情之不可言传,表达开悟心得。师父断定,其已见性悟道。后来,圆悟克勤果然成为高僧。

禅意如私情,"只许佳人独自知",难以言传,难以为外人道。诗,亦复如此。

白居易大概也不迷信深山古寺,他说:"荣枯事过都成梦,忧喜心忘便是禅。"放弃了忧喜心、荣枯事,就是参禅,也是破禅。

在佛经中,"苦"字比比皆是。僧人床头需要放一杯蜂蜜水,缓和愁肠?

《论语》通篇倒没有一个"苦"字,生意盎然。寺门外的人、志士仁人、劳人,在书桌上、茶几边、会议室里,需要一碟苦瓜来败火消炎。

我想把兴福寺这副对联修改一下:"山外藏古寺,门内尽劳人。"

X 野草生长,灯火下楼台

野草生长，灯火下楼台

"有一伟大的男子站在我面前，美丽，慈祥，遍身有大光辉，然而我知道他是魔鬼。"

"当我沉默着的时候，我觉得充实；我将开口，同时感到空虚。"

"我打一个呵欠，点起一支纸烟，喷出烟来，对着灯默默地敬奠这些苍翠精致的英雄们。"

以上是鲁迅散文诗集《野草》中的句子。

尽管比一九一七年发表于《新青年》的胡适诗歌《两只蝴蝶》晚了四年，假如用一九二一年问世的《野草》，作为中国新诗起点，也未尝不可——那是一种面对世界和自我的新态度、新精神，或者说现代性——独立、不羁、内省，触及当下与自我，跨越思想、格律、语言等等栅栏的束缚和界限，自在复自治。

鲁迅之前，清代，一个叫"华广生"的人用二十多年时间编了部诗歌集《白雪遗音》，书成于一八〇四年，其实就是当时的民歌选集。其中一首，尤其好："我今去了，你存心耐。/我今去了，不用挂怀。/我今去，千般出在无奈；/我去了，千万莫把相思害。/我去了，我就回来！/我回来，疼你的心肠仍然在。/若不来，定在外把相思害。"林语堂先生赞赏这首诗：诗情之美，可入三百篇。除个别字眼和节奏显得陈旧，这首民歌完全可以看成一首新诗。

新诗的萌芽期，完全可以向前推移——用这首民歌作为新诗的开端，也很好，比胡适的"两只黄蝴蝶，双双飞上天；不知为什么，一只忽飞还。剩下那一只，孤单怪可怜；也无心上天，上天太孤单"，美好。

一首清代民歌克服时间，成为经典。我能写出、诵唱出一首简单、沉痛的诗篇吗？难。因为我已丧失相思、心疼的能力。

当下许多流行歌曲、摇滚乐队的歌词，比某些所谓"诗作"优异，是真正的诗，比如鲍勃·迪伦的摇滚歌曲。在古代，诗词的传播途径就是吟唱。当下读诗、懂诗、赏诗、品诗的人依旧很多——一个唱歌的人，会在某首歌曲里遇到平日自己隐蔽得很好的疼痛、忧伤或暗喜，趁同伴不注意时擦擦泪水。

在唐朝，李白就已经是一个试图冲破古典性的诗人，他长短参差、忘乎所以的诗行，像现代诗。反之，一个怀着臣子心态的现代人，即使笔下出现"航天飞机""游艇"一类高速度的名词，也不具备现代性。

"目断楚天遥，不见春归路。春若有情春更苦，暗里韶光度。夕阳山外山，春水渡旁渡，不知那答儿是春住处？"薛昂夫的最后一句话，暴露出他元代人的身份，写的自然也是元曲——在端庄中忽然活泼，显现出古老汉语求变求新求自由的冲动，很强烈。

从《诗经》开始，汉语一次又一次蝉蜕蝶化，终于有了当代诗歌自由不羁的身体和灵魂——现代性，隐居于先辈一次又一次对于汉语叙述范式的突破冲动之中。现代性，源于经典性、历史性，过程漫长——现代人的基因，必须缓缓穿越唐宋时期先人的血液。

已经有了百年历史的中国新诗，因救亡、革命等等时代主题，存在多年断裂，但经过新时期以来数代诗人的努力，面目一新。流派之争、主义之争、山头之争、"功夫在诗外"的纷乱阶段，渐渐过去，优秀诗人源于内心经验的独特表达，不断刷新、提升着当下中国诗歌的天际线。依靠宣言和行为艺术维系存在感的"诗人"，将被时间证明是无意义的过客。

当然，人人都是过客，大可不必为是否能进入文学史，而苦心钻营。保持对于汉语的敬重与温情，就是保持人性的庄严与秀美。汉语的命运，就是我们的命运。上世纪六十年代，红卫兵大字报上出现过被领袖肯定的、令人惊悚的句子"去他妈的蛋"，举国上下到处回响着"去他妈的蛋"。

好在，我们和汉语都终于回到一个常态化的世俗年代了。

与唐诗宋词这两大古典诗歌的高峰相比，现代诗仍处于传承、变化之中，远远没有穷尽它的可能性，因为生活的可能性、未知数，无穷已。中国现代诗的国际影响力在提升，但伟大的诗人尚未浮现——需要伟大的人格来支撑笔墨，需要对一个多灾多难多变幻的古老国度的命运予以认领，像鲁迅那样峻阔。鲁迅被称为"大先生"，如群山起伏，多侧面、丰富、一言难尽。

一个鲁迅，无数种表达，像哈姆雷特。

在诗人鲁迅、小说家鲁迅、装帧设计艺术家鲁迅、出版家鲁迅、杂文家鲁迅、革命家鲁迅等等称谓之外,还有一个非虚构作家鲁迅——日记中的鲁迅,琐碎、芜杂、平淡,有趣可爱,或许更接近那个最本真的绍兴人、周树人?

他几乎每天晚上都做简短日记,用日常行踪,慢慢描绘出一幅民国知识阶层的生活长卷,像张择端工笔画就的《清明上河图》。其中,有当日天气的阴晴变化,似可作为民国时代气象研究资料;有"夜濯足""夜为害马剪去鬒毛"一类夜生活记录,"害马"许广平应该知道其中含义,后人只能猜谜;有友人、学生来访者的名字或代称,可见感情之浓淡远近,尤其对萧红频频来访且一同做饭、出游、看电影,隐隐欢欣;有各类饭局、应酬、授课、座谈活动,可窥当时文场生态、世态;有购书清单及款项记录,年终更对全年购书情况算总账,除以十二,得出月均购书消费数,像会计、书店经理;有雅俗兼备的各类杂事,如领取薪水稿费、缴纳诉讼费用、收信寄信、写作、校稿、翻译、买彩票、吃刨冰、喝咖啡——对"创造社开了咖啡店,宣传'在那里,可以遇见鲁迅郁达夫'"很不高兴。等等。

《鲁迅日记》文字节制,句号多,没有了杂文中的激烈、小说中的悲凉、诗中的尖锐。似乎想回到周树人、社戏、百草园、三味书屋,而不再化为鲁迅、且介亭、热风、南腔北调。但他只能是鲁迅。回不去了。只能内心悲哀——民国二十三年七月十四日之后,鲁迅日记就不再有"二弟"即周作人出现。

鲁迅说,"只在此山中,云深不知处"或"笙歌归院落,灯火下楼台"之类句子,"往往为人所称道。因为眼前不见,而远处却在,如果不在,就悲哀了"。表面上在谈前人诗句,其实,他是在谈惆怅难言的人事聚散。

《纪念刘和珍君》《为了忘却的纪念》……一个人总在纪念,就悲凉了。总在丧失,就只能成为诗人,别无选择。

刘和珍、柔石等人相继在鲁迅的日记内中途消失,如灯火下楼台,黑暗弥漫——"怒向刀丛觅小诗"。

好在,我们和汉语都回到一个常态化的世俗年代里了——喜向美人觅情诗?终究比在愤怒和刀丛里觅诗,要好一些吧。

闯入根须,催动青草成长

王小波早逝,留下一个李银河怀念他,留下《黄金时代》等等文本阐释他。怀念的人在怀念中,有一些恍惚、走神。但作家的价值,在文本阐释中日益明晰。

我喜欢这个瘦高的人写下的奇崛句子:

"我沿着一条路走下去的时候,心里总想着另外一条路上的事。这种时候,我心里很乱。"像弗罗斯特说的,在美国树林中的两条小路、两种命运面前说的。

"我要抱着草长马发情的伟大真诚去做一切事,而不是在人前羞羞答答表演。"像惠特曼说的,斩截。

"那个时候我们一无所有,也没有什么能够妨碍我们享受静夜。"像李白、王维说的,虚寂,如新月初生。

"我想爱,想吃,还想在一瞬间变成天上半明半暗的云。"像徐志摩说的,飘逸……

我猜测,王小波喜欢弗罗斯特、惠特曼、李白、王维、徐志摩。人间出现一个才子,需要多少前贤如万川奔赴大海——王小波就是小波涛、小海洋,纳众流于一身。

徐志摩也早逝,短暂一生总是与佳人缠绕不息。其《黄鹂》一诗有以下句子:"它飞了,不见了,没了——/像是春光,火焰,像是热情。"像预言和寓言———架飞往北京的小型飞机,在济南附近山顶不见了、没了,是春光、火焰、热情。

但我不太喜欢徐志摩。大概因为其生命结束得太早,未完成。一个写作者,往往需要晚年来纠正、开掘、剧变。有的人在青春期就完成了自我形象的塑造,如果活下来,也可能平淡无奇?比如,众所周知的顾城、海子。比如,不太为人所知的马骅,自上海去云南德钦的乡村小学,教书、写诗,在澜沧江边罹难。

"我最喜爱的颜色是白上再加上一点白/仿佛积雪的岩石上落着一只纯白的雄鹰/我最喜爱的颜色是绿上再加上一点绿/好比野核桃树林里飞来一只翠绿的鹦鹉/我最喜爱的不是白,也不是绿/是山顶上被云脚所掩盖的透明和虚无。"马骅《雪山短歌》中的一首诗。

前四句源于德钦当地藏族民歌,有肉体的欢喜、白绿交加的欢喜。结尾两句归于"透明和虚无"——把眼睛从低处的欢喜,抬高到山顶以上、云的脚步以上了。灵魂加入高处的"透明和虚无",马骅不再回到上海。

英国诗人狄兰·托马斯同样未完成:一九五三年,在纽约,为了与写出《春之祭》的俄国作曲家斯特拉文斯基合作歌剧,醉酒而死,三十九岁,温和地走进一个漫长的良夜——

"不要温和地走进那个良夜,/老年应当在日暮时燃烧咆哮;/怒斥,怒斥光明的消逝。/虽然智慧的人临终时懂得黑暗有理,/因为他们的话没有迸发出闪电,他们/也并不温和地走进那个良夜/……"《不要温和地走进那个良夜》,巫宁坤翻译。狄兰·托马斯诗中的"老年",使我想到狮子,在日暮山岗咆哮,"怒斥光明的消逝"。

在纽约,狄兰·托马斯温和地走进"那个良夜",还没有准备好老年的愤怒。狄兰死后,停尸房里办手续的姑娘在登记表格内写下这样的字句:"狄兰·托马斯。写过诗。"

"隐秘的油泵自大地和岩页,闯入根须,催动青草成长。"狄兰·托马斯《太初》一诗中的句子。现在,托马斯以及中国的徐志摩、王小波、海子、马骅,这些不曾拥有暮年的未完成者,都莽撞地闯入根须,催动草香、露水和虫鸣。

但辛弃疾在向陶渊明遥遥致敬时却说:"须信此翁未死,到如今凛然生气。"

历代前贤、才子,到如今一概凛然生气——被阅读一次,就是复活一次,像春天,永远未完成。

南方书写者

"每扇门里摆满了'世界杯'/我也想踢一场足球了/或者把足球抱在胸前/像抱着一捧水果/于是就想到结婚//这唯一不意外的奇迹/娶一个健康的女子/若干年后的若干年后/我就有一个儿子/这唯一不意外的奇迹/飞跑在足球场上//就像我自己正跑着似的/坐在栅栏外/我温情地观看/阳光金黄/草坪碧绿/射门:我儿子就像我/把一个个字/填进格子一样自然/足球滚过身边//我抚摸着枯萎的右腿/注视着足球滚远/一直滚到我结婚之前/现在的桌边/叫我去想以后会遇到的好事/真忍不住要哭上几声/一个拐腿的人为了踢一场足球。"

苏州诗人车前子的《日常生活》。这个有腿疾的诗人,"也想踢一场足球了",是难题。解题的方法,诗人想到"结婚",让未来的儿子"飞跑在足球场上"。一个右腿枯萎的人所渴望的"日常生活",充满了难度和痛感。

其实,所有诗人的写作,都是"拐腿的人为了踢一场足球",在纸上踢,取代日常生活中的无力无作为,"把一个个字/填进格子一样自然"——诗人的命运,就是这样非常态。所谓诗,"就是那尘埃给工人的东西,肉给屠夫的东西"(以色列诗人阿米亥),也是这腿疾给车前子的东西。是尘世遭际而不是文学院、讲习班,造就一个诗人。

"车前子"本意是植物,一种富有责任感的中药——拉着一丛植物、一车春意进入病体。诗人车前子本名"顾盼",一个本来左顾右盼的人,写诗作文后埋首拉着墨水瓶,在纸上勉力前行。

车前子的气质,属李渔、袁枚、沈复、徐渭、八大山人这些南方文人一脉,内心大约都有一个绿油油的鬼,艳而异,因而妙思连绵。他谈沈从文:"其文章的妙处,在于拖泥带水而不浑浊。"他说老舍:"他身上有一种中国文化人少有的过日子的劲头。"他言及歌德:"一支箭在空中飞得过长,已射不中我了。"某年,绍兴,车前子深夜醉酒后在轩亭口痛哭不已,遭警察盘讯,答曰:"我是秋瑾的孙子。"警察肃然起敬,指示三轮车夫送其回酒店。

"想成为那个人/挖着土,偶尔抬抬头/似乎听到飞鸟/几个人说着淮河下游的方言/离开大水,在首都挖土/我多想成为那个人/兜售花生、姜和大葱/我多想成为那个人/沿着铁路,骑起了自行车/有一列火车追着他/却永远追不上我/我多想成为那个人/此刻才起床,在井边洗脸/我多想成为窗外的人们/并不是我对自己不满意/春天了,树木长出新叶/我也要舒展开枝条/每根枝条上,栖息着/那个人、那个人、那个人和那个人/他们使枝条轻轻摇晃/有两根微微地垂下来。"车前子的《树》。他想成为树、栖息了候鸟般各种人的树,继而拥有了一个繁荣而又枯涩的自我——春日繁荣秋枯涩。变化多端。

与车前子见过两面：一九九七年秋，苏州农业学校，《诗歌报》第二届"金秋诗会"，把韩东、车前子、沈苇、黑陶、庞培、森子、叶辉、叶玉琳等等诗人召集一起，我忝列——这个名单，基本上都是南方写作者；二〇一七秋，锦溪，"中国桂冠诗歌奖"颁奖仪式，车前子获得大奖。他比二十年前更瘦了，沉迷于画枯瘦的文人画，很合适。画中，山水淡泊，果叶萧索，似乎也是腿疾给他带来的东西——枯萎的腿，如秋寒中的枝条，"结"出一个滋味独特的南方文人。

长江以南为阴。江阴人刘半农先生创造了汉语中的"她"这一个字。半农先生有歌词《叫我如何不想她》。张若虚孤篇横绝的《春江花月夜》，就写于江阴一带。半农先生对"她"字，怀有春江花月夜般的柔情。他甚至有一个笔名"伴侬"，频频出现在民国上海的报纸上。

诗人、散文家庞培也是江阴人，常常裸体横渡长江，面相粗粝如北方人——其祖先，应该有南渡的经历。南人北相不可测，如长江，这一条南方大江有着北方的凛冽和峻急。庞培的诗有着车前子一般的细腻、温柔，与"伊人""她"有关。

我常去苏州，在贝聿铭依傍拙政园所设计建构的苏州博物馆，读到无署名的一句残帖："毫运饥蚕叶上声。"查不到这首诗的完整表达。南方古人、诗人，大都有种桑养蚕一类经验。蚕食桑叶，窸窸窣窣。也是苏州博物馆，收藏展示了苏东坡、赵孟頫们的诸多墨迹——行书像闲散行走的人，小风吹起长衫或裙摆；草书像"风乎舞雩，咏而归"的思想者，云团与河水两相逼；楷书，则像端坐静思的僧,守着宣纸落款处印章所暗喻的一朵红莲。

猜想那些生活在南方的前朝文人,手握毛笔,俯身,划动书桌。砚台是压舱石,陪着、平衡着他,进入大泽深海——比他更古老的书写者,渐次出现在附近水面,颜真卿、王羲之、怀素……一人划动一张书桌。宣纸上浮动一行字迹,船舱中就增加了一尾鲜鱼。

一个南方书写者,像渔民,像蚕农——笔毫运行如饥蚕,窸窸窣窣,最终吐出蚕丝般的文字,至死方休。

门晒热了,我们轻轻靠着

顾城的诗《门前》:

"我多么希望,有一个门口/早晨,阳光照在草上/我们站着/扶着自己的门扇/门很低,但太阳是明亮的/草在结它的种子/风在摇它的叶子/我们站着,不说话/就十分美好……我们爱土地/我们站着/用木鞋挖着泥土/门也晒热了/我们轻轻靠着,十分美好……"

在新西兰的激流岛上,顾城结束了自己和爱人谢烨的生命。难以被人原谅。但这是男人顾城的悲剧,而不能仅仅视为诗人顾城的宿命。当一首诗完成,如果卓越,它要有能力摆脱诗人而自足,属于全人类。

《门前》,卓越。诗中的"我们",是恋人,也可能是亲人、友人。有一扇太阳晒热的门来靠着,不说话,十分美好。但这场景仅仅是"希望"而已。"多么希望",就多么忧伤。

"我知道永逝降临,并不悲伤/松林中安放着我的愿望/下边有海,远看像水池/一点点跟我的是下午的阳光/人时已尽,人世很长/我在中间应当休息/走过的人说树枝低了/走过的人说树枝在长。"《墓床》,顾城另一首诗。写的是海边墓床上的下午阳光。似乎与《门前》暗暗呼应,是"希望"不可实现之后的结局?

但有"树枝低了""树枝在长",这墓碑也就能像门扇一样,晒热了,让亡灵可以轻轻靠着,不说话,十分美好。

顾城写《墓床》的时候,大概想起了法国诗人瓦雷里《海滨墓园》开端的名句:"大海,大海啊永远在重新开始!/多好的酬劳啊,经过了一番深思,/终得以放眼远眺神明的宁静。"

但顾城似乎忘记了瓦雷里这首诗结尾处的名句:"起风了!……只有试着活下去一条路!"

当代的雨

古今中外的诗人们都会写到雨。古今中外的雨,任务很重,成为诗人们的抒情对象,不轻松。

杜甫有"好雨知时节,当春乃发生,随风潜入夜,润物细无声"之咏叹,似乎,也可指向洞房花烛夜里的云雨巫山?

陆游有"夜阑卧听风吹雨,铁马冰河入梦来",这是一场讲政治、顾大局的雨。

美国诗人卡明斯的一首情诗:"有个地方我从未去过,在经验之外愉快地存在。/……没有人,即使雨也不会,有这样小小的手。"这首诗中间的部分,没有给我惊喜,省略。结尾处的雨,把这首诗拯救了,被一个情人小小的手拯救了。像一个人晚年的好,很重要——可以把这人荒唐失败的早年,拯救了。读了卡明斯这首诗,雨天,也试图想起一些小小的手,但我握过的手都比雨点大。

旧事前欢在雨声中回来。一个失忆的人,如果有一辆洒水车或一间浴室来配合,也能在这不太自然的雨中,勉强回忆起初恋、生死恋?

当代诗人如何写雨,是一个难题。当代的雨等来了两首诗。

第一首,吕德安的《父亲和我》:

"父亲和我/我们并肩走着/秋雨稍歇/和前一阵雨/像隔了多年时光//我们走在雨和雨的间歇里/肩头清晰地靠在一起/却没有一句要说的话/我们刚从屋子里出来/所以没有一句要说的话/这是长久生活在一起造成的/滴雨的声音像折下的一条细枝条/像过冬的梅花/父亲的头发已经全白/但这近乎于一种灵魂/会使人不禁肃然起敬/依然是熟悉的街道/熟悉的人要举手致意/父亲和我都怀着难言的恩情/安详地走着。"

全诗没有华美、绚丽、夸张的意象,只用一系列细节表现父子之间"难言的恩情"。比如,"我们走在雨和雨的/间歇里/肩头清晰地靠在一起/却没有一句要说的话","这是长久生活在一起/造成的"……父子二人一同走过这条街道,像一同走过人生。一直走下去,多么好。但"父亲的头发已经全白",多年后,"我"只能独自走过,然后也消失于这条熟悉的街道。

人到中年,明白:这首诗之所以打动我,是因为自己也有这样一个父亲,也有一个成长中的儿子。而中年的雨,就是"秋雨稍歇"。

"大凡人之感于事,则必动于情,然后兴于嗟叹,发为吟咏,而行于诗歌矣。"唐代诗人白居易以"事""情""叹""咏",勾勒出一首诗的形成过程,其中,"情动",是生成一首诗的根本动力。

《父亲和我》,一首好诗,好诗就是这么简单——情动于衷而已。

第二首,马叙的《齐溪镇夜雨》:

"这是一个小旅馆的雨夜。/乱了的听觉,终于被连绵夜雨按住/渐渐地,听到了一滴,雨的清晰的声音。/就如我的生活,一直以来乱糟糟/直到被一声嘘突然理顺。/以前的夜我基本睡得很好/只有今夜,齐溪镇的雨声,这个庞大雨夜的/一滴清晰的雨声,让我感慨半世人生。/我有睡不着的理由/齐溪镇之夜,四周大山耸立/它们沉默地保护一滴雨声的到来/也保护我这个陌生人的一夜未眠。"

那一滴雨"清晰的声音",很重要,像乱糟糟的生活"被一声嘘突然理顺"。

一首好诗,应该是齐溪镇夜晚的"一滴雨声"——清晰而非混沌,清洗而非苟且,让诗周围的世界有了新秩序,像一个诗人的心跳,就是他肉体这四周大山所保护的一滴雨声。

这两首诗,让当代的雨,稍稍松了一口气。历代雨声之间,存在隐秘的竞争——不被新鲜地、准确地言说的雨,没有心情落进这个世界。

当我写到这里,上海恰好也是大雨之夜,哗哗啦啦的声音从隔音玻璃窗外传来。

清少纳言《枕草子》中有这样一个句子:"夜已深沉,人人酣睡,外面走廊上有人轻声说话,邻室传来将棋子大量装进棋盒的声音。这情景真让人怀念。"古典日本的夜晚,纸窗纱门,透入月色树影。

当代中国的夜晚,因房屋之间钢筋水泥的隔膜,而悄无声息、不相打扰。

上海的雨声,如同"将棋子大量装进棋盒"。一场夜雨,让我想起那么多写过雨的人、雨中遇到过的人。这情景,真让人温暖。

一群马

"白马走上高坡/他白色的身体收尽黑夜/他带领整座雪原/走进清冷的早晨/白马,他白色的生命/在雪原上融化/朝向更深的冬季/身体像风堆积的残雪/白马在远处/在雪原之上/他的皮毛在春天泛绿/那上边簇拥着野花/白马在风的喊声中/消失/那辆木质的大车/空着一匹白马的等待。"

邹静之以这一首《白马》,向布罗茨基的《黑马》致敬。

一匹白昼里的白马,"他",说明其性别。沧桑("身体像风堆积的残雪"),优美("皮毛在春天泛绿"),负责("带领整座雪原"),这一匹中国的白马,充满动人的力量。

布罗茨基笔下的黑马,"它无法与黑暗融为一体","它来到我们中间寻找骑手"——这一匹孤傲的马、与周遭格格不入的马,绝对没有野花涌进皮毛成为一匹五花马的可能性。它来到我们中间,能寻找到一个理想的骑手吗?

邹静之不是布罗茨基,布罗茨基也不明白东方的禅意、天人合一,所以《白马》就有了区别于《黑马》而存在的价值。

唐宋以来的中国诗人都爱马、写马,在马身上寄托自我——马就是我,而不像布罗茨基的那一匹马,它不是我,它仅仅需要在我们中间寻找一个骑手。

抄录几句中国马——

唐朝苏味道:"火树银花合,星桥铁锁开。暗尘随马去,明月逐人来。"

宋朝苏轼:"灯火钱塘三五夜,明月如霜,照见人如画。帐底吹笙香吐麝,更无一点尘随马。"

南宋朱翌:"归来也,风吹平野,一点香随马。"

南唐宰相冯延巳:"南园春半踏青时,风和闻马嘶。青梅如豆柳如眉,日长蝴蝶飞。花露重,草烟低,人家帘幕垂。秋千慵困解罗衣,画堂双燕归。"……

火树、如画美人、罗帐、笙音、暗香、梅、画堂、马嘶声里芳心震、解罗衣、燕窥测……

古人如果穿越时空来到当下,其熟稔的词汇、韵律基本失效。一个时代生发一种言辞,尤其是名词——现代女性身体上找不到罗衣。通往郊区的高速公路上,汽车在模仿马嘶还是在嘲笑马蹄?

汽车设计师也似乎在以人类而非马匹为参照,设计汽车——

前栅模仿嘴巴(散发口臭?),前灯类同眼睛(目光逼人或诱人),雨刷假装成睫毛(隐忍着泪水和雨水?),左右两侧车镜追忆往事(那不断闪现、修改、退去的时光),车尾羡慕臀部(陡峭、丰满或平淡的臀部,有两粒尾灯戏仿裤子纽扣,排气管喷出浓烟像人类放屁),备胎酷似游客背上的旅行包(装满潜在的道路?),四轮对称于双手双足(抓紧地面才能飞奔?),发动机暗喻心脏(汽车4S店定期查询是否有心事），汽油在怀想血液（去加油站输血），天窗犹如头部（打开天窗，头部外科手术，让光线短暂照亮黯淡的思想）……

坐在驾驶位置上的人，模仿神，模仿能掌握前途命运的神——奔驶、翻车、撞击、报废。一个人减速、停车、迈出汽车时的神气，保持一分钟左右，就消散了。名牌汽车驾驶者的神气，会保留稍长一些，五六分钟左右？然后，一张愚蠢的脸，混同于、扩张着周围的愚蠢。

当然，汽车的功能更适合对偶于马而非人类——汽车里程表，把马腿上密集的皱褶、积尘和创伤抽象化为公里数，汽油箱有着马胃的形状，加油站工人像草原上的牧犬……一夜风雨，树下停放的汽车落满了花朵和树叶，说明它毕竟不是一匹马。一匹马，会把身上的花朵树叶轻轻抖落，再低头去嚼一嚼。吃汽油与吃草的差别，比较大。开车的人和骑马的人差别巨大。前者走路，总觉得前胸骨像方向盘。后者的罗圈腿站着，两腿间依然能勾勒出马背和远山的轮廓线。

现代，一个汽车时代，男女情感生活的方式发生剧变。在密闭而又可以移动到野外的小空间内，可以发生任何想象中的事情。但马，对于爱情的萌发和伸枝展叶，同样大有作为——

"我们去了云南，骑了马。/玩得很嗨。/但我什么都忘记了，除了一件事，/她用苹果喂马。/那马吃得口沫飞溅，/马嘴就像一台榨汁机。/我没想到苹果会有那么多水，/你甚至可以拿一只杯子放在马嘴下面/接苹果汁，然后喝掉。/她感叹那马一辈子都没有吃过一个苹果,/除了这一次。/我相信她这辈子都没有喂过马吃过苹果,/除了这一次。/事情就是这样的。/然后我们上马,转过那座大山,/进入阴面,气温顿时下降了五度。/马和人这才从刚刚的激动中渐渐平静下来了。"

这是韩东的诗《我因此爱你》。一个诗人因为一个女子喂马吃苹果的样子,爱她了。在马的帮助下,从一座大山的阳面转到阴面,一首诗中的爱意在寒意里得到确认。"那马一辈子都没有吃过一个苹果",像一个人,一辈子都没有遇到过一场爱情。

马、汽车,让诗人暂时脱离地面,获得一个恰当的高度和速度,从而更真切地辨认出自我与周遭世界之间的关系。

某媒体的一个"鸟粪轰炸汽车"调查结果,表明:鸟粪攻击最多的红色车占百分之四十,其次为蓝、白、灰、银、黑。绿色只有百分之一。说明,鸟与绿色的关系最好,或者说与草木山川的关系最好。鸟讨厌虚假的铁质大红花?用鸣啼和粪便表达情感,鸟的方式直接、有力。鸟粪酸性,腐蚀汽车,须及时冲洗。

相比之下,鸟与马的关系相当好。

二〇一四年夏,在新疆伊犁草原,我看见鸟群站在马背上散步。鸟对马的回报是吃马鬃里的虫子,让马皮不会发痒。山坡上的马厩里,种马们的大眼睛像镜子,映照出很小、很孤单的我。回上海,我反复写马——雨中的马,黄昏河边饮水的马,马头琴上的马,操场上布景为草原的木马,骨骼像排比句一样汹涌向前的属马的女子……这些已经在日常生活中消失的马,在纸上,在想象中,为我带来风、宽阔和激动。

从我自己与马有关的几首诗中摘录若干句,向马、向写过马的俊杰前贤,致敬:

"一匹马,一座由四个廊柱构成的马厩——/把隐痛和雷声密封于自身。/但马尾倾泻,暴露出马体内一场失控的大雨。"

"世间的马是相似的:长发,大眼,善于奔腾和呼喊。/人却形形色色:臃肿,蹒跚,俗艳……/最早决定姓马的那个人,那匹突然直立起来行走的马驹/在草地和稻田之间,哭了。"

"马鬃在飞扬,青草必定在生长。"

"伊犁的这个下午如同暮年。雪,在落。/一匹马把自身热量像电厂一样输送进我的四肢。/是时候了。倚靠马,我像写遗书一样写下这首诗。/一个邮差化妆成戴着小皮帽的鹰,在附近耐心等待……"

XI 让一支笔绝处逢生

让一支笔绝处逢生

反复阅读作家乔典运的绝笔之作《命运》。一部自传体长篇小说,或者说回忆录、非虚构。

"乔典运",当代文学史似乎在渐渐遗忘这个名字。南阳盆地里的一个农民作家,我的同乡长者。这部遗作与萧红的《呼兰河传》,都是在书写"故乡死亡"这一主题。他以写遗言的语调,抓住罹患癌症之后的余光,回溯一个当代乡村知识分子的命运和噩梦——关于"大跃进"、"反右"、"文革"等等事件,以及这些事件中的自我。未完成。半部杰作。癌症代表非良性的生活,迅速完成对一个人的颠覆。一九九七年二月,乔典运去世,六十七岁。

一个因肺结核而还乡种地的退伍军人;拥有二十亩地但没有温饱的地主后代;喂牛,唱山歌,背字典,给《河南文艺》《长江文艺》投稿,写诗歌、小说、电影剧本、县报新闻;被五花大绑推入一盏盏马灯的光芒里反复亮相,结结巴巴自我剖析"用小说反党"的恶毒动机;揭发老婆偷吃生产队里的红薯、玉米秆;被他人递来的香烟中潜伏的炮仗炸黑嘴唇而只能哈哈大笑;听革命群众当面研究如何偷生产队粮库、如何炮治(南阳土话,即"惩治")他;趁着月光逃亡;历尽浩劫,以《满票》《村魂》等一系列小说在八十年代中国文坛反复引爆乡土文学的烈焰,两次获得全国优秀短篇小说奖;成名,在首都、郑州的聚光灯下、红地毯上、掌声里,无法克服怕说错话的内心障碍,结结巴巴、小心翼翼地对着麦克风,倾吐……

八十年代的中国文学界,传诵:"河南南阳出了一个老乔!鲁迅之后的又一个国民劣根性批判者。"

南阳出了"一个老乔"的同时,也出了令世界震惊的漫山遍野句号形状的恐龙蛋,被众多商人买卖,贩运于盆地内外、国内外。老乔热爱短句子,小说中恐龙蛋般的句号,很多。提高每个短句的含金量,像农民精耕细作提高有限土地上的农作物产量。而句号,像感伤的恐龙蛋,乏力、曾经有力?——老乔曾经很张扬、强势,种地时戴一块退伍前买的名牌手表,高高挽起袖子,让周围的人心潮难平。他拒绝了一个公社干部对这块表的爱意、暗示和公开索要。但生活逐渐教会他必须低调、猥琐,碰见侏儒也要蹲下来,以便让侏儒感觉自己挺拔如山——命运暗下决心,要把稚嫩的小乔修改成圆熟的老乔。

抄录《命运》中的一段文字:

"大会开始了,主持人讲话了。这时,我们大队的造反派把我叫到主席台后边,声色俱厉地问我,你老实不老实?老实。你想死呀想活?想活。想活了你就老老实实听话,你敢别扭一下,今天夜里就打死你。我听话。听话了就告诉你,我们今天夜里同台演出,我们是革命群众。你当反革命。我心里一沉,我这一辈子还没有登台唱过戏,要配合不好演不好,惹革命群众恼火了可不得了。我沉默不语。斗争会开始了,我扛着刘少奇像就主动上台,他们不让扛刘少奇,说,你弯着腰上,偷偷摸摸四下看看再上。我很听话,就从幕布后边溜到前台,弯腰弓脊四下看着。这时从那边幕布后跑出来几个男女民兵,手持钢枪,猫着腰蹿上来抓住我的领子,说,这不是反革命分子乔典运吗?你半夜三更跑出来干啥?剧情就开始了,这个问我是不是想偷?那个问我是不是想抢?这个说我想放火,那个说我想下毒,我的台词只有一个字:是。革命民兵很说了很唱了很控诉了一阵子,派一个民兵下去把刘少奇拿上来交给我,叫我抱,叫我扛,叫我亲,然后几个民兵端着枪押着我下了台。原来这叫艺术斗争,我出了几身冷汗。"

"艺术斗争",是河南在"文革"期间发明的一种斗争方式,让被凌辱者"演出"自己的耻辱。一斑见豹——足以见出极左年代这头斑斓大豹子的凶猛。河南,自古以来盛产小麦、玉米、诗经,也盛产穷人、臣民、暴徒,但凡皇城里(不管长安、洛阳还是开封)传来的声音,都能被放大、扭曲到极端,并别出心裁地实践。五十年代"亩产十万斤小麦"的"放卫星"新闻,就出于老乔所在的公社。六十年代因饿死百万人口而著名的"信阳事件"、因改造知识分子而闻名全国的"五七干校",就位于南阳以东的信阳,钱锺书、杨绛等人在那里接受劳动改造和"洗澡"。

《命运》,从老乔五十年代退伍起笔,写到六十年代"文革",结束于知识青年开始上山下乡,从一个农民、一个乡村文人的角度,参与、观察、记叙、沉思、忏悔,呈现出一个人试图改变可疑可怕的命运、却被命运改变成懦弱者、卑贱者的"变形记"。在用第三人称塑造一系列揭示人性阴影的乡村小人物形象之后，老乔像奥地利人茨威格，终于开始用第一人称说话，让"我"这样一个自我批判者、忏悔者、时代证人的形象，浮凸纸面。一种梦魇般的写作。他说："我照抄生活。"他不需要想象力，那么多的闹剧、悲剧、喜剧本身都太有想象力了。

这部书中的另一个场景：全乡数千饥饿的农民集结于夏季河滩，连续四天四夜相互揭发私藏余粮等不轨行为。揭发方式：给揭发者戴上红布条，给被揭发者戴上白布条；被揭发者可以因揭发他人而去掉白布条戴上红布条，戴红布条者转瞬之间因被揭发而戴上白布条。河滩炎热，不断变幻着红、白格局的人群，相互推搡、辱骂、呼喊、痛哭、厮打。一个因在县城会议上"放卫星"却交纳不出粮食的生产队长，被批斗后乘人不备上吊于河边杨树——像一颗发射失败了的小卫星，悬停空中……四天四夜。疯狂。老乔站在河滩上，因暂时正受县委书记器重而未被戴上布条，但身体哆嗦。他怀疑自己如果被戴上白布条，也会加入那相互攻击的人群中去，为了摆脱白布条中的耻辱。因恐惧被加害而成为加害者，这一悲剧在河南、在整个国家上演多年。老乔在批斗会上扮演的"抱着、扛着、亲着刘少奇"的角色，逐步弯下腰来去低于一个侏儒的变形记，我，如果身历其境，也完全可能去扮演、去变形？

被八十年代文坛誉为"乡村哲学家"的老乔，在《命运》中丝毫不回避内心的暗淡和扭曲，在忠于县委驻村工作队队长、忠于最高指示、忠于"三突出"写作准则之后,顿悟:必须忠于一张纸、一支笔。老乔解剖人性的勇气,在其他作家关于"文革"历史的写作中,基本没有见到。或许与癌症的介入有关——癌症,使他彻底放弃伪饰,连文风都变得粗粝不羁,情节跳转迅疾。土话与洞见,因他掉落多个牙齿而更加口无遮拦、脱口而出——拒绝表达的优雅、规范和小心翼翼。他意识到:这是绝笔,让一支笔绝处逢生——像断壁危崖上的松树,紧抓石缝里的一把泥土、一场雨,吐放新绿。

我猜想,在忍着剧痛书写这部书的过程中,老乔耳边大约持续回响着这样一句话:"来不及了,快,快……"把自己的命运作为一个国度、一个时代的病理切片,留给后人诊断。实在无力写下去的时候,他号啕大哭。半部杰作,因与中国生活发生一种"病变与拯救"的关系,拥有了艺术生命力,去与后世心灵相惜相应——所有未被言说的噩梦和悲剧,都可能再次成为现实、上演。

乔典运家门前是著名的伏牛山、鹳河。伏牛山形势如同一头长约八百里的南阳黄牛,主峰或者说牛背,就是中国南方北方的分水岭,东衔大别山,西接秦岭——"分野中峰变,阴晴众壑殊",王维所隐居书写的终南山,与伏牛山一脉相通。在鹳河,自然有鹳鸟在河水中起落,如笔尖在纸上起落。一个夏日,我作为游客来鹳河漂流:不断转折、起伏、顺流直下、落水、被拯救——我,就像老乔小说中语言之流里的一个细节,有些狼狈。当然,他已经无法在家门前迎我。

老乔瘦而高,在我写作生涯刚刚起步的八十年代屹立于晚辈面前,接受仰望。中国当代文学的一个黄金时代,从维熙、王蒙、蒋子龙、汪曾祺、高晓声、陆文夫、阿城、张一弓……灿烂的名单次第延展。每年春秋,南阳一群作家就开笔会:在豫、鄂、陕交界处一声鸡鸣唤醒三省的小镇荆紫关散步,在唐代古寺香严寺清谈,在淹没了楚战场的丹江上泛舟,在伏牛山溪水边野炊小寐……开笔会比开批斗会美好。一群晚辈簇拥老乔闲散游走,比男女民兵簇拥、押解一个可疑者"斗私批修",美好。

笔会高潮,当然是听老乔一边抽烟一边小声说话。《命运》中的一部分故事,断断续续被他讲过。他还分析过北京城里某某著名作家的讲话艺术:"这作家讲话有水平——领导听起来像是在为领导着想,群众听起来像是在为群众着想。"引发一阵笑声。老乔口气中有嘲谑和感伤。"这作家"曾经作为"右派分子"被流放边疆,其讲话艺术,也是被生活训导出的一种口腔艺术——口腔手术?用"极左"这把手术刀,改造口腔话语结构。一种有难度的艺术、手术。

老乔患上喉癌——曾经因小声说话而罹祸,终于因小声说话名动天下,一个乡土小说家在说话机制上出问题,命运意味深长。病中,老乔笑着对他儿子说:"娃呀,好好伺候我,爹多活一个月就等于给你多养一头猪啊!"他每月工资一千多元,挂名某县人大副主任,在八十年代是当地很高的待遇。

老乔先后接受三次癌症手术。大部分喉管被切除,因曾经呻吟、哭诉、批判、歌颂、自辩而病变了的大部分喉管,被切除。在西峡县城,在山中,当地人和他亲戚一般打招呼。他就笑——因动了手术而嗓音微弱,只能通过笑容和手势传达内心。带我和朋友们登老界岭那天中午,老乔未吃一口饭,不停喝水。他笑着,作为伏牛山风景的一部分与我们一一合影。合影就是为了永别。

我去病榻前看望他。他凑我耳边沙哑低语:"你、你要好好写,实实在在,写……"他手术后与所有人说话都是这样的姿态:俯在耳边,低语,像与人密谋如何摆脱这旧事前情的纠缠。后来,一句话也说不出,就捏笔在纸上写句子,举起来给人看。他写着越来越短的话,像告别、不复再见。

去伏牛山中看望老乔墓地。墓碑站在庄稼地里,像一个农民。墓碑上深刻一行数字"1930—1997",像一道数学减法题,答案是"—67"。负数般的时光和命运,一个人、一代人,必须承受并且说出。"墨水的诚实甚于热血"(布罗茨基)。唐玄奘在完成《大唐西域记》后自述:"今所记述,有异前闻,虽未极大千之疆,颇穷葱外之境,皆存实录,匪敢雕华。"这是一千年前中国作家的写作标准:诚实和谦卑。老乔在晚年终于达到了。当下的写作者,我,达到了吗?

"吾听风雨,吾览江山,常觉风雨江山之外,有万不得已者在。"(况周颐《蕙风词话》)杜甫、苏东坡、沈复、萧红、乔典运、俄罗斯白银时代诗人群体、茨威格、米沃什……就是风雨江山之外一系列的"万不得已者"。我,总在"必须"的时候失声失明,在"可能"的时候废话连篇、口吐莲花,像相声演员一样迷恋掌声与奖励,仅仅与"中国人民银行"里的"中国人民"关系密切,萎缩于风雨江山之内过小日子、打小算盘、发小脾气。倘若还能够为这一代代"万不得已者"而动容动心,我就有希望不成为麻醉剂中的人——

在各自负数般的命运里,用身体和笔尖承受各自"命该遇到的这样的时代"(莎士比亚),并发出必须的声音——照抄这本身就充满了惊人想象力的生活,"述往事,思来者"(司马迁)——

我是被包括乔典运在内的众多前人所思念的来者?那就必须成为当下的见证者、疼痛者、叙述者。

一枝清高的荷叶

孙犁先生在散文《书信》中写道:"书与信相连,可知这一文体的严肃性。"

一九七〇年,孙先生丧妻后,经魏巍介绍,与远在江西一女子通信两年。"发信频繁,一天一封,或两天一封或一天两封。"孙犁把这些信装订成册,像装订一部书。

再婚。冲突。离异。孙犁就把这些信用来生火炉了。天津的冬天很冷。

"文化大革命"开始之后,孙犁已经长时期终止写作。"从与她通信,才又开始了我的文字生活,这是可以纪念的。这些信,训练了我久已放下的笔,使我后来写文章时,手和脑并没有完全生疏、迟钝。"

读到这里,我苦笑。不知道先生写到此处苦笑否。

情书写作使孙犁终于有了一个读者,成为隐秘的作家。有一个倾听者、对话者,再怎样冷峻的时光都可以熬下去。况且,这一抒情对象还是美貌的、北京大学毕业的女子——像火炉,需要有热量的句子去引燃,复来温暖这一个火炉边的人。尽管短暂,也好。

马克·吐温有一句话:"为什么你坐在那儿,看上去就像一个没写地址的信封？"没有爱和被爱的人，丧失来历和前途，搁浅在旧椅子上、破沙发里，到不了远方、到不了他人的心头里去。

孙犁不再写情书、不再想把自己寄托给女子们，埋头读书、读历史书——这也是历朝历代陌生前贤寄给后人的信札。后来，与人谈到"读书有用与否"这一话题，感觉难以说清："要看时势和时机。"他举例：汉高祖刘邦打天下时，主张读书无用论，侮辱书生，在他们帽子里撒尿，"这是做给那些乌合之众、文盲战士们看的，讨他们的欢心，帮他打天下"。等到做了皇帝，又会说"过去为非"，自己也去读书写诗了，"这也是为了讨好那些儒生，帮他安定天下"。

孙犁感叹："读书人也就只能碰运气了。"

孙犁的运气不太好，自谓："十年荒于疾病，十年废于遭逢。"作为一个参加过抗战的延安解放区作家，在政治上竟然也无法获得安全感，"文革"中被抄家六次，自杀未遂。当时，判断作家罪过的大小，不是依据内容，而是依据其出版著作的字数。参加各种批斗会，孙犁不发一言，从未落井下石、陷害友人。他当过报社门卫，像一支荷叶立在大门口，那清高的样子，让进进出出墙头草一样随风摇摆的文人们，自卑而又郁闷。

二〇〇二年孙犁去世，那一天，白洋淀人连夜划船采来带露水的荷花，送天津，环绕遗体周围，像白洋淀的夏天环绕一个赤子。

二〇一六年秋，我和阿来、宁肯、雷达、祝勇等人获得《散文选刊》首届"孙犁散文奖"，来到颁奖地——河北安平。自然去看了莫言题字的"孙犁故居"。那显然是一个根据回忆重建起来的新院落。墙角种了荷花,小规模象征着荷花淀?院子里有一棵石榴树、一棵枣树。李敬泽、张锐锋、陆梅、葛一敏、冯杰等朋友欢天喜地摘枣吃。枣很青,很甜。没看见孙犁走出门来责备。

孙犁不会责备他人,但自责,对亡妻。"在夫妻情分上,我做得很差。正因为如此,她对我们之间的恩爱,记忆很深。我在北平当小职员时,曾经买过两丈花布,直接寄至她家。临终之前,她还向我提起这一件小事,问道:'你那时为什么把布寄到我娘家去啊?'我说:'为的是叫你做衣服方便呀!'她闭上眼睛,久病的脸上,展现了一丝幸福的笑容。"这是他《亡人逸事》一文中的叙述。

在夫妻情分上,后辈作家做得如何?最激烈的情诗,往往献给虚无而模糊的异性。日常夫妻生活,似乎丧失了被言说的价值。或许连孙犁"寄布"一类的细节也没有了吧。

安平县城很繁华,大概已不是孙犁眼中的模样。我和朋友们在街上晃荡,猜测那一个"临街的门洞"在哪里——孙犁妻子十九岁那年,夏季的雨天,"她父亲在临街门洞里闲坐,从东面来了两个妇女,是说媒为业的,被雨淋湿了衣服。她父亲认识其中的一个,就让她们到梢门下避避雨再走,随便问道:'给谁家说亲去来?'媒人简单介绍了一下,就笑着问:'你家二姑娘怎样?不愿意寻吧?''怎么不愿意。你们就去给说说吧,我也打听打听。'她父亲回答得很爽快。"一场雨,让一个女子与一个未来的文学大师成了夫妻。

一场重要的雨,一块布,被一个农家女子回味、珍惜一生。

在安平,我看到了孙犁中学时期母校的校训:"不作弊,不敷衍。"或许,这校训也时时回响于先生心头,成为作人作文的准则,诚恳地对待这个世界。

"月亮升起来,院子里凉爽得很,干净得很,白天破好的苇眉子潮润润的,正好编席。女人坐在小院当中,手指上缠绞着柔滑修长的苇眉子。苇眉子又薄又细,在她怀里跳跃着。"这是《荷花淀》开端的句子,安静,美好。即便是其中写到伏击日本人的情节,孙犁也是远远地、简短地描述了枪声和硝烟,紧接着,就是民兵们划着船回来了,船舱里是缴获的敌人的枪。避开血肉横飞的激烈,凝神于荷花淀里的静美。

只有凉爽而干净的人,才会开创一个"荷花淀派"——孙犁先生站在荷花的立场上,像月亮孤高的夜晚。

一个人死去后,依旧有文字与这个世界藕断丝连,真好。

湘西的教育

"我从来没让上学影响我的教育。"马克·吐温,一个美国作家似乎在用这句话,为中国的沈从文代言——湘西的山水风物、尘世纠缠,教育了一个杰出而又寂寞的人。流水、鸟鸣、光线移动、母亲沉浸于劳动中粗糙的双手、女孩子指尖、星辰、五月桃林……这些都是教育,大地是教育家。

《从文自传》,沈从文二十岁以前的青春史,从幼年入私塾起笔,经历从军,到进入北平成为一个文学青年为止。他对逃学经历叙述得津津有味。一个细节:私塾先生担心学童下河洗澡,在孩子们手心里用朱笔逐一写个"大"字,"我们尚依然能够一手高举,把身体泡到河水中玩个半天"。

"我感情流动而不凝固,一派清波给予我的影响实在不小。我幼小时较美丽的生活,大部分都同水不能分离。我的学校可以说是在水边的。我认识美,学会思索,水对我有极大的关系。"沈从文书中的话,像是在与马克·吐温对谈,也呼应于陀思妥耶夫斯基的一个观点:"美拯救世界。"沈从文的一生,就是在被湘西自然的美、风土人情之美,所拯救。

"我就是一个不想明白道理却永远为现象所倾心的人。我永远不厌倦的是'看'一切。我不明白一切同人类生活相联结时的美恶。换句话说,就是我不大能领会伦理的美。"他这句话,类似于俄罗斯诗人布罗茨基的观点:"美先于伦理。"布罗茨基举例说明这一点,"一个不懂事的婴儿哭着拒绝一位陌生人,或是相反要他抱——拒绝他还是要他抱,这婴儿下意识地完成一个美学选择而非道德选择。"

一九三一年,沈从文在友人胡也频牺牲后,陪丁玲从上海回常德乡下,一路抱着她的幼子,耗尽积蓄和心力。沈从文赤子般的行为,是美学选择,还是道德、伦理的选择?美的,就是道德的、伦理的。湘西"挥金如土,有诺必践"的游侠精神,在沈从文的眼神和血液中汩汩不息——一种绵延无尽的湘西之美,使这多灾多难的世界,乃至于沈从文自身,都不至于完全倾覆。

一个作家对世界和自我的认知,在早期的山野、河流、征伐之间完成了。短暂的上学经历,没有影响对沈从文的教育。

一九三一年夏,沈从文在青岛完成《从文自传》,为了让认识刚刚一年的张兆和阅读——他正为张兆和而倾心。他永远不厌倦地看着这个苏州女子。苏州也是一个流水淙淙的城市。一九三三年,结婚。之后,《从文自传》出版,被周作人、老舍等作家激赏。

此前,沈从文的写作已小有影响,但处境困窘。郁达夫曾请初到北京的沈从文吃了一次午饭,将口袋剩下的几元钱掏给了他,在《晨报副刊》上发表的一篇文章中,对这个年轻人的未来很悲观:"去找一点事干干。然而土匪你是当不了的,洋车你是拉不了的,报馆的校对、图书馆的拿书者、家庭教师、男看护、门房、旅馆火车菜馆的伙计，因为没有人介绍，你也是当不了的。草根树根里也有淀粉。"这，其实是对一个时代的悲观。

长篇小说《边城》在一九三四年问世后，湘西的河流开始在中国乃至世界上引起回声。那是"常常可以见到白脸长身见人善作媚笑的女子"，"走长路皆得住宿到桥边渡头，值得回忆的哀乐人事常是湿的"的一条河流，是两岸长满了私塾先生不认识的各种草药和树木的一条河流，是"船夫把船拉上滩后，各人伏身去喝一口长流水"的一条河流，是革命途中可以看见"前面几个兵士，中间一个十二三岁的小孩，挑了两个人头"的一条河流……

一九四八年，北平围城，沈从文拒绝乘坐国民政府专机南下。同时，"左翼文化旗手"郭沫若发表文章《斥反动文艺》："我们今天打击的主要对象是黄色、黑色、桃红色的作家，特别是沈从文……"那一年多雨。沈从文站在家门前轻轻叹息："雨愁人得很。"两个孩子就用学校里教育的新观点批评他："翻身农民不会这样想。"一个不想关心政治却同时被台湾、大陆长时期禁书的作家，迷茫了，疯了。许多知识分子是在后来的政治运动中才被摧毁精神世界，沈从文敏感，提前疯了，这是湘西一派清波所教育的结果？

对政治的认识，土耳其当代作家帕慕克很清醒："政治不是我们热切为自己做出的选择，而是我们被迫接受的不幸事故。"政治就是无所不在的事故——空气污染、禽流感、撞车、大桥垮塌、隧道爆炸……政治在追随、逼视、叩问——一个作家，一个尘世里的人，怎可能与政治无关？帕慕克经历了七次政变，因一部小说而曾经陷入被暗杀的危境。

在中国，一个书生闭门、躲进小楼成一统，政治也会破门而入、上楼。沈从文被下放到湖北一所五七干校扫女厕所——据说，这代表了组织上对他人品的肯定。最后，躲入故宫厚重的门扉，安全感稍稍增强，沉浸于文物和历史研究——只有旧时光才能够安抚一个落伍的人？

考古挽救了一个作家，根本上依然是湘西、童年挽救了他。在《从文自传》中，童年时期的他已经在追问："为什么雕佛像会把木头雕成人形，所贴的金那么薄又用什么方法做成？为什么小铜匠会在一块铜板上钻那么一个圆眼，雕花时又刻得整整齐齐？"这些童年的追问和经验，落实到中年、晚年，成为《中国古代服饰研究》《中国丝绸图案》《中国瓷器研究》《中国玉工艺研究》《唐宋铜镜》《狮子艺术》……天籁与人力，并臻绝顶。

"李白的胡子是翘翘的，不是平平的。"沈从文指导一个学生如何雕塑李白。引导学生去看新出土的壁画中唐代文官的胡子，果然是翘翘的。沈从文甚至爬上梯子亲自修改塑像。为表达出李白衣襟的飘逸感，他还制作了一件宽袖圆领的长袍，用吹风机吹起来，给学生看——历经磨难，欢喜心如初，如湘西山水，历经磨难而春分依旧。

在壁画、陶瓷、石头、丝绸、青铜等等古代器物遗存中，沈从文看到的不仅仅是工艺，更沉醉于其中的人意匠心。他把考古研究诗意化了，故被自己的学生汪曾祺命名为"抒情考古学"。他逃学，但嗜读书，尤其沉迷于读大地之书——洛阳铲下，是一个尘封了的世界，充满前人的秘密和暗示。他那些考古著作，是可以当文章来鉴赏的，是美的。比如："宋代遇喜庆大典，佳节良辰，皇帝出行，公卿百官骑从卫士无不簪花。帝王本人亦不例外。"大概簪的是菊花吧？开封城以菊花而著名。

沈从文一九八八年去世，回凤凰，成为湘西这部教材的一部分——关于爱，关于美。凤凰涅槃。据说，他是这一年度诺贝尔文学奖的预备人选。十九世纪俄罗斯文学理论家别林斯基说："在所有批评中，最伟大、最正确、最天才的批评是时间。"

我去凤凰访问沈从文墓地。"我明白你会来，所以我等。"这是他短篇小说《雨后》开篇的一句话。墓地旁边大树上有鸟巢，像沈从文的新耳朵，听风吹云过雨水落，但对于"时间的文学批评"，也并不太感兴趣吧。

我为沈先生献上了一把薄荷糖。他爱吃糖。"我以前爱上一个糖坊姑娘，没成，从此就爱上吃糖。"

异日茫茫禹域,谁是乐郊

《从文自传》中谈到一个治军有方的统领官,少年沈从文在其身边做了一年的书记。

"这统领官既是个以王守仁、曾国藩自许的军人,每个日子治学的时间,似乎便同治事时间相等,每遇取书或抄录书中某一段时,必令我去替他作好。二十四个书箱的表面,书箱的秩序,全由我安排。旧画与古董登记时,我又得知道这一幅画的人名时代同他当时的地位,或器物名称同它的用处。"

"他还天真烂漫,什么是好的他就去学习,去理解。处置一切他总敏捷稳重。由于他那份稀奇精力,军队在湘西二十年来取得了最好的名誉,内部团结得如一片坚硬的铁。"

正是在这位统领官的引导下,沈从文读书、辨识书画器物,"进而对于人类智慧光辉的领会,发生了极宽泛而深切的兴味"。

二十岁时,沈从文决定去北平,"看听些使我耳目一新的世界","多见几个新鲜日头,多过几个新鲜的桥"。这位统领官就给了他三个月的薪水,还鼓励他读书,"一年两年可以毕业,这里给你寄钱来。情形不合,你想回来,这里仍然有你吃饭的地方"。

自始至终,沈从文没有说出这统领官的名字,大约出于恭敬。

这统领官就是"湘西王"陈渠珍,一九三六年在长沙赋闲后写出《艽野尘梦》。此前,一九三一年,沈从文在青岛完成《从文自传》。一对类似师生关系的湘西人,大抵上在同一时期,为中国现代散文史奉献两部杰作。

《艽野尘梦》叙述了陈渠珍一九〇九年率清军进藏,恰逢辛亥革命,内有哗变、厮杀,外有番人围猎,两年后率随从一百余人,"步行万余里,历时七月,其间绝食五月,绝火二月"、经青海内蒙返回内地时只余七人的生死经历。文言笔记体,语调古雅与峻烈兼备。书名来自《诗经》:"我征徂西,至于艽野。"艽野,即艽草所生长的海拔三千米以上的青藏高原。

全书共十二章,"成都至察木多""腊左探险""昌都至江达""收复工布""进击波密""退兵鲁朗及反攻""波密兵变退江达""入青海""过通天河""遇蒙古喇嘛""至柴达木""丹葛尔厅至兰州"。前七章可概括为"远征",后五章可归纳为"逃生"。壮美河山与险恶人心,忠诚与背叛,边地风土与乡愁、爱情,绝境与求生……交织于字里行间,非亲历者所难以虚构杜撰。

"内地之马,一入藏地,亦不堪用矣。"

"中夜起溲,弥望白雪,不见一牛,大异之。询之卫兵,始知牛卧雪中,雪罩牛身,望之似无数雪堆。"

"予一日设宴,请呼图克图游柳林,约全营官佐作陪。酒酣,众饮甚欢,猜拳狂呼不已。其随从喇嘛,闻喧呼声甚惊,窃往观之,则见奋拳狂呼如斗殴状。亟奔回,告其众曰:'呼图克图危矣,急往救之.'众不及问,随之往。有曾至拉萨者,知其为猜拳,为众言志,始一笑而散。予与呼图克图,亦皆笑不可抑。"

"部队越山走,行李沿大道行,予之日记置行李箱中,途次为对河伏兵猛射,驼牛受伤坠崖,行李箱随失之矣。"

……

陈渠珍用两个月写就的这一部书,坚持了"目见耳闻之所及"的原则,丝毫没有把自我美化成硬汉壮夫,忠实记录自己的犹疑、愤怒、绝望、软弱。但无论处于怎样的绝境,这一个湘西之子、儒将,始终秉承善意与仁爱,从而显现出人性的美与力。

《艽野尘梦》为中国文学增添了"西原"这个藏族女子的形象。不离不弃、出生入死追随于汉族丈夫左右,直到越过沙漠、进入西安,却患天花而死去——西原,让我想到清代文人沈复《浮生六记》中的陈芸:两人出嫁时一概幼小,长相属中姿,爱丈夫于细节处,历苦难而早夭。不同的是,西原更强悍、决绝、多智——

"忽番兵数人,傍大石绕出予后,为西原所见,急呼余。予回枪击之,毙其一,余皆退走。有石坎,高丈许,西原先予纵身跳下,以手接予,予随之下。"

"一望平沙无垠,踪迹杳然。西原乃以所乘黑骡马给予乘之,自乘一劣马以行。"

"次晨,士兵犹未起,西原即呼予同行。斜行约二里,入山谷。西原行甚速,闻訇然一生,予前视之,竟毙一野骡。乃截两腿,以带系之,牵曳回。中途来士兵数人,令急往山谷取其余肉,免为狼噬。

既归,西原已汗涔涔下矣。嘱予小心看守,复匆匆去,负牛粪一包至。操刀割肉,为多数方块,以通条穿之,燃之烘热。谓予曰:'有如许干肉,可供十日食矣'。"

"予不觉凄然。西原知余意,壮语慰之:'时已季春,天候渐暖,死亡虽众,我辈犹存,是天终不我绝也。'予闻西原语,颇自感愧,岂真女子之不若耶。"

"断食已两日矣,饥甚,所储干肉,仅余一小块,啖其半,分西原食之,西原坚不肯食,强之再,则泣曰:'我能耐饥,可数日不食,君不可一日不食。且万里从军,可无我,不可无君。君而殍,我安所逃死耶。'予亦泣下。"

抄录至此,我也两眼泪水了。

沈复《浮生六记》,与陈裴之《香畹楼忆语》、蒋坦《秋灯琐忆》等名篇,一概滥觞于明末清初冒辟疆的《影梅庵忆语》。冒辟疆追忆亡妾董小宛,开辟了"忆语"这种非虚构、自叙性文体。中国古代文人的夫妻生活情状,因这类文本而得以呈现。尽管不乏自美、自炫、自辩,但那些难以掩饰的种种破绽与漏洞,倒也显现出写作者的诚实与勇气。

林语堂认为,中国古典文学中最可爱的女性形象,是《浮生六记》中的陈芸、《秋灯琐忆》中的秋芙。曾经真实存在于苏州、杭州的这两个女子,其可爱,在于人格的独立与爱情的朗彻。女性美好,必系于男性美好的照映,例如沈复,例如蒋坦。《影梅庵忆语》《香畹楼忆语》中的董小宛、紫姬,之所以没有陈芸、秋芙那样动人,恰在于冒辟疆、陈裴之的凉薄与自私。儒将陈渠珍应该读过这些才子书。

因叔父出于结盟之目的而撮合成婚,西原有了这一场奇异的爱,有了死里逃生的爱人陈渠珍,有了《艽野尘梦》。西原在西安埋葬,这部书的叙事戛然而止。

不知道林语堂是否读过这部书。倘若读过,也会喜爱西原,把她列入陈芸、秋芙这样美好中国女性的形象序列里来。

返湘后,陈渠珍成为湘西王,推行自治,稳定局面。抗日。亦曾与中共为敌,后和解,发起湘西和平起义。赋闲。一九五二年因病去世。

"异日茫茫禹域,谁是乐郊?"他日苍茫中国,哪里才是我美好的栖居之地?陈渠珍在《艽野尘梦》一书开篇亦即入藏之际,发出如此疑问。

在篇尾处,他或许能认定:西原,一个女子,一次爱,就是自己的乐郊。

XII 在汉语中,就是在人间

在汉语中,就是在人间

人到中年,写作的活力就必然衰退?但越写越好的诗人、作家那么多,比如爱尔兰诗人叶芝——"在枯萎中进入真理"。比如我的隔代中原乡亲庾信,"暮年诗赋动江关"。我希望自己的文字,能够同时拥有少年破晓的天真无邪、晚年薄暮的萧瑟哀凉——

在汉语中,就是在人间。

仓颉造字,雨粟鬼哭。汉语流变上下五千年,万变不离其宗——诗歌乃至中国文学的抒情本质,没有变。《诗经》《古诗十九首》所决定的抒情传统,贯通于汉语写作者的血液和呼吸,不管我们承认、察觉与否。零度抒情、客观性写作也好,民间写作、知识分子写作也好,皆须"我"在场——有"我"在,岂能与"情感"无关?连法庭上的控辩陈词都有"愤怒""仇恨""冷漠"在场,一首诗岂能放弃抒情的责任与能力?当然,抒情不等于滥情、虚伪、同质化的无效表达和喧哗。

抒情就是爱,没有爱的语言,活不下去、走不远。一个诗人不应该为抒情而羞愧,就像不应该为自己作为一个人而耻辱。

或许,散文本身就是一种自适、自洽性的文体,是自度曲,适宜养生养心而非谋利谋名。而诗歌是危急关头、关键时刻的呼吁,有着信号灯、遗言一般的性质,是绝句。一个人长期的诗歌写作,积累着种种语言的紧张、日常生活的紧张,可以因散文写作而得以缓解——在我周围,不乏精神崩溃的诗人。在中年缓解紧张,是时候了。向散文一样的大地,学习宽阔、放松、近尘埃。一页被风吹动微微卷起边缘的稿纸如同大地,我的笔尖在行走、跨界中,逐步混同南方和北方,获得精神的小满和清明——在汉语中,一个笨拙的人有福了。

当代文学史似乎是小说史,批评家们倾心于若干小说家的才华和动静。因散文、非虚构而获得诺贝尔文学奖的人寥寥无几——似乎只有丘吉尔、阿列克谢耶维奇。我没有"文学史情结",接受平庸和凡俗,对语言不提出心灵以外的任何要求。我写作,就是我生活,像大地一样寒暑交替、水穷云起。当我更老,也许会写得更好,因为与这个世界的关系会更深刻、更复杂难言,继而获得一种"成熟的简练"——布罗茨基对卡瓦菲斯如此称赞。

布罗茨基、卡瓦菲斯如大海。我,仅仅能献出小池塘?但若能区别于他人,有"半亩方塘一鉴开"(朱熹),"鱼戏莲叶间"(佚名),有"绿树阴浓夏日长"(高骈),也好,也难。必须诚实、从心、独到地生活和表达,保持"云里烟村雨里滩"(李唐)的平易之难,避免"多买胭脂画牡丹"式的粉饰、夸饰。需要种种的失败感,帮助一个写作者接近诗神——需要失败感与诗,像寒冷的大气为人性保鲜。

某小镇派出所内,一个失败感强烈的农夫向警察解释:他在路边捡起一截绳子,到家才发现,这截绳子的另一端竟然有一头牛!

他解释得像写诗：镇定，缓慢，出其不意。一个偷窃者、改变事物秩序的人，在一瞬间跨界、转化为诗人、改变语言秩序的人——当我在书桌捡起一支笔，到清晨才发现，这支笔的另一端竟然有一段沉实有力的文字。我感觉自己像是站在诗神面前，惴惴不安，解释。

我所能做的仅仅是像那个小镇农夫一样：捡。

一个国度与十丈藕船

"庾信文章老更成,凌云健笔意纵横。""庾信平生最萧瑟,暮年诗赋动江关。"唐代杜甫对南北朝庾信高度赞美,一个河南巩县人对一个河南南阳人高度赞美。

杜甫肯定了"老""萧瑟""暮年",对成就一个人诗赋文章的作用,使我,一个客居上海的南阳人,对晚年的渐渐到来,有静气、无恐惧。

庾信,南北朝时期著名文学家。公元五四四年出使西魏,西魏王激赏南方文学,强留庾信在西魏国都长安做官近三十年,以图繁荣北方文坛。而故国梁朝又被西魏灭掉。心系故土,深感耻辱,庾信在《徵调曲》中写道:"落其实者思其树,饮其流者怀其源。"由此演变出"饮水思源"这一成语。

庾信,南北朝时期被中国南方、北方所争夺的一盏灯——文学,照亮了蒙昧中的脸,安抚着萧瑟荒凉的心。

南北朝之后,唐诗、宋词、元曲中,"断肠""梦""瘦"是反复出现的三个词汇。比如,"大抵四时心总苦,就中肠断是秋天"(白居易),"昨夜闲潭梦落花,可怜春半不还家"(张若虚),"春如旧,人空瘦"(陆游),等等。

所谓诗人,都是庾信这样无家可归、丧魂落魄之人?

我胖,肠胃好,在祖国安睡,一夜无梦到天亮,距离这些异代诗人的形象非常遥远,对写出动人的句子缺乏信心。"谁配受到创造者的称号?惟有上帝和诗人。"意大利十六世纪诗人塔索的话,使我只敢承认自己是一个诗歌爱好者。

许多时代和地址,与上帝一般的诗人联系在一起——瓦尔登湖就是梭罗,美国就是惠特曼、弗罗斯特,爱尔兰就是希内、叶芝,俄罗斯就是布罗茨基、曼德尔斯塔姆、茨维塔耶娃,奥地利就是里尔克,波兰就是米沃什、辛波斯卡、扎加耶夫斯基,埃塞俄比亚就是桑戈尔,四川就是李白,河南就是杜甫,陕西就是王昌龄,湖北就是孟浩然……

当然,南北朝,就是我的乡亲庾信。

他意纵横、动江关,我的笔是否有能力触动一个县、一个乡,哪怕是一个村庄、一棵树?不能抵抗时间和死亡的写作,或者说不能成为经典的写作,基本上是一种自恋,与他人无关。

扎加耶夫斯基在散文集《另一种美》里,讲述了这样一个故事:某年冬天,他和另一诗人开车去华沙参加集会、发表演讲,半路上困在雪地里。直到一个农民出现,把汽车抬到了大路上。两个诗人去华沙的目的是为了发出声音、解放农民,一个农民却在雪地里解放了诗人:"并非没有一点羞耻之感。"

但一个诗人、写作者首先应该能通过一支笔来解放自己吧?避免自我沦陷于白纸一样的雪地里。

当下,微博、微信等等大众化、低门槛的写作,充满自恋气息。但一个人如果连自恋的力气都没有,还怎么去依恋这广大的人世?即便不能像创造者那样面对广大尘世来写作,像农民抬起汽车那样有力地写作,也是有意义的——写作这一刻,最起码有笔和文字陪同、安抚他的疼痛与苦闷。

在古代,一个人不写诗交不到好朋友。一个不写诗的人,连自我也无法与之好好相处。"桃李春风一杯酒,江湖夜雨十年灯",这动人的句子,是黄庭坚写给友人黄几复的,也是他写给自己的。

宋朝的吴潜,提前数百年把我写到藕船上去了——"十丈藕船游汗漫"。"汗漫",从形容词变为一个名词、当代写作者,是小事件。把一朵莲花变成一节藕、十丈藕船,是大事件。

其实,吴潜对我的出现毫无预感。庾信对故乡南阳再出现一个被南方、北方争夺的作家,不抱期望。

通过写作,我如果能把自己的书房改造成十丈藕船、一个小国度,就足够了、幸福了。

到南方去，成为另一个

"到罗马去，成为另一个。"这是歌德《意大利游记》中的名句，被西方学界认为是现代移动性概念的发端。

从青年到中年，我移动，乘火车，自中原移动到上海——在南方，我已经成为"另一个"吗？

二○一六年冬，我有了平生最大规模的一次移动——乘飞机，越过太平洋，移动到纽约街头。滞留三日。想起多年前移动于这座城市的布罗茨基和他的《黑马》。每个地域、每个时代，都为一个诗人、一首诗的出现而等待，像一个茫然的女人等待一场爱情来发明她——像一盏灯，发明黑夜和星辰。

青年时代，在中原，我写过一首诗《在雾中》："我陷入无边的茫然和孤独/有人影朦胧而谨慎地擦肩而过/大雾消失，四野空旷/我是不是丧失了苦苦寻找多年的一张脸？/一场大雾有可能修改无数人的命运/在雾中，我应该反复呼叫一个名字/在夜色里，在暮年的黑暗里/一个人必须大声歌唱着才能避免过多的丧失……"水墨一般抒情。

二○一二年，PM2.5数据出现于我的生活。顿悟：PM2.5借用雾的美学形态，表达汽油品质和一个时代的欲望和不安。南方，上海,雾霾不断袭来。周围戴口罩的脸,像湿漉漉枝条上的方形花瓣。我"苦苦寻找多年的一张脸",方形花瓣下的那一张脸,已经没有蜜蜂和含糖量。PM2.5中的太阳像淡月,人影像宣纸上的败笔。

那一首《在雾中》,在今天修改,应该是一首《在 PM2.5 中》?当然,这将会是一首全新的诗,无美感,有痛楚。

"有过一个时期,我对神秘主义和诗歌充耳不闻。抒情诗,无论以什么形式,对我只有催吐剂的效果。只有心怀恶意的、充满冒犯气质的散文才能给我愉悦。"罗马尼亚作家齐奥朗曾经这样说。面对这一段话,我感到脸红。齐奥朗的本意,或许并非厌倦了诗人、抒情诗,而是厌倦了那种用口红和眉笔写出的分行句子。而散文,在中国,"心怀恶意、充满冒犯气质"的不分行文字,也寥寥,也稀无。

去写实、去冒犯,不回避、不粉饰,应该成为我写作的伦理底线。只有这样写作,才能抵抗恐惧,抵抗人性中充满毒素的一部分,像童年时代依靠大声唱歌穿过雾中或夜晚的墓地。或许正因为这样,我散文写作的比重渐渐加大——从冒犯自我开始,辨认内心的阴影,在中年,在上海和南方。

在这喧嚣的时代里,在进入床榻或墓穴前,必须练习如何沉静下来,让个人生活溅起的尘埃,落下来,为这世界贡献出一朝一夕的爽气清风……

"写作,什么也不是。"法国作家杜拉斯的这句话,我理解:写作什么都是、无所不是;写出什么,你就是什么;写成什么样子,你的世界就是那个样子——像一张满月照,承载你的命运、遗容和灰烬。

而不被言说的世界和暗伤,就是一个人的墓地。

在南方,成为另一个,其实就是要重新成为天真的孩子——童言无忌,天空清新,像回到数十年前的童年和中原——

"在童年,即使无风的日子,一些树木也会低声说话。"(扎加耶夫斯基)

越界与混血

从我近两年出版的散文集《一卷星辰》和《南方云集》谈起。

前者是一部读书随笔集,被朋友称为"跨文体写作"、混血的写作:既对若干书籍和作家神追心摹,又融汇个人经验和现实遭际,试图在罗兰·巴特与本雅明式的片段化写作中,保持诗性的简劲、迅速、非线性、独一无二。

后者是一部叙述性的散文集:"南方",以上海为核心,向周围绵延至江苏、浙江、江西等地域,构成我中年以后日常生活的大致版图——这其实是一个"小南方",因其小,有可能成为属于我个人的"深刻的南方",像一把吴越短剑——长江,是随风飘动的、锦绣的剑穗?"云集",云朵集合,也是言辞在集合——云云,古人云,南方多云多雨多旧事前欢,与我故乡中原的干燥和沉默,形成冲突和谅解。我试图把上海、南方乃至故乡中原混为一谈。感谢南方与中原之间种种的"冲突和谅解",生成出了个人面目和文本。

显然,这是两部越界之书,在文体、地理、精神等层面跨越边界——界,就是鸿沟、障碍、冲突、疑难。写作就是越界,不断穿越、转化、整合,"磅礴万物以为一"——像庄周、蝴蝶、鱼、鲲鹏们,沉心于混淆彼此的界限和身体,从而获得自由和自治。

法国驻中国大使馆官员、诗人圣琼·佩斯,美国某保险公司经理、诗人史蒂文斯,农夫、诗人弗罗斯特,一概试图在文坛上隐姓埋名,通过业余写作实现内心的隐秘跨越,形态可能不那么纯粹、雅致,但真实、粗粝。在世俗生活中反抗庸俗,以脱俗的文字引导还俗的身体,有助于使语言保持诚意和张力。

"语言和生活经验不能相脱节,你很难在一种轻松自由的环境中去表达严酷的现实。"捷克小说家克里玛,青年时代当过救护员、邮差、勘测员,业余写作,他最终在文字中形成一个嶙峋、冷峻的东欧观察者形象。我同样没有写作的优越感。写作仅仅是世俗生活之一种。街头巷尾下棋、打牌的人也是精神劳动者,在那一时分,追求身体与内心的同在。在单位,我就是一个职员,写公文、开会、说闲话、出差。用本名养活笔名,反过来,笔名也暗暗盯着本名,持守人的基本道义立场,不至于在现实中变形得丑陋不堪。

民国时代诗人陈石遗说:"诗乃寂者之事。"

法国文学理论家莫里斯·布朗肖:"写作,就是投身到时间不在场的诱惑中去。"

在一个躁动不已的时代里,诗和写作让我得以寂静,从周遭的纠葛冲突中暂时能够得以脱身而出。

单位同事中知道我笔名的人不多。个别人知道了,问我"汗漫"何意?我说就是狼狈、尴尬、羞愧的意思,大汗淋漓、汗流满面嘛。一同哈哈大笑。选择"汗漫"这一笔名,来自清朝李渔《凉州》一诗的启发:"似此才称汗漫游,今人忽到古凉州。笛中几句关山曲，四季吹来总是秋。""汗漫"，即开阔、浩大、自由——写作，就是汗漫游。我以"汗漫"为笔名，也以"汗漫"为人生观。

笔名似乎隐含命运。这些年来，我尝试一种驳杂、泥沙俱下的写作，"似此才称汗漫游"——我希望自己活得像人群、像烟火人间，笔下文字才能五方杂处、五味俱全。在纸上远游和跨越，渺茫感、孤独感时时袭来，又只能用更缓慢的写作来缓解，像以"毒"攻"毒"。当然，我时常提示自己：不要使文字陷入"不着边际"的境地，避免在某场大雾中失踪。

游离于文坛外，痛切于烟火中——"心远地自偏"。我自觉选择一个"偏僻的位置"，坚持带口音的地方性写作——让书桌成为偏远于时代和中心的外省、边疆，灯芯一般的笔尖上的光线，才有力量越过边界，抵达那广大幽暗中的人性。

我爱苏东坡和布罗茨基。两位诗人背景的散文家，身体流亡，有助于精神的越界和语言的混血？一个异代的人，一个异域的人，秉承诗歌写作的基本伦理，即：词语的准确和精神的自治，为当下中国散文文体探索提供了参照和标高。

尤其是东坡，一个业余的、外省的、孤岛上的写作者——其文字就是"渡海帖"，墨迹始终湿润，遥遥不断向后世传递无尽的爱意和暖意。我是收信人之一，像他弟弟苏辙，像他朋友、那一个有河东狮吼时时伴唱的陈季常？

用一支笔作为还乡的栈桥

八十年代毕业于某大学数学系后,我工作于中原小城邓州。在范仲淹凭借想象力写出传世之作《岳阳楼记》的这个地方,一个社会主义初级阶段的抒情诗人,长头发、寡言、闷闷不乐,在机关大院里显得不合时宜。后进入某高校工作。诗歌写作在九十年代有了动静。中年后,移居上海,在一家科研院所谋生。从"诗歌的人"渐渐变成"散文的人",小职员的世俗气息日益浓郁——头发剪短了,烟戒了,手指头上傲慢的烟熏火燎痕迹渐渐消退,表情本分而平庸。

渐渐适应南方人热爱的米饭和糖,渐渐听懂鸟叫一样的沪语和苏州评弹,渐渐在对南方地理、人文两个层面的游历中,完整了对古老中国的认知。回河南,河南已经把我当成上海人;在上海,上海把我当成一个外乡人,或者叫作"新上海人"——这是上海发明的一个称呼,对闯进这座城市的异乡人,既接纳又微微保持优越感。我喜欢这座城市的宽阔、多元与驳杂——像鱼缸里的鱼,游入大海,渺小感、自由感、独立感并生。但故乡与童年随身而行,像血液,决定了我当下文字的体态与力量。

与上海本土作家相比,我的写作必然、也必须是一种异质性的写作。长篇散文《伊斯坦布尔：一座城市的记忆》和长篇小说《纯真博物馆》，只能由在伊斯坦布尔出生、成长、恋爱的帕慕克，才能写出博斯普鲁斯海峡上的烟雾那样的"呼愁"。对于上海、南方，我只能持移居者的视角来介入、体察，有可能产生属于我个人的文本。关键是：要有一个不被掩饰、祛除遮蔽的"我"，始终在场、直陈。

果戈理说："我只有在罗马才能写俄国。"一个人在异乡拥有故乡，在失恋之后拥有恋人，在死后得到永生——青草遍地，一岁一枯荣。当下中国，正处于剧变之中，现实中的家乡已经不是故乡，与记忆中的风物、情感完全脱节。"笑问客从何处来"——你、我、他皆成客人、客居于大地上的人。一个客人的乡土，就是他的骨头和血肉。

"吾心安处是故乡"（苏东坡）。但写作恰恰需要不安感，在不安中安放一个纸上的故乡——这，可能是我为自己背离中原所寻找的托词。

用一支笔作为还乡的栈桥，一个写作者才不至于中途失踪、无所归依。

散怀抱

《人民文学》对我的散文写作,关注、鼓励近二十年。《一枚钉子在宁夏路上奔跑》和《妇科病区,或一种艺术》,先后获得二〇〇七年度、二〇一四年度的"人民文学奖"。颁奖辞中,"智慧地分析人在当下生活中的复杂经验和精神境遇","让庸常的生活图景涌动出语言的诗性与智性",这两句话,我更愿意理解为是对一个散文写作实验者的期待。

或许,散文本质上是一种自传性文体,需要时光的协助和命运的促成。

中年以后,一系列的痛失与迎接纷扰而至,很多经验无法在诗歌中传达。而散文这一宽阔的文体,能够包容、谅解个人经验中的不纯粹,缓解现实的焦虑。布罗茨基谈到诗歌和散文这两种文体时认为:一旦遇到"三个人以上"相处的问题,诗歌就不方便处理,只好借助于散文(大意如此)。但我始终以诗歌写作的态度对待散文:让每一句、每一行都有独立存在的价值,反对充满惰性和怯意的陈陈相因、人云亦云。

刘勰《文心雕龙》曰:"夫人之立言,因字而生句,积句而成章,积章而成篇。篇之彪炳,章无疵也;章之明靡,句无玷也;句之清英,字不妄也;振本而末从,知一而万毕矣。"那"本",就是对于世道人心的准确辨析与揭示、就是诗;那"末",就是散枝展叶、开花结果的好文章——"振本而末从"。福楼拜对待小说写作像写诗,很苛刻:不能在同一页出现相同的形容词。包括小说在内的广义散文,虽然不需要诗歌写作中瞬间的惊艳和陡峭,但需要作家有能力呈现出一个段落、一个章节内的繁复与力量,如此,散文这一文体,方能与诗歌相互抗衡、彼此尊重。

布罗茨基的诗人身份,使他向散文跨界的姿态洒脱不羁,充满魅力、感染力。《文明的孩子》《小于一》《悲伤与理智》《水印》,这四部散文集,自九十年代以来陆续翻译、出版,成为我的散文写作教科书。谢谢布罗茨基,谢谢他的翻译者黄灿然、刘文飞、张生。正是布罗茨基以及曼德尔施塔姆、叶芝、博尔赫斯等等诗人身份的散文家,持续以汉语的面孔跨越国境线,为中国九十年代以来散文文体的革命,提供了资源和动力——这是异域诗人对汉语的贡献,也是中国诗人纷纷在散文中"揭竿而起"的背景和后盾。

二〇〇三年,我的第一本散文集《漫游的灯盏》,作为百花文艺出版社"后散文文丛"之一出版,文丛中的六位作家黑陶、雷平阳、沉河、蒋浩等等都是诗人,似乎也印证了布罗茨基的观点:散文是诗歌的延伸。此前,东方出版中心曾经推出"诗人随笔丛书",在散文界产生重大影响。二〇一七年起,广西师大出版社的"诗想者随笔文库"也开始引人注目。当代诗人以不分行的文字越界,持续拓展中国散文这一文体的内涵和疆域,但本质上依旧是诗人在写作——对剧变的自我和当下,建立真诚、全新的表达。我有理由相信,杰出的散文在等待杰出的诗人来完成。反之,散文写作也将是鉴别一个诗人真伪的试纸、显影液、身份证。

散文就是写作者的个人史、小地方志。怎么样写作不是问题,怎么样生活是一个问题——优异的散文必然真实传达出写作者的人格与命运,无法虚构或假设。与小说、诗歌相比,散文可供作者隐藏自我的树丛太小——这是俄罗斯诗人吉皮乌斯一段话的大意。一个想"藏起来"的人应该写小说去,把自我分解成虚拟的人物,让他们去承受读者的审视和评判——小说家的安全感略微强一些吧?当然,想"藏"得更深的人去写广告词了——许多诗人谋生的职业身份是广告人——源自诗歌的想象力、激情、爱,是社会进步和经济发展的动力之一。

一个职员写作公文,只能选择复数的"我们",显示大局观、整体性,回避各位同事鞋子不同所导致的立场、路线的迥异。以个人化的写作修正自我,用单数的"我""你""他"叙述与抒情。我对他人知之甚少,在书桌上,就不必像在会场、论坛那样假装代言人。当我说"我们",只有我跟随着我。当我说"我",全世界围拢身边。只有个人化的写作,才能使一个书写者获得独立性。我不"边缘",也不"中心"——我是我自己的首都和外省。我不对立也不追从——对立、追从,都将使自己的文字处于依附的命运。在办公桌、书桌表面木纹的漩涡和波涛中,我仰泳或潜泳,上岸或失踪……

杰出的个人经验表达,应该能够成为观察一个时代、一类人的气象云图。正如波兰诗人米沃什所言,诗是见证;而爱尔兰诗人希内则说,诗是纠正。我喜欢这两个关于诗歌的观点。其实,一切有诚意的写作,都在见证生活、纠正内心。任何写作者都应该是广义的现实主义者。在现实中,以写作为自身消毒、免疫、预警。

我所在的单位有六十年历史。三位中国工程院院士,一批五十年代从海外归来的科学家,逐步奠定这家科研机构的行业地位。历史积淀深,恩怨是非多——我办公室所在的、英国人建设的历史保护建筑内,第一任院长在"文革"期间含冤自尽于此。在单位,在上海,我的个人命运与周遭必然发生种种摩擦、冲突、协商。"只有生活在烟尘中,呼吸着今天早晨雾蒙蒙的空气,才能认识问题的实质并解决问题。"(卡尔维诺)。生活在上海、南方的烟尘中,呼吸着今天早晨的空气或雾霾,像王国维所言的那样做到"合于现实、邻于理想",是一个难题,但也因此而为卓越的表达,提供了压强和动力。

蔡文姬的父亲、东汉文学家和书法家蔡邕在《书论》中说:"书者,散也。欲书先散怀抱,任情恣性,然后书之。"唐代陆龟蒙在其自传《江湖散人传》中说:"散人者,散诞之人也;心散、意散、形散、神散。"两个人都强调了精神的散放与独立。"散文家"可以更名为"散人"?散人,散怀抱。

正是蔡邕,在书法中首创"飞白"手法——飞动的白,天风吹海散怀抱——

大海,散人也。

一张繁荣自由的书桌

当代散文文体革命,肇始于上世纪九十年代"新散文""大散文"等等写作实验,进入新世纪以来,散文"置之死地而后生"。

这一文体革命的"导火索",是对五十年代以来充满惰性、缺乏诚意的社论式、公文式散文的不满;对一九七八年新时期以后,闲适型、自娱性、消费性散文的"繁荣",同样不满。于是,一批诗人、小说家、批评家进入这一文体,攻城拔寨,开疆拓土。而散文文体革命的"动力",正来源于当时诗歌界、小说界已经开始的先锋主义写作潮流。革命的"资本",则可经由唐宋上溯至先秦,那样一个"中国精神的关键时刻"(李敬泽语),给予我们并亟待赓续的汉语的美感与力量。

当下,中国散文蝉蜕蝶化,从纵(古文传统)、横(西方散文传统)两个维度,汇合与混血,面目一新:一篇散文,可寥寥数语,也可洋洋万言、数十万言。寥寥数语,接近于诗的规制,就必须一语中的、言简意长;洋洋万言、数十万言,接近于长篇小说的格局,就必须拥有大风卷水、万象在旁的弥漫感、苍茫感。

因此,散文、诗歌、小说,这三种文体,我关心它们的交融,更甚于它们的分野。

"诗的活动源于因词语低效而产生的绝望。"墨西哥诗人帕斯这句话中的"诗",可以代入"散文"。必须以诗的标准来要求散文——保持精准和独到,才能罕见、卓越,呈现出一种事实的诗意。在俄罗斯,小说、散文两种文体的界限非常模糊——《白净草原》是小说、还是散文?在中国,同样如此,《史记》可以看成散文集,也可以看成小说集。

中国散文的当代性建设,永远在途中——我们只能作为当代人,辨认自我和当下,一个疑难、一种困境都不放过。复制、沿袭前人经验,很安全,无意义。知识搬运工式的、心灵鸡汤式的、化装舞会式的写作,无价值。

如果有助于上述"辨认",作为方法论意义上的虚构与非虚构,都需要。

意大利小说家卡尔维诺往往被称为超现实主义写作大师,但他却自认为是一个写实主义者,认为:"唯有从文体的坚实感中才能诞生创造力;幻想如同果酱,你必须把它涂在一片实在的面包上。"这里的"果酱",可以看作虚构,而非虚构,就是那"一片实在的面包"。果酱与面包,一样都不可少。

散文作为文学作品,同样是承载于写作者个人经验之上想象力的、虚构的产物。庄子的散文,就充满"藏舟于壑,夜半有力者负之而走"一类的奇景与幻象。当然,散文中的虚构,边界依然存在:不能伪造一个自我——那是小说家们的饭碗,散文家就不要去抢了。

在散文中,不管写什么、怎样写,那一个沉思、叙述、抒情的主人公,只能是"我",当然,也可以隐身于"你""他"这些第二、第三人称之后,但依旧是"我"内心的蒸蒸日上、"我"生活的欲盖弥彰。正因为如此,散文对于复原一个时代的景观,具有历史学写作所不具备的价值,比如,《浮生六记》,就是沈复留给我们认识清代江南世俗生活的"清明上河图",比《清史稿》或许更有诚意、更可信赖。

所以,散文对于一个写作者的基本要求就是:"修辞立其诚",直面个人处境,在场、省思、言说,否则无效、无生命力。散文文体革命,本质就是建设散文写作的当代性——对当下生活省思、发言。我希望自己的写作,从"我"开始的体察与言说,能拥有抵达"我们"的能力和意义;于"我们"之中生息和表达,使一个写作者、阅读者,能成为美国作家梭罗毕生追求的、第一人称单数"我"。

作家、批评家李敬泽曾经在发表于《南方周末》的一篇文章中写道:"张锐锋、周晓枫、庞培、黑陶、汗漫等人为文学散文的观念变革进行了卓绝、孤独的探索。'革命'正在发生,只不过不在预想的地方。然后,散文将自由,将真正地繁荣。"我希望自己始终是一个这样的"语言革命者",在种种预想之外,在多云多雨、繁荣自由的一张书桌上——

从文体到自我,如果都能做到"详人之所略,异人之所同,重人之所轻,忽人之所谨"(清代史学家章学诚)、"惟陈言之务去"(韩愈),像"孤帆一片日边来"(李白),多么好。

羞耻与失败

"一个作家的源头,正是他的羞耻。""生活失败了,就这样进入诗歌——无需天赋的支持。"罗马尼亚作家齐奥朗的观点,惊心动魄。

从少年时代开始,诗就与我同在,并赐予友情、爱、思辨力、视野、尊严……而我对诗、对汉语的贡献微乎其微,因为"羞耻与失败"还不够卓越?中年后,一个人的羞耻感和失败感渐渐强烈,有助于一个诗人的成立。

在九十年代中国诗坛,我曾被戴两顶帽子:"乡土诗人","意象诗人"。当时,我以乡土为背景的诗歌作品比较多,意象创造很用心。这两顶帽子是评论者为言说方便而制作,但我不想戴——诗人的大脑应该具有抗寒能力,不需要任何帽子来取暖,或者标志。

二〇一七年秋,组诗《浮生记》在《中国诗歌》第十期发表,是我的转型性作品,是中年况味、下午自画像、黄昏练习曲——浮萍流水般的人生,短暂、微弱、不安,需要以写作来加固记忆、抵抗流逝。

在诗与散文之间跨越边界,有助于使散文与诗歌这两种文体双向地滋养与纠正:"诗歌促进了散文对形而上的渴望"(布罗茨基),而"诗歌必须写得像散文一样好"(庞德)——让散文的日常性、驳杂性、及物性进入诗歌。在《浮生记》这组诗中,意象与细节,书面语与口语,沉思与抒情,正融合为一,语调松弛下来、慢慢道来,像老人、晚风那样自言自语,在不断加剧的人生凉意中,保持内心热度。

但日常生活入诗,对诗人是一个巨大的考验——"坐在椅子上,安静得如同一根导火线。"像加拿大作家玛格丽特·阿特伍德那样,在安静的表象下,对自己有可能引发的毁灭或绚烂,充满不安且不凡的预感。当下,不少诗人仅仅是一节写着"导火线"字样的湿绳子,坐在论坛上、沙龙里,姿态别致而又安全,但无效。有效的写作,就是辨认出那伪装成礼盒的火药、那修饰得如同眉笔的火柴,防止或者加速夜色的毁灭——让焰火,在一瞬间绚烂于深空里、月亮旁。

有意义的写作,必然是差异化、异质性的写作,才能克服时间的单向性流逝——史蒂文斯说:"一切诗歌都是试验诗歌。"反对既定范式,在差异化、异质性的写作中,显现出实验性、先锋性。当下,"实验诗""先锋诗",似乎被特指为"某一类人""某一类型"的写作。既然进入"某一类型",就必然是同质化的写作,还存在实验性、先锋性吗?

实验、先锋,不是个别人的标签和专利,而应是基本的写作伦理:脱胎换骨,蝉蜕蝶化,从少年到中年、老年,越写越好——像一生不断嬗变的叶芝,像经历过蓝色时期、红色时期的毕加索。与其他文体相比,诗歌天然具有孤身奔赴的姿态和气质。扯旗立派、呼朋唤友的"先锋"阵容,是一支可疑的军队。一个人暗夜独行、无人喝彩,方能在寂静处感知自我、辨认晨星。

"在舞台上,有两种办法能够激起观众的热情——伟大和真实。伟大能够吸摄公众,真实能够攫住个人……天才所能攀登的最高峰就是同时达到伟大和真实。真实的暗疾是微小,伟大的暗疾是虚伪。"雨果谈的是戏剧,但谈的也是诗歌。沿着两面山坡,同时抵达伟大和真实的诗人,在群山之上。那同时达到虚伪和微小的写作者,在假山上。现在,大部分人坐在假山上,把假山下的池塘命名为大海。当然,能这样误解个人生活,也算是一种创造力吧。

评论家徐敬亚曾在一篇文章中表达自己的沮丧和焦虑:"诗坛上无法浮现出令人颤抖的圣洁共识。微妙的遥遥领悟的默契,率领不了全局。中国现代诗的此种失律现象,造成了它内部的投机、虚伪、急功近利的艺术欺骗。小型罪恶积日累月,历久经年。"但我相信,诗歌拥有纠正、修复、拒斥、消毒、淘洗等等能力。相信真正的写作者之间,依然存在隐秘的"令人颤抖的圣洁共识"、"微妙的遥遥领悟的默契",那就是:真诚与独到。

即便我的"羞耻与失败"还不够杰出,但起码可以做到拒绝投机、虚伪、急功近利,对母语保持赤子之心,而不要成为制造"小型罪恶"的人。

蛇蜕皮与岩石般生活

波兰诗人米沃什,多次用"蛇蜕皮"来隐喻写诗:"这意味着放弃旧的形式和假定。这是写作令人激动的地方。"蜕皮的时候,蛇也激动不已吧?化为蝴蝶的时候,蛹,也应该激动不已。

我希望自己的写作不断蜕皮,脱离前人及自身的陈旧表达,对剧变中的生活保持省察力,而不是只能在夜晚蜕去一层衣裳,毫无喜悦感。

忽想起《春深脱衣》这一首李商隐的诗。并非好诗。但喜欢诗的题目——不像李商隐的,像李白的,那么洒脱、通脱——脱吧,李商隐;蜕皮吧,米沃什。脱吧、蜕皮吧,写作的人们。

山东诗人路也曾经这样谈我的写作:"多年来,汗漫浓厚的人文气息始终不变,有着用分行或不分行的文字复活某个版图的梦想。"她在辨认一个晃荡在南方的外省人身份——某一个版图的丧失者,以分行或不分行的文字,组成自己参差不齐的军队。"复活某个版图"的战争,在每天深夜打响,屡败屡战——书桌上的墨水瓶,有战壕的灼烫和激烈。白纸,覆雪的战场,句号的弹坑里积聚着春天的雨水、草粒和虫鸣。这些文字,次第通向精神的前线去增援、进攻,让一个人在清晨得以生还,穿上西服去上班。

"要改变你的语言,必须改变你的命运。""忠于他所生活的加勒比海、英语和非洲祖先"(一九九二年度诺贝尔文学奖颁奖词)的诗人沃尔科特,这一句话,令人绝望。在上海生活与写作,我领受微弱的命运,写郊区野草一样的诗,随风吹而青枯为泥,也好。沃尔科特因混血而开阔,因忠实而准确。他诗歌中的爱、死亡、记忆,是所有诗人写作的基本母题,我也在体验并颤栗。

在《朝向终结》一诗结尾,沃尔科特写到:"在泛滥着平庸与垃圾的一生,/如岩石般生活。/我将忘却情感,忘却天赋。/这比生命中经历的一切都更伟大、更艰难。"诗歌给予了沃尔科特"忘却与孤守"的能力,也给予我一种"岩石般生活"的参照系。

蜕皮的蛇,海边的岩石,相互质疑与反驳,而"遭到生活反驳的经验,是比其他一切更为诗人所喜爱的东西。"(勒内·夏尔)——上海生活在反驳我、更新我,而写作也在支撑我、修正我。像"蛇蜕皮"那样求变求异,像"岩石般生活"那样不惧不移,并达成二者之间的贯通与一致,有难度,考验一个人的智慧和勇气。

二〇一七年,沃尔科特去世,"每一个岛屿,都在竭力回忆往事",回忆这一个赞美岩石、热爱大海的人。怀想这一位诗人,我捏着笔杆,像撑竿跳高运动员一样,助跑,高高跃出外滩与东海——

在重重跌落之前,我可以短暂地俯瞰一次人间烟火、往事前欢。

等待准确的词出现在某个位置上

在二〇一五年,去了一次北戴河、一次东海,面对无限、未知的波涛,迷上手机摄影。于是在周末到处晃荡、街拍。诗人中的优秀摄影家很多,如王寅、于坚等等。一个诗人的摄影作品,应该像结实、准确的句子。日本摄影家森山大道说:拿起照相机,我就像雷达张开了器官。拿起手机,我也有雷达开始工作的感觉,瞬间捕获的画面,时时惊喜——像神来之笔。

在拍照的过程中,我加深了对桑塔格、本雅明、波德里亚关于摄影的种种观点的理解:摄影就是自画像,被拍摄的对象、画面,无不暴露出拍摄者的心境和处境——像散文,藏不住自我。冒犯一个路人,其实就是冒犯自我。

街拍,使我的观察方式有了变化。以往大而化之、熟视无睹的事物,在用手机镜头逼近的过程中会有新发现。摄影教会我观察细节、调整视角,也教会我耐心等待。曾经在福州路一个弄堂里站二十分钟,直到一个抱着鲜花的姑娘掠过弄堂口,按下镜头,无限欢喜——

"你意料之外的,无不是你暗中期待的。"(布列松)

"作家用日记记录他所知道的一切。而在诗歌或小说里,他写

下自己不知道的东西。"(扎加耶夫斯基)

期待一个合适的人,出现在空白的位置,像年轻时代等待恋人出现在街头拐角的位置,无限欢喜。像数学作业——必须找到唯一、准确、自己不知道的答案,但这依赖于想象和推断,在因果之间根据定律和逻辑,建立一种关系。一道让人束手无策的平面几何习题,因为增加一条辅助线,转瞬间峰回路转、轻松破解。

但更要接受像圆周率一样难以穷尽的无理数,接受生活的无穷大、不可知、混沌、模糊……

在王维的画作《袁安卧雪图》中,有一丛雪中芭蕉。朱熹、康有为等人皆以"芭蕉在南国,雪中无芭蕉"为据,言其失真。沈括、汤显祖、金农等人则以"象征说""佛理说",赞其开辟"雪蕉"题材新领域。王维画雪中芭蕉,是因为有一场大雪在芭蕉形状的心脏里发生了:雪的白,芭蕉的暗绿,与一个隐者的卧姿,是适宜的。意象并置,时空转换。朱熹、康有为就显得无趣、着相了。

写作,就是要把词语放在最准确的位置上,像王维,把雪放在芭蕉上。

去准确地跨越边界——雪跨入芭蕉,中年跨入晚年,下午跨入黄昏,有限灯火跨入无穷的夜晚……

墨西哥诗人帕斯,喜爱阿根廷诗人博尔赫斯:"他为两种相反的至高境界服务:简朴和陌生"。简朴和陌生,也可以作为我中年以后生活与写作的座右铭:在简朴的星空下,对这世界始终怀持陌生的惊讶和欢喜,像一个孩子。

我喜爱北宋黄庭坚的一个句子:"谢公文章如虎豹,至今斑斑在儿孙。"戴虎头帽子、穿豹纹裤子,就能假装成一个遗传了前贤血液的英俊后生?

我把黄庭坚、李白的两个句子集在一起:"桃李春风一杯酒,与尔同销万古愁。"以汉语为酒,销尽春风万古愁。